Von Eric Van Lustbader sind
als Heyne-Taschenbücher erschienen:

Der Ninja · Band 01/6381
Schwarzes Herz · Band 01/6527
Teuflischer Engel · Band 01/6825
Die Miko · Band 01/7615
Shan · Band 41/3

ERIC VAN LUSTBADER

RONIN

Roman

WILHELM HEYNE VERLAG
MÜNCHEN

HEYNE ALLGEMEINE REIHE
Nr. 01/7716

Titel der englischen Originalausgabe
SUNSET WARRIOR
Deutsche Übersetzung von Martin Eisele

Das Buch erschien bereits mit dem Titel
»Krieger der Abendsonne«

Copyright © 1977 by Eric Van Lustbader
Copyright © dieser Ausgabe 1988 by
Wilhelm Heyne Verlag GmbH & Co. KG, München
Copyright © der deutschen Übersetzung by
Bastei-Verlag Gustav H. Lübbe, Bergisch Gladbach
Printed in Germany 1988
Umschlagzeichnung: Frank Frazetta / Luserke / Vega
Umschlaggestaltung: Atelier Ingrid Schütz, München
Satz: IBV Satz- und Datentechnik GmbH, Berlin
Druck und Bindung: Elsnerdruck, Berlin

ISBN 3-453-02572-5

ÜBERLEBEN IST NICHT GENUG!

Bujun-Sprichwort

Ronin lag im Sterben, und er wußte es nicht.

Man hatte ihn entkleidet. Völlig unbeweglich ruhte sein Körper auf einer elliptischen Steinplatte im Zentrum eines quadratischen, kalten Raumes. Doch trotz dieser Kälte glitzerten winzige Schweißperlen in seinem kurzgeschorenen, schwarzen Haar. Sein markantes Gesicht wirkte maskenhaft starr.

Stahlig, der Medizinmann, beugte sich über ihn und musterte ihn mit aufmerksamen Augen. Ronin versuchte, sich zu entspannen, während er dachte: *Dies alles ist Zeitverschwendung!* Und Stahligs Finger tasteten über seine Brust, forschten und drückten und bewegten sich langsam hinunter zu den Rippen auf seiner linken Seite. Er versuchte, seine Gedanken auf etwas anderes zu konzentrieren, aber seine Muskeln besaßen einen eigenen Willen, geboren aus dem glühenden Schmerz, der ihn durchraste. Sie zuckten unter der Berührung der dicken Finger.

»Hmmm«, knurrte Stahlig. »Sehr frisch.«

Ronin starrte blicklos zur Decke hinauf. Was plagte ihn? Es war nur ein Kampf. *Nur?*

Voll Widerwillen schoben sich seine Lippen vor. Eine Schlägerei. Ein Handgemenge. Sie wälzten sich auf dem Korridorboden wie ein gewöhnliches – *Plötzlich blühte die Erinnerung auf...*

Seine nackten Arme glatt vom Schweiß. Sein mächtiges Breitschwert gerade in der Scheide. Seine Finger leicht gespreizt, entspannt, trotz des nahezu vollen Zeitabschnitts der Kampfesübung. Allein und zerstreut schritt er aus der Halle des Kampfes. Dann, ganz plötzlich, war er von lauten Stimmen umringt, Stimmen, die heiß und dumm lamentierten. Er paßte nicht auf. Etwas stieß gegen ihn, und eine Stimme zerschnitt das Stimmengewirr.

»Und wohin gehst du?« Eine kalte, affektierte Stimme, die zu einem großen, dünnen, blonden Mann gehörte, der die schräg gestreiften Brustbänder der Chondrin trug. Schwarz und gold: Ronin erkannte die Farben nicht. Hinter dem blonden Mann standen fünf oder sechs Klingenträger, in dieselben Farben gewandet. Offenbar hatten sie einen Haufen Schüler auf dem Weg von der Übungshalle angehalten. Ronin konnte sich nicht denken, warum.

»Antworte, Schüler!« befahl der Chondrin. Sein schmales Gesicht war sehr bleich, beherrscht von einer wächsernen Nase. Die hohen Wangen schienen von Pocken zerfressen, und eine Narbe verlief wie eine Tränenspur vom Augenwinkel abwärts, so daß ein Auge älter wirkte als das andere.

Flüchtiges Amüsement keimte in Ronin. Auch er war ein Klingenträger und übte sich mit anderen Klingenträgern im Kampf. Aber in diesen Tagen gab es nicht viel zu tun, und die Langeweile hatte ihn veranlaßt, mit Schülern zu üben. Wenn er dies tat, so wie vorhin, dann trug er einfache Kleidung, und jene, die ihn nicht kannten, mochten ihn durchaus für einen Schüler halten.

»Wohin ich gehe und was ich mache, ist allein meine Angelegenheit«, sagte Ronin höflich. »Was hast du mit den Schülern zu schaffen?«

Der Chondrin starrte ihn an. Sein Hals streckte sich – wie der eines Reptils, das zustoßen will, und zwei Farbflecken erschienen hoch auf seinen Wangen und betonten das Weiß der Pockennarben.

»Wo sind deine Manieren, Schüler?« stieß er drohend aus. »Sprich mit Achtung zu denen, die besser sind als du! – Und nun beantworte meine Frage!«

Ronins Hand fuhr zum Griff seines Schwertes, aber er sagte nichts.

»Nun«, höhnte der Chondrin, »es scheint, als bedürfe dieser Schüler einer Lektion!« Als wären diese Worte das Signal, stürmten die Klingenträger auf Ronin ein. Er wollte sein Schwert aus der Scheide reißen, sich verteidigen, wie es einem Mann seiner Kaste zustand, aber es war unmöglich! Im Tohuwabohu der herandrängenden, stoßenden Menge war seine Bewegungsfreiheit total eingeschränkt. Dann krachten die Klingenträger auch schon gegen ihn. Die bloße Kraft ihres vereinten Gewichts drückte ihn zu Boden, und er dachte noch: *Ich glaube nicht, daß dies wirklich geschieht!*

Instinktiv trat er aus, als die Leiber seiner Gegner über ihm waren. Sein Stiefel krachte gegen weiches, nachgiebiges Fleisch. Schreie gellten. Dann traf ihn ein harter Schlag am Schädel. Ronin stieß den Atem aus. Adrenalin spritzte durch seine Adern, und noch verbissener setzte er sich zur Wehr. Wie ein Berserker schlug er auf die drückende, keuchende Masse der auf ihm liegenden Leiber, und er traf, traf immer und immer wieder. Haut zerplatzte unter seinen Schlägen. Ein kurzes Winseln wurde laut und versank sofort wieder im hektischen Chaos der Kampfgeräusche.

Irgendwann erwischte ihn ein Stiefel an der Seite, und ein dichter Dunstschleier senkte sich über seinen Geist. Ronin riß sich zusammen, brutal befahl er sich, die Schwäche zu ignorieren, weiter zu kämpfen, weiter um sich zu schlagen... Er konnte es nicht! Ein ungeheures Gewicht lastete plötzlich auf seiner Brust. Fürchterlich brannten seine Lungen. Scham loderte in ihm. Als ihn der Stiefel ein zweites Mal traf, wurde er ohnmächtig...

Erneut brandete eine Schmerzwelle heran, aber dieses Mal hielt er sie unter Kontrolle. Er preßte seine Zähne aufeinander, sah zu dem massigen Schädel auf, der nach wie vor über ihn gebeugt war, jenem Schädel mit den zottigen Brauen, den tränenden Augen und der gefurchten Stirn.

»Ach!« rief der Medizinmann aus, halb zu sich selbst. »Was hast du damit nur bezweckt, he?« Ohne Ronin anzusehen, schüttelte er seinen Kopf und wandte sich um. Er legte ein dunkles, fellartiges Tuch gegen die Öffnung eines Milchglasbehälters und drehte ihn um. Sodann legte er das Tuch auf Ronins Seite. Eiskalt war es, und die Schmerzen verklangen nahezu augenblicklich.

»So. Kleide dich an und folge mir.« Stahlig warf das Tuch über die Lehne eines massiv wirkenden Stuhles und schlurfte davon. Im angrenzenden Gemach verschwand er.

Ronin setzte sich auf, behutsam, darauf bedacht, keine rasche, unbedachte Bewegung zu machen. Seine Seite fühlte sich irgendwie steif an, obwohl kein Schmerz mehr darin wühlte. Er zog seine Beinkleider an, sein Hemd sowie die Lederstiefel. Sodann erhob er sich, schnallte sein Schwert um und folgte Stahlig in das von warmem Licht erfüllte Gemach, das in scharfem Kontrast zu dem völlig geometrischen Raum stand, in dem er untersucht und behandelt worden war.

Hier herrschte totales Chaos. Regale, vollgestellt mit gebundenen Papieren und Schreibtafeln, stiegen wie wilder Efeu vom Boden zur Decke hoch. Hier und da gab es Lücken; die entsprechenden Schrifttafeln lagen auf Stahligs Schreibtisch, den beiden Stühlen, dem Boden – überall. Seltsame Zeichen ragten in eigenartigen Winkeln aus den Papieren, die auf den Regalen angehäuft waren.

Stahligs Schreibtisch stand vor der hinteren Wand. Er verschwand beinahe unter dem Haufen von Papieren und Schreibtafeln – ebenso wie die beiden kleinen Stühle, die davor standen.

Auf einem niederen Regal direkt hinter dem Medizinmann waren Fläschchen und Schachteln mit gefüllten Glasbehältnissen aufgereiht.

Ronin trat ein. Ohne aufzusehen griff Stahlig hinter sich nach einer durchsichtigen Flasche mit bernsteinfarbenem Wein. Er stellte sie vor sich auf den Schreibtisch. Die beiden Metallbecher ebenfalls. Er blies hinein, säuberte sie oberflächlich, bevor er sie zur Hälfte füllte. Erst als er den einen Becher zu Ronin hinüberschob, sah Stahlin auf. Ronin nickte und nahm den Becher.

»Setz dich«, sagte der Medizinmann.

Ronin mußte seinen Becher abstellen, um einen Berg Schreibtafeln vom Stuhl räumen zu können. Er zögerte, hielt sie mit beiden Händen.

»Oh, leg sie irgendwo hin«, wies Stahlig an und wedelte mit seiner Linken herum.

Ronin setzte sich und nahm einen tiefen Schluck aus dem Becher. Der Wein schmeckte süß, und er fühlte, wie er einen Teppich der Wärme von seiner Kehle direkt in den Magen hinein abrollte. Ronin trank einen weiteren Schluck.

Stahlig hatte ihn gemustert. Jetzt lehnte er sich wieder vor, rammte seine Ellenbogen auf den Wust der Papiere, faltete seine Hände vor seinem Gesicht, wobei die Daumen gedankenabwesend gegen seine Oberlippe klopften. Unvermittelt bat er: »Erzähle mir, was passiert ist.«

Ronin schwenkte den Wein bedächtig im Becher. Er schwieg. Wegen seiner steifen Seite saß er sehr aufrecht.

Der Medizinmann senkte seine Augen, zerknüllte ein Blatt Papier und warf es in eine Ecke, ohne sich darum zu kümmern, wo es landete.

»So!« Er seufzte hörbar, und als er wieder sprach, war seine Stimme merklich weicher geworden. »Du willst also nicht darüber sprechen. Und doch weiß ich, daß dich etwas bewegt.«

Ronin sah auf. »O ja, der alte Mann sieht und fühlt noch.«

Wieder beugte sich Stahlig vor. Tief lehnte er über den Schreibtisch, den Blick starr auf Ronin geheftet. »Sag mir: Wie lange kennen wir uns?« Seine Finger strichen über die Schreibtischkante. »Seit jenen Tagen, da du sehr jung warst, seit jenen Tagen, da deine Schwester...« Er unterbrach sich abrupt, und in seine welken Wangen kam Farbe. »Ich...«

Ronin schüttelte den Kopf. »Du verletzt mich nicht, wenn du es aussprichst«, sagte er sanft. »Ich bin darüber hinweggekommen.«

Schnell sagte Stahlig: »Seit den Tagen vor ihrem Verschwinden.« Es schien, als empfände es Stahlig selbst jetzt, beim Gespräch, als zu schrecklich, um darauf zu verweilen. »Ja«, fuhr er hastig fort, »ja, wir kennen uns schon sehr lange. Und doch willst du mir nicht sagen, was dich bedrückt.« Seine Hände kamen wieder zusammen und falteten sich. »Du wirst meine Gemächer verlassen und mit Nirren sprechen. Mit Nirren –« Stahligs Stimme wurde hart und scharf – »deinem Freund. Ha! Er ist ein Chondrin, Estrilles Chondrin, und was ist seine Hauptsorge? Du bist ohne Anschluß, du hast keinen Saardin, der dir befiehlt oder dich beschützt. Der Kerl kennt keine Gefühle! Er täuscht Freundschaft vor... Weil er Wert legt auf Informationen. Informationen, die er von dir bekommen kann, Ronin! Denn schließlich ist dies eine seiner Aufgaben... Das Besorgen von Informationen.«

Ronin stellte seinen Becher ab. Zu einer anderen Zeit wäre er wütend geworden. *Aber*, dachte er, *Stahlig mag mich wirklich, er paßt auf mich auf, aber er merkt nichts. Doch ich muß daran denken, daß er viele Dinge fürchtet, manche zu Recht, manche nicht. Was Nirren anbelangt, hat er Unrecht.*

»Niemand kennt die Verschlagenheit der Chondrin besser als ich«, erinnerte er Stahlig. »Das weißt du. Wenn Nirren Informationen aus mir herauszulocken sucht, so ist er hierzu willkommen.«

»Ach!« Stahligs Finger droschen durch die Luft. »Du bist kein politisches Tier.«

Ronin lachte. »Wie wahr!« räumte er ein. »Oh, wie verdammt wahr!«

Der Medizinmann runzelte die Stirn. »Ich glaube nicht, daß du die Brisanz der Lage erkennst. Politik ist es, die den Freibesitz regiert. Viel Ärger gab es in letzter Zeit – und täglich wird es schlimmer. Es gibt Elemente im Freibesitz – sehr mächtige Elemente –, die, so glaube ich, einen Krieg wollen.«

Ronin zuckte die Schultern. »Ich könnte mir beileibe schlimmere Dinge vorstellen.« Wieder schlürfte er von dem süßen Wein. »Gibt es Krieg – so wird es wenigstens diese Langeweile nicht mehr geben.«

Stahlig war schockiert. »Das meinst du doch nicht wirklich, Ronin, ich kenne dich besser! Vielleicht denkst du, daß du unbehelligt bleibst...«

»Vielleicht bleibe ich *tatsächlich* unbehelligt.«

Langsam, traurig, schüttelte Stahlig seinen Schädel. »Du sprichst, ohne zu denken, weil es zu wenig zu tun gibt für dich. Aber gleichwohl weißt du so gut wie ich, daß bei einem *Inneren Krieg* niemand unbehelligt – oder gar unversehrt bleiben wird. Auf diesem begrenzten Raum kann solch zügelloses Handeln nur verheerende Folgen haben.«

»Doch bin ich nicht darin verwickelt.«

»Du bist ohne Saardin, ja. Aber du bist ein Klingenträger, und wenn die Zeit kommt, so kannst du nicht unbeteiligt bleiben.«

Einige Augenblicke des Schweigens senkten sich zwischen die beiden Männer. Ronin nahm einen weiteren Schluck aus dem Becher. Schließlich wandte er sich an den Medizinmann: »Ich werde dir berichten, was heute geschehen ist.«

Stahlig lauschte ihm mit halb geschlossenen Augen. Seine derben Daumen klopften wieder müßig gegen seine Oberlippe. Hätte Ronin es nicht besser gewußt, er hätte meinen können, Stahlig wäre eingeschlafen.

Nachdem er seinen knappen Bericht beendet hatte, fügte er hinzu: »Es ist unglaublich, daß ich auf solche Weise angegriffen wurde – und dazuhin von Klingenträgern. Schachtabwärts, auf den Mittleren Ebenen... Nun, du kennst den Kodex so gut wie ich. Faustkämpfe sind nichts für Klingenträger. Jedwede Mißstimmigkeit wird durch Kampf beigelegt, es kann nicht anders sein. Seit Jahrhunderten wird es so gehalten. Und heute werde ich von Klingenträgern angegriffen, angeführt von einem Chondrin – als wären sie Lausebengel, die es nicht besser wissen...«

Stahlig setzte sich in seinem Stuhl zurück. »Es ist genauso, wie ich sagte. Eine unheimliche Spannung – und noch etwas, das ich nicht zu deuten vermag, liegt in der Luft. Ein Krieg kommt gewiß, und damit der Zusammenbruch all jener Traditionen, die es diesem Freibesitz unter allen anderen Freibesitzen erlaubten, zu überleben.« Er schauderte. Allerdings nur kurz, es war fast eine pathetische Geste. »Die Sieger – wer immer sie auch sein mögen – werden den Freibesitz verändern. Nichts wird bleiben, wie es war.« Stahlig goß seinen Wein hinunter und schenkte sofort wieder nach. Dann sprach er weiter. »Schwarz und gold, sagtest du. Das wären – Dharsits Leute. und Dharsit ist einer von den relativ jungen Saardin. Eine neue Ordnung wollen sie, neue Ideen, neue Traditionen, so sagen sie. *Ihre* Ideen, sage *ich!*«

Heftig und so hart, daß der Inhalt überschwappte und einige Schreibtafeln befleckte, stellte er seinen Becher auf den Tisch zurück.

»Macht ist es, was sie wollen!« Verbittert sprang Stahlig auf und schleuderte die nassen Tafeln vom Tisch. »O Chill, die Kälte, soll es holen. Erkundige dich bei deinem Freund Nirren! Er wird es wissen!«

»Normalerweise sprechen wir nicht über Politik.«

»Nein, natürlich nicht«, versetzte Stahlig geringschätzig. »Verständlicherweise hütete er sich, jene Strategien auszuplaudern, über denen Estrille brütet. Aber ich wette, daß er das Korridorgeschwätz sammelt, das er von dir zu hören bekommt.«

»Vielleicht.«

»Ah!« Stahlig hielt inne, ließ sich wieder auf den Stuhl fallen und sprach rasch weiter, als wäre er äußerst überrascht, dieses Zugeständnis aus Ronin herausgelockt zu haben. »Was den heutigen Vorfall betrifft, so verlasse ich mich darauf, daß du nicht überstürzt handelst.«

»Wenn du damit sagen willst, daß du dir Sorgen machst, ich würde dies hier benutzen...« Er zog seine Klinge leicht aus der Scheide und rammte sie mit einem harten Ruck wieder zurück – »so sei versichert, daß ich keineswegs daran interessiert bin, in die Welt der Saardin hineingezogen zu werden.«

Der Medizinmann seufzte. »Gut. Denn ich bezweifle, daß dir die Schergen von der Sicherheit glauben würden.«

»Was ist mit den Schülern, die Zeugen des Angriffs wurden?«

»Die ihre Chancen, Klingenträger zu sein, aufs Spiel setzen?« antwortete Stahlig mit einer Gegenfrage.

Ronin nickte. »Ja, natürlich. Nun, es ist mir nicht wichtig. Und – wer weiß – vielleicht treffe ich Dharsits Chondrin irgendwann einmal beim Training...« Ronin grinste freudlos. »Dann wird er Grund haben, sich meiner zu erinnern.«

Stahlig lachte jetzt ebenfalls. »Allerdings«, pflichtete er bei. »Das wird er.«

Ihre Unterhaltung zerfaserte. Im Behandlungsraum des Medizinmannes wurden Schritte laut. Ronin und Stahlig sahen zur Tür. Dort waren schattenhaft zwei Männer zu sehen. Sie standen auf der Schwelle und machten keinerlei Anstalten, das vor ihnen liegende Gemach zu betreten.

Sie trugen identische Uniformen. Drei Dolche wurden in Scheiden gehalten, die an schräg über die Brust geschnallten, schwarzen Ledergurten befestigt waren. Sicherheits-Daggam! Beide hatten sie kurzgeschorenes, dunkles Haar und ebenmäßige Gesichtszüge. Gesichter, die man kein zweites Mal ansehen würde, Gesichter, die man genau betrachten mußte, um sich später daran erinnern zu können.

»Stahlig!« sagte einer der beiden. Er hatte ein forsche, klare Stimme.

»Der bin ich!«

»Deine Anwesenheit wird verlangt. Du hast deinen Heil-Beutel zu packen und mit uns zu kommen.« Er trat vor und übergab Stahlig ein zusammengefaltetes Blatt. Sein Gefährte blieb stumm auf der Schwelle stehen. Seine Hände waren leer.

Stahlig las. »Freidal höchstpersönlich«, murmelte er schließlich. »Fürwahr – eindrucksvoll.« Er sah auf. »Selbstverständlich werde ich kommen. Aber zuvor verlange ich, etwas über die Natur der Vorladung zu erfahren. Ich muß wissen, was ich mitbringen soll.«

»Alles.« Der Daggam faßte Ronin argwöhnisch ins Auge.

»Das ist ganz unmöglich!« sagte Stahlig ungeduldig.

»Ich bin sein Gehilfe«, wandte Ronin ein, der den Blick des Daggam bemerkt hatte. »Du kannst offen vor mir sprechen.«

Die Augen des Schergen wandten sich finster von ihm ab, hin zu Stahlig.

Der Medizinmann nickte. »Ja, er hilft mir«, bekräftigte er.

»Ein Zaubermann«, begann der Daggam gedehnt, widerstrebend. »Er ist verrückt geworden... Wir waren gezwungen, ihn einzusperren – zu seiner eigenen Sicherheit sowie jener der anderen. Er griff mutwillig seinen Teck an. Aber nun scheint seine Gesundheit zu versagen, und –«

Stahlig war bereits damit beschäftigt, Utensilien und Ampullen in einen abgenutzten Lederbeutel zu stopfen. Als der Daggam dies sah, hielt er inne, und anstatt seinen Satz zu vollenden, blickte er starr auf Ronin.

»Du – du bist kein Gehilfe!« sagte er eisig. »Du trägst ein Schwert. Du bist ein Klingenträger. – Erkläre!«

Stahlig unterbrach seine emsige Tätigkeit. Aber nach wie vor wandte er ihnen den Rücken zu.

Das nützt auch nichts, dachte Ronin.

»Ja, ich bin ein Klingenträger«, erwiderte er sanft.

»Aber wie du sehen kannst, bin ich niemandem angeschlossen. Deshalb steht mir viel freie Zeit zur Verfügung. Hin und wieder helfe ich dem Medizinmann.«

Stahlig füllte seinen Beutel. Dann drehte er sich um. »Ich bin fertig«, sagte er. »Geh voraus.« Er fixierte Ronin. »Besser, du begleitest mich.«

Ronin starrte den Daggam an. »Zweifellos würde es die Langeweile mildern...«

In einem glatten, sanft gekrümmten Bogen schwang sich der Korridor vor ihnen fort. Die Wände waren mit grauer Farbe bemalt, die vor langer Zeit eintönig gewirkt haben mochte. Jetzt, nach vielen Jahren der Abnutzung und Vernachlässigung, gab es Flecken darauf, ölig und dunkel, dreckverkrustete Flächen und dazwischen fast weiß gebleichte Abschnitte. Hier und da streckten spinnwebartige Risse ihre Klauen aus – wie zähe Pflanzen, die nach Sonnenlicht suchten.

Zu beiden Seiten des Korridors gab es in regelmäßigen Abständen Pforten. Gelegentlich stand eine offen und gewährte Einblick in dunkle, muffige Gemächer, in deren Ecken Trümmer und – überall auf dem Boden verstreut – Abfälle angehäuft waren. Aber außer diesem Zeugnis menschlichen Verfalls waren sie leer – meistens. Ab und zu konnte man jedoch kleine, huschende Schemen erkennen, das Kratzen von Klauen hören sowie das Peitschen eines Schwanzes...

Allmächlich wich das Grau der Korridorwände einem müden, glanzlosen Blau. Die Daggam wandten sich nach links, in einen düsteren Durchgang in der inneren Wand des Korridors. Ronin und Stahlig folgten ihnen. Keiner von ihnen warf einen zweiten Blick auf den steckengebliebenen Aufzug jenseits des Korridors.

Sie befanden sich auf einem Absatz des Treppenschachtes, der vertikal, am Rande des Freibesitz-Zentrums verlief. Einer der Daggam – jener, der sie aufgefordert hatte, mitzukommen – griff in eine Wandnische hinauf und entnahm ihr eine Fackel aus geteertem Schilfrohr, welche mit einem Strick umwickelt war. Er hielt sie vor. Sein Gefährte schlug mit Feuerstein und Zunderbüchse Funken und entzündete die Fackel. Feuerpünktchen sprangen in die Luft, um gleich darauf ersterbend zu Boden zu taumeln.

Ohne einen Blick zurückzuwerfen, schritten die Daggam sodann weiter in die Tiefe. Dumpf hallten ihre Schritte auf den Betonstufen. Die Tatsache, daß sie abwärts stiegen – anstatt aufwärts – überraschte Ronin. Das wenige, das er über die mysteriösen Zaubermänner wußte, wies darauf hin, daß sie eine hohe Position in der Hierarchie des Freibesitzes innehatten. Unablässig huldigten die Saardin ihren Fähigkeiten und ihrer Weisheit – und umwarben sie. Trotz ihres traditionellen Gelöbnisses, für immer auf das Wohl des gesamten Freibesitzes hinzuarbeiten. Aber es war gut möglich, daß die Zaubermänner keinesfalls immun waren gegen die Politisierung... Entsprechend seinen Rechten sollte also anzunehmen sein, daß der Zaubermann auf einer der oberen Ebenen des Freibesitzes unterbracht war. Und doch stiegen sie in die Tiefe hinunter...

Ronin beschloß, abzuwarten und sich überraschen zu lassen. Niemand wußte sonderlich viel über die Zaubermänner. Es hieß, sie seien seltsame Individuen. Nun, wenn es einer von ihnen vorzog, auf den Rändern der Mittelebenen bei den Neers zu wohnen, so ging ihn dies nichts an.

Zwischen jeder Ebene führte eine Treppe auf einen Absatz zurück. Schweigend schritten die Männer dahin, während der flackernde Fackelschein ihre Schatten zu grotesken Parodien menschlicher Gestalten verzerrte, torkelnde Wesenheiten, die an Wänden und niedrigen Decken entlangtanzten, ausdruckslos, nicht denkend, wunschlos, sich auf beunruhigende Weise gleichzeitig von ihren menschlichen Gegenstücken zurückziehend und sich ihnen nähernd.

Endlich erreichten sie die richtige Ebene. Sie traten auf einen Korridor hinaus, der mit jenem, den sie oben verlassen hatten, völlig identisch schien. Nur die Wände... Sie waren mit düsterer grüner Farbe bemalt.

Der Daggam löschte die Fackel und plazierte sie in einer Nische.

Auf dieser Ebene gab es mehr Leben. Männer und Frauen kamen ihnen entgegen oder schritten an ihnen vorüber. Das leise Summen ferner Unterhaltungen erfüllte die Luft – und erinnerte an eine Flutwelle. Knapp zweihundert Meter von jener Pforte entfernt, die in den Treppenschacht führte, gab es eine in dunklem Grün bemalte Tür. Sämtliche Türen dieser Ebene schienen in dieser Farbe gehalten.

Zwei Daggam standen Wache.

Ein kurzer, in gedämpfter Lautstärke gehaltener Wortwechsel zwischen den vier Schergen. Einer der beiden Wächter nickte kurz, drehte sich um und klopfte einen eigenartigen Rhythmus gegen die Tür. Augenblicklich wurde sie von einem weiteren Daggam geöffnet, und die Boten und Stahlig traten ein. Ronin wollte ihnen folgen, wurde jedoch angehalten. Einer der beiden Schergen drückte ihm seine Handfläche auf die Brust. Der Kiefer des Draggam sprang vor. »Wohin gehst du?« fragte er. Und er schaffte es tatsächlich, seine Stimme gelangweilt und verächtlich zugleich klingen zu lassen.

»Ich gehöre zu Stahlig, dem Medizinmann.« Ronin erwiderte den harten Blick des Daggam ungerührt. Er sah in ein rundes, feistes Gesicht, das für die kleine, dicke Knollennase und die eng beieinander stehenden Augen, deren Farbe an Schlamm erinnerte, viel zu groß schien. *Aber*, dachte Ronin, *Männer wie dieser sind perfekte Maschinen, die sofort und nie versagend auf jeden Befehl reagieren. Ich habe davon schon viele gesehen.*

Der breite Mund mit den wulstigen Lippen öffnete sich – wie ein Tor, das zögernd aufgetan wurde. »Weiß nichts davon. Geh weiter, bevor du Ärger bekommst.«

Ronin fühlte den Druck der Hand auf seiner Brust. Und doch blieb er stehen. Für einen winzigen Sekundenbruchteil glitzerte Überraschung in den Augen des Daggam: Kehrte er seine Macht hervor, so war er eine ganz bestimmte Reaktion gewohnt... Angst! Er sah sie hochflammen, und er liebte es, sie zu schaffen, sie vor sich brennen zu sehen, als wäre sie ein Opfer. Doch dieses Mal war alles anders. Dieser Mann zeigte keine Furcht, und das verwirrte ihn. Zorn flackerte in ihm auf, und seine Linke glitt an den obersten, an seine Brust geschnallten Dolch.

Ronin sah die Bewegung, und seine Hand lag auf dem Griff seines Schwertes. Da erschien hinter dem Daggam ein Gesicht in der Türöffnung.

»Stahlig, du zerstreuter –«

Die Augen des Medizinmannes weiteten sich. »Ronin«, stieß er hervor. »Hab' mich schon gefragt, wo du steckst! Komm herein!«

Ronin trat vor, aber der Daggam versperrte ihm noch immer den Weg. Nach wie vor pochte der Zorn in ihm, er schüttelte seinen Kopf, und die Klinge des Dolchs schimmerte im Licht des Korridors.

Ein weiteres Gesicht tauchte hinter ihm auf. Lang und hager war es, mit einem geteilten, von Entschlossenheit erfüllten Kiefer, einer sehr hohen, schmalen Stirn, die von derart glattem und glänzendem Haar gekrönt war, daß blaue Schlaglichter darüberhuschten, je nachdem, wie das Licht daraufffiel. Klare, durchdringende blaue Augen beherrschten es, deren bohrender Blick alles aufzunehmen schien und nichts von dem verriet, was in den Tiefen seines Ichs vorging.

»Ganz still, Marcsh. Laß den Burschen durch!« Die Stimme war tief und befehlend.

Marcsh hörte die Worte und bewegte sich automatisch

zur Seite, aber der Zorn in seinem Innersten weigerte sich, zu sterben. Wirkungslos pochte er gegen den Käfig seines stämmigen Brustkastens. Darauf bedacht, daß sein Saardin dies nicht sah und ihn folglich bestrafte, funkelten seine Augen in stummem Zorn, als Ronin an ihm vorbeischritt.

Ronin fand sich in einem Vorgemach wieder, von dem seitwärts zwei Gemächer abgingen. Das eine – linker Hand von ihm – war, abgesehen von einem wuchtigen Arbeitstisch, einem ziemlich kleinen Schreibpult an einer Wand und einem schmalen Bett an der gegenüberliegenden Wand, kahl. Der Raum war dunkel. Dennoch konnte er eine auf dem Bett ausgestreckte Gestalt ausmachen. Abgenutzte, verschrammte Wandschränke säumten die oberen Bereiche dreier Wände. Ein einzelner Stuhl kauerte in der Mitte des Raumes.

Das Gemach zu Ronins Rechter wirkte weniger funktionell. Zwei Wände wurden von niederen Diwans und gepolsterten Stühlen gesäumt. Die Daggam, einschließlich jener beiden, die nach Stahlig geschickt worden waren, hatten sich auf einem von der Tür am weitesten entfernten Diwan niedergelassen und nahmen eine Mahlzeit ein. Im Vorderraum standen zwei Schergen und flankierten Stahlig und den Mann, der die Daggam befehligte.

Ronin kam zu dem Schluß, daß hier einige Wände niedergerissen worden sein mußten, um ein derart großes Quartier zu schaffen. Zweigemächer-Quartiere waren schachtaufwärts selten genug, aber hier unten...

»Ah, Ronin«, sagte der Medizinmann. »Dies ist Freidal, Saardin der Sicherheit für den Freibesitz.«

Freidal verbeugte sich. Die Geste wirkte irgendwie theatralisch. Er lächelte nicht, und seine Augen waren ausdruckslose Leuchtfeuer, die Ronin einen kurzen Moment lang musterten, bevor ihr Blick wieder zu Stahlig zurückglitt.

Die beiden Männer nahmen ihre Diskussion wieder auf.

Freidal war ganz in tiefes Grau gekleidet, bis auf die kniehohen Stiefel der Saardin und die schönen Bruststreifen der Chondrin, beide silbern. Darüber wunderte sich Ronin: Oberherr und Taktiker, Augen und Ohren – alles in Personalunion?

»Trotzdem«, sagte Freidal soeben kalt, »übernimmst du die Verantwortung dafür, daß dieser Mann hier bleibt?« Er deutete zu Ronin hinüber.

»Ach!« Stahlig rieb sich über die Stirn. »Glaubt Ihr etwa, er wird Borros einfach nehmen und mit ihm hinausgehen? Unsinn!«

Kalt faßte Freidal den Medizinmann ins Auge. »Mein Herr, hier gibt es sehr viel, das von höchster Wichtigkeit ist für den Freibesitz!« Die Messinggriffe seiner Dolche blinkten im Licht, als er sich geschmeidig bewegte. »Ich kann es mir nicht erlauben, unnötige Risiken einzugehen.« Er sprach in seltsam förmlicher, fast anachronistischer Art... Und dabei hielt er sich sehr gerade, und er war sehr groß.

»Ich versichere Euch, Freidal, es gibt nichts zu befürchten. Ronin ist zuverlässig«, versicherte Stahlig eindringlich. »Er beobachtet lediglich mein Tun, und er ist nur auf meine Einladung hier an meiner Seite.«

»Ich verlasse mich darauf, daß du nicht so dumm bist, mich zu belügen. Dies würde nämlich sowohl für dich als auch für deinen Freund zu schlimmen Konsequenzen führen.« Wieder blickte er kurz zu Ronin hinüber, und das Licht verwandelte sein linkes Auge in einen silbernen Glanz. Ronin fuhr leicht zusammen, als sich der Saardin wieder an Stahlig wandte. *Eine Reflexion*, dachte er. *Aber das kann nicht sein, nicht mit einem derart hellen Blitz...*

Dann, plötzlich, ahnte er den Grund! Und jetzt, als er es genau beobachtete, bemerkte er tatsächlich, daß sich

Freidals linkes Auge nicht bewegte. Es war ein künstliches Auge.

Stahlig hob beide Hände. »Bitte, Saardin, Ihr habt mich mißverstanden. Ich wollte lediglich versichern...«

»Erlaubt mir, meinen Standpunkt klarzustellen, Medizinmann! Ich wollte dich nicht hierherrufen. Deine Anwesenheit stört mich. Die Anwesenheit deines Freundes stört mich. Ich bin tief ins Zentrum einer höchst schwer greifbaren Sicherheitsangelegenheit mit schwerwiegenden Verästelungen hineingestoßen. Wäre alles so, wie ich es wünschte, so hätte niemand außer den von mir ausgewählten Daggam Zutritt zu diesem Quartier.

Allerdings – ich habe mich zwischenzeitlich mit der Tatsache abgefunden, daß dies unmöglich ist. Borros, der Zaubermann, ist ernsthaft krank, sagen mir meine medizinischen Ratgeber. Sie vermögen ihm nicht zu helfen. Sie sagen, es übersteige ihr Können. Deshalb mußte ein Medizinmann hierhergerufen werden. Borros soll leben. Ich will, daß er lebt!

Doch laß dir trotzdem sagen: Ich habe wenig Geduld mit Leuten deines Schlages. Und nun, bitte, kümmere dich so schnell wie möglich um ihn und dann – geh!«

Stahlig neigte leicht seinen Kopf, ein Zugeständnis an Freidals Autorität. »Wie Ihr wünscht«, sagte er höflich. »Darf ich Euch zuvor jedoch bitten, mir von den Ereignissen zu berichten, die Borros Krankheit unmittelbar vorausgingen?«

Alles in Ronin sträubte sich gegen den unterwürfigen Ton in der Stimme des Medizinmannes.

»Darf ich fragen, wozu dies gut sein soll, mein Herr?«

Stahlig seufzte, und Ronin bemerkte die Furchen der Ermüdung in seinem Gesicht. »Saardin, ich würde Euch niemals bitten, den Freibesitz mit einem an Eurer Seite festgebundenen Arm zu verteidigen. Im Gegenzug bitte ich Euch um dieselbe Gefälligkeit.«

»So ist es also unerläßlich?«

»Je mehr Informationen ich habe, desto größer ist die Chance, dem Patienten helfen zu können.«

»Also gut.« Der Saardin gab einen raschen Wink, und ein Daggam trat zu ihm, der unweit hinter ihm gestanden war. Er war ein unauffälliger Mann, der Schreibtafel und Federkiel hielt.

»Mein Schreiber«, stellte Freidal knapp vor. »Er ist nie weit von mir. Er schreibt alles nieder, was ich sage, und desgleichen, was zu mir gesagt wird. Auf diese Weise kann es zu späterer Zeit kein Mißverständnis geben.« Wieder glitt sein kalter Blick von Stahlig zu Ronin und wieder zurück. Es war unmöglich, zu erraten, was er in diesen Momenten dachte. »Er wird aus dem mir heute früh gemachten Bericht vorlesen.«

»Sehr gut«, sagte Stahlig. »Aber zuvor: Laßt uns zu Borros gehen. Ich will mir seinen Zustand ansehen.«

Freidal verbeugte sich steif, und sodann begaben sie sich schweigend in das schattige Gemach und hinüber zu dem Feldbett, auf dem der Zaubermann lag.

»Ich entschuldige mich für das fehlende Licht«, sagte Freidal ohne eine Spur von Bedauern. »Die Oberlichter sind erst kürzlich ausgefallen, daher die Lampen.« Zwei der Ronin vertrauten Tongefäße standen auf dem Arbeitstisch unweit der Bettstatt, und ihre Flammen tauchten den Raum in eine unsichere, rauchige Helligkeit.

Der Zaubermann war auf das Bett gebunden worden. Ledergurte lagen um Brust und Hand- und Kniegelenke. Das Bett selbst war das gewöhnliche Gestell, bedeckt mit großen, weichen Kissen.

Stahlig und Ronin beugten sich über den kranken Zaubermann. Das diffuse Licht warf tausend Schatten, doch trotzdem erkannte man sofort, daß Borros in jeder Hinsicht einzigartig war. Sein Körper wirkte seltsam unproportioniert, mit einer langen, schmalen Taille und einem dicken, faßförmigen Brustkasten. An seinen Fingern saßen lange, zierliche Nägel. Das Ungewöhnlichste jedoch war sein Gesicht. Der Schädel, ein langgestrecktes Oval, war vollkommen haarlos, und die Haut, die sich fest über den Schädelknochen spannte, von höchst sonderbarer dunkler Farbe mit einem schwachen Gelbton. Die Augen hielt der Zaubermann geschlossen. Sein Atem kam flach.

Stahlig beugte sich tiefer zu ihm hinunter, um ihn zu untersuchen.

In diesem Augenblick begann Freidals Schreiber zu rezitieren: »Niedergeschrieben am 27. Zyklus des Sjjit –«

Freidal hob seine Rechte. »Nur den Text, wenn ich gefälligst bitten darf!«

Der Schreiber neigte seinen Kopf. »Erklärung von Mastaad, Diener von Borros, dem Zaubermann.

Viele Zyklen lang hatten wir an den letzten Phasen eines Projektes gearbeitet, dessen Ziel sich Borros hartnäckig weigerte, mir anzuvertrauen. Ich besorgte das Mischen und Kontrollieren von Elementen, das ist alles. Mehrere Zyklen lang hatte Borros ununterbrochen gearbeitet. Stets verließ ich ihn zum Ende des sechsten Zeitabschnittes, und kehrte ich zum zweiten Zeitabschnitt zurück, so saß er noch genauso, wie ich ihn verlassen hatte, über seinen Tisch gebeugt.

Vor drei Zyklen nun kam ich und fand ihn ungeheuer aufgeregt vor. Aber er wollte mir nichts sagen, obwohl ich ihn um seiner Gesundheit willen anflehte, sich von mir –«

»Was ist dies, Saardin?« unterbrach Stahlig. Während der Schreiber vorgelesen hatte, hatte er den Zaubermann gründlich untersucht. Zunächst hatte er sie übersehen, aber jetzt deutete Stahlig darauf. Ronin bückte sich und sah die drei kleinen Flecken nun ebenfalls, die wie dunkle Schmutzflecken, entstanden durch die Berührung mit Holzkohle, ein Dreieck bildeten – und zwar auf jeder Schläfe des haarlosen Schädels.

Freidal besah sich die Flecken ebenfalls, und zum ersten Mal spürte Ronin die bleierne Spannung, die den Raum erfüllte. Der Saardin starrte auf den ruhenden Körper des

Zaubermannes. »Du bist der Medizinmann, mein Herr«, sagte er vorsichtig. »Du wirst mir sagen, was die Male zu bedeuten haben.«

Stahlig schien antworten zu wollen, überlegte es sich dann jedoch offenbar besser. Die Stille wirkte bedrückend. Schließlich hob Freidal – er wirkte sehr zufrieden – die Rechte.

Die Stimme des Schreibers erhob sich erneut: »... sich von mir umfassender helfen zu lassen. Er weigerte sich, wurde beleidigend. Ich zog mich zurück. Zum nächsten Zyklus hatte Borros' Unruhe zugenommen. Seine Hände zitterten, seine Stimme war rissig, und bei mehr als einer Gelegenheit fand er Grund, mich zu beleidigen. Im zweiten Zeitabschnitt desselben Zyklus schrie er mich bei meiner Ankunft an, ich solle verschwinden. Borros sagte, er brauche keinen Teck-Diener mehr. Er begann, unzusammenhängend zu toben. Ich fürchtete um seine Gesundheit. Ich versuchte, ihn zu beruhigen. Er flüchtete sich in einen Wutanfall und griff mich an, wobei er mich in den Korridor hinausdrängte. Ich kam direkt hierher, um –«

Der Saardin gab ein kurzes Zeichen, und der Schreiber verstummte. Stahlig richtete sich wieder auf und wandte sich an Freidal. »Warum wurde der Zaubermann festgebunden?«

Das echte Auge des Saardin flammte auf. »Mein Herr, ich will wissen, ob Borros leben wird, und wenn er leben wird, ob seine Fähigkeiten beeinträchtigt wurden. Habe ich die Antworten auf diese Fragen, so werde ich auf deine Erkundigungen eingehen.«

Stahlig wischte sich mit dem Handrücken über die Augenbrauen. Schweiß perlte darin.

»Er wird leben, Saardin. Das heißt – ich glaube, daß er leben wird. Was seine Fähigkeiten anbelangt... Hierüber vermag ich momentan noch keine Prognose abzugeben. Dies wird erst möglich sein, nachdem er sein Bewußtsein wiedererlangt hat und ich Gelegenheit hatte, seine Reflexe zu testen.«

Der Saardin dachte einen Augenblick darüber nach. »Mein Herr«, meinte er dann, »dieser Zaubermann war ziemlich gewalttätig, als meine Daggam zu ihm kamen. Er griff sie an, obwohl sie ihm nichts Böses wollten. Ergo waren sie gezwungen, ihn zu überwältigen und sich zu vergewissern, daß er den gleichen Fehler nicht noch einmal begehen konnte. Dies diente sowohl seinem Schutz als auch dem anderer.« Zum ersten Mal lächelte Freidal – und gab damit seinem Gesicht das Aussehen eines Raubtieres. Das Lächeln blitzte auf und verschwand sofort wieder, ohne eine Spur zu hinterlassen.

Stahlig sagte: »Eine unmenschliche Behandlung, trotz allem.«

Freidal zuckte mit den Schultern. »Aber eine notwendige.« Damit schien für ihn das Thema erledigt. Er wandte sich ab, ermahnte zwei Daggam, den Raum zu verlassen, sobald der Medizinmann bezüglich Borros' Zustand Gewißheit erlangt habe und – schon auf der Schwelle stehend – sagte er zu Stahlig: »Wenn der Zaubermann stirbt, mache ich dich höchstpersönlich dafür verantwortlich.«

Dies galt als Abschied.

Freidal verließ das Gemach.

Als sie allein waren, stieß Stahlig zischend den Atem aus; das nervöse Geräusch gelöster Spannung. Er sank in den einzigen Stuhl, der in dem kleinen Raum stand, und seine Schultern sackten nach vorn. Er preßte seine Hände vor dem Mund zusammen. Sie zitterten leicht.

Ronin dachte daran, daß Stahlig in diesen Augenblicken sehr schwach und sehr alt aussah, und er fühlte, wie sich Mitleid in ihm regte.

»Ich bin ein Narr.« Erschöpfung. »Nie hätte ich dich bitten sollen, mich hierher zu begleiten. Einen Moment lang dachte ich so, wie ich vor vielen Jahren gedacht habe, zu einer Zeit, da ich jung und verwegen war. Ich bin ein alter Mann. Ich müßte es besser wissen.«

Ronin legte eine Hand auf seine Schulter. Er wollte etwas sagen, aber ihm fehlten die Worte. Stahlig sah ihm ins Gesicht. »Er hat sich dein Gesicht gemerkt, vergiß das nicht«, flüsterte er.

Ronin versuchte zu lächeln, fand jedoch, daß er es nicht konnte. Stahlig erhob sich und begab sich wieder zum Bett des Zaubermannes hinüber. Dabei wandte er Ronin den Rücken zu. Der Klingenträger stand unbeweglich und schweigend hinter ihm und betrachtete das Gesicht des Gefesselten. Rauchiges, orangefarbenes Licht flackerte hin und wieder auf den beträchtlich langen, durchscheinenden Fingernägeln, wie die Spuren eines unvorstellbaren, geheimnisvollen Tieres.

So kam es, daß Ronin das Zucken der Lider zuerst sah. Borros öffnete seine Augen! Mit einem leisen Ruf machte er Stahlig aufmerksam, der soeben in seinem Beutel kramte.

Die Augen des Zaubermannes waren lang und schmal. Mehr war nicht zu erkennen, denn sie lagen in tiefem Schatten, und Stahlig beugte sich nun wieder über ihn.

»Ah!« stieß Borros hervor. »Ah!« Er blinzelte. Seine Lider schienen irgendwie schlaff. Die Lippen trocken.

Stahlig hob ein Lid an, besah sich das Auge. »Unter Drogen«, stellte er sehr leise fest.

»Ah!« sagte der Zaubermann.

Ronin beugte sich vor, so daß sie ohne Furcht, belauscht werden zu können, sprechen konnten. »Warum setzte man ihn derart unter Drogen, Stahlig?«

»Zweifellos würde uns der Saardin darauf antworten, daß es notwendig gewesen war, um ihn zu beruhigen. Aber ich glaube nicht, daß dies der Grund war.«

»Und warum nicht?«

»Zuallererst: Es wurde die falsche Droge verwendet. Borros ist halb bei Bewußtsein, jedoch noch immer von dem beeinflußt, was sie ihm gegeben haben. Hätte man ihn ruhiggestellt, so wäre er entweder völlig besinnungslos oder aber wach. Und in diesem Falle würde er sich über das, was mit ihm geschehen ist, wundern.«

»Ah! Ah!«

Deutlich sagte Stahlig: »Borros, kannst du mich hören?«

Die Lippen des Zaubermannes zuckten. Deutliche Spannung senkte sich über seinen Körper. »Nein«, formten die Lippen schwach. »Nein, nein, nein, nein –«

Eine Speichelblase hatte sich in einem Mundwinkel gebildet. Jetzt blähte sie sich auf – mit jedem kläglichen Schrei aufs neue.

»Nein! Nein!«

»Beim Frost!« flüsterte Ronin.

Der Kopf des Zaubermannes bewegte sich von einer Seite auf die andere, während der Mund die Worte formte und ausstieß. Dick schwollen die Adern an seinem Hals an, und er bäumte sich in den Fesseln auf.

Stahlig griff in seinen Beutel und verabreichte Borros irgendeine Medizin. Nahezu augenblicklich wurde er ruhig. Seine Augen schlossen sich, sein Atem kam weniger rasselnd und krampfartig. Stahlig wischte sich wieder den Schweiß aus den Augenbrauen. Ronin wollte sprechen, aber der alte Mann bedeutete ihm, still zu sein. Nachdrücklich legte sich seine Hand auf Ronins Arm.

»Nun, ich habe alles in meiner Macht Stehende getan«, meinte Stahlig in normalem Tonfall. Er nahm seinen Beutel auf, und sie verließen das düstere Gemach. Den Daggam-Wächtern an der Tür hinterließ er eine Nachricht für Freidal.

»Sagt eurem Saardin, daß ich im siebten Zeitabschnitt zurückkommen werde, um den Zustand des Patienten zu überprüfen.«

»Was hast du herausgefunden?«

Die Unordnung in Stahligs Gemach wirkte irgendwie beruhigend. Die schwachen Oberlichter warfen einen düsteren Schein. Die Tonlampen waren in einer Ecke plaziert, ziemlich unsicher auf einem Stapel Schreibtafeln, und warteten darauf, benutzt zu werden. Das zerknüllte Papier lag noch da, wo es hingeworfen worden war. Jenseits des Gemaches erfüllte Dunkelheit die Türöffnung zum Behandlungsraum.

Stahlig schüttelte seinen Kopf. »Ich will dich nicht weiter in diese Angelegenheit hineinziehen. Es reicht, daß du dem Saardin der Sicherheit begegnet bist.«

»Aber ich war doch derjenige –«

»Ich gab die Zustimmung.« Stahlig schien auf sich selbst böse zu sein. »Glaube mir, Ronin, wenn ich dir sage, daß ich vergessen werde, was ich gesehen habe. Borros ist nur ein weiterer Patient, der Behandlung braucht.«

»Das ist er *nicht!*« versetzte Ronin nachdrücklich. »Warum sagst du mir nicht, was du festgestellt hast?«

»Es ist viel zu gefährlich.«

»Die Kälte soll es holen!« rief Ronin impulsiv aus. »Ich bin kein schutzbedürftiges Kind mehr!«

»Das habe ich auch nicht behauptet!«

»Wirklich nicht?«

In dem gläsernen Schweigen, das sich um sie herum aufbaute, erkannte Ronin eine drohende Gefahr. Wenn nicht bald einer von ihnen sprach, so waren sie unwiderruflich getrennt. Er verstand nicht, warum dies so war. Es ärgerte ihn.

Stahlig senkte seine Augen und sagte leise: »Stets dachte ich auf ganz bestimmte Weise über dich. Als Medizinmann waren mir viele Dinge im Leben nicht erlaubt, Dinge, die ich irgendwann einmal möglicherweise für mich selbst haben oder erreichen wollte. Du und – deine Schwester... Beide wart ihr mir schon als Kinder sehr nahe. Und dann – dann gab es nur noch dich.« Er sagte es zögernd, gedehnt, und es war deutlich, wie schwer es ihm fiel. Doch Ronin wußte, daß er es Stahlig nicht leichter machen konnte. Vielleicht war es überhaupt ganz und gar unmöglich, darüber zu sprechen.

»Aber mir ist klar, daß du jetzt ein Klingenträger bist. Ich weiß, was das heißt. Nur... Ab und zu – da erinnere ich mich an das Kind Ronin.« Er drehte sich um und goß sich etwas zu trinken ein, schluckte es in einem langen Zug hinunter und goß erneut ein. Dieses Mal auch für Ronin. Er schob ihm den Becher hin. »Und nun«, sagte er dann, als wäre überhaupt nichts geschehen, »wenn du darauf bestehst, werde ich dir sagen, was ich erfahren habe.«

Und Stahlig erzählte ihm, was seine Untersuchung ergeben hatte. Daß er sicher war, daß die Sicherheit Borros länger als einen Zyklus in Verwahrung gehabt hatte.

»Möglicherweise sogar sieben Zyklen lang. Bei dieser besonderen Droge ist das nur schwer genau feststellbar«, erklärte er.

Und bedachte man die benutzten Drogen und Borros' Reaktion auf Stahligs Stimme, so schien es vollends klar, daß die Sicherheit den Zaubermann verhört hatte.

»*Interviewen* nennen sie das«, sagte Stahlig düster. »Eine Auswirkung dieser Droge ist es beispielsweise, daß sie den eigenen Willen unterdrückt. Mit anderen Worten –«

»Sie haben in seinem Gehirn herumgestochert.«

»Sie haben es versucht, ja.«

»Was meinst du damit?«

»Nun solcherlei Unternehmungen sind sehr kompliziert – und beileibe nicht narrensicher.«

»Aber warum haben sie nicht einfach seine Aufzeichnungen beschlagnahmt? Sicherlich wäre das leichter gewesen.«

Der Medizinmann zuckte mit den Schultern. »Vielleicht

konnten sie sie nicht entschlüsseln, wer weiß. Auf jeden Fall war so ziemlich alles, was Freidal von sich gab, gelogen.«

»Warum sollte er sich diese Mühe machen? Und wenn das, was du sagst, wahr ist, so heißt das doch, daß sich die Sicherheit vorsätzlich in die Arbeit eines Zaubermannes eingemischt hat.«

»Ganz recht.« Stahlig nickte. »Und dann ist da noch die Sache mit den Dehn-Flecken...« Abrupt hielt er inne. Beide hörten sie die behutsamen Schritte in der Dunkelheit des angrenzenden Raumes. Stahlig reagierte sofort. Mit lauter Stimme sagte er: »Die Zeit vergeht. Bald ist es Zeit für Sehna.« Und mit eindringlichem Unterton fügte er hinzu: »Du mußt daran teilnehmen. Verstehst du?«

Ronin nickte schweigend.

»Und morgen und übermorgen und sodann an jedem folgenden Tag.« Wieder lauter sprechend fuhr er fort: »Gut. Ich werde dich also später sehen. Ich werde mir die Prellung noch einmal ansehen müssen.« Er blinzelte Ronin zu, und dieser nickte kaum merklich.

Er erhob sich und ging. Im Behandlungsraum kam er an zwei Daggam vorbei. Sie wollten zu Stahlig.

Ronin schritt am einzigen noch funktionierenden Aufzug dieses Sektors vorbei. Eine große Menschenmenge wartete bereits auf die Kabine, und ihm fehlte die Geduld, sich anzustellen. Mehrere Male wurde er laut gegrüßt, und er lächelte zerstreut und hob mechanisch die Hand, um die Grüße zu erwidern. Jedoch blieb er nicht stehen, um jemanden förmlich zu begrüßen oder zu reden.

Sein Körper ging automatisch weiter, wie er es oft tat, so daß er sich seiner Umgebung nur mehr beiläufig bewußt war. Er war tief in Gedanken versunken. Sein Körper wußte, wohin er zu gehen hatte, kannte jenen Treppenschacht, der ihn hinauf, zu seiner Ebene führte.

So ging er auch an Nirren vorbei, ohne ihn zu sehen.

Nirren war ein großer Mann mit dunklem Teint, einer mächtigen Adlernase und tief in den Höhlen liegenden Augen. Er sah Ronin, fuhr herum, nicht im geringsten überrascht, seine Hand zuckte vor und schloß sich um den Arm des Freundes.

Ronin fühlte den Schatten der Annäherung, noch bevor der Chondrin ihn berührt hatte, und es war kein Widerstand in ihm. Geschmeidig federte er herum, den Schwung nutzend, mit dem Nirren ihn heranzog, und während er dies tat, zog er sein Schwert mit einer derart blitzartigen Schnelligkeit, daß sein Arm nicht mehr war als eine verschwommene Bewegung. Seine Klinge war erhoben, bereit, zuzuschlagen, noch bevor er gesehen hatte, wer ihn ergriff. Licht flirrte auf Stahl. Nirren grinste. Er hatte sein Schwert kaum aus der Scheide gebracht.

Er lachte und zeigte weiße, gleichmäßige Zähne. »Eines Tages, Ronin, das schwöre ich dir, werde ich dich übertreffen.«

Ronin lächelte freudlos und rammte sein Schwert in die Scheide zurück. »Kein Tag für einen deiner Tricks.« Sein Lächeln erstarb und verschwand.

Aber der Chondrin war bei guter Laune. Seine Augen weiteten sich, und in der Parodie eines Flüstertons sagte er: »Ah, Geheimnisse mit deinem klugen und geistreichen Freund zu teilen, was?« Er legte seinen Arm um Ronin. »Sag mir alles, und nicht mehr endendes Glück wird dein sein!«

Flüchtig dachte Ronin an Stahligs Ermahnung – und ärgerte sich über sich selbst. Es gab Fragen, die ihn verwirrten, und Nirren mochte zumindest auf einige davon die Antwort kennen. Auf jeden Fall: Er war ein Freund. *Mein einziger Freund*, gestand sich Ronin ein.

Er lächelte. »In Ordnung. Mein Quartier?«

Sie traten in den Treppenschacht hinaus, und Nirren entzündete eine Fackel. »Heute wieder doppelte Übung, eh?« Er schüttelte den Kopf. Sie stiegen die Stufen schachtaufwärts. »Wann wirst du vernünftig sein und deinen Verstand nützlicher Aktivität zuwenden?«

Ronin knurrte. »Und die wäre?«

Der Chondrin grinste. »Nun, wie es der Zufall will... Da gibt es eine hübsche Stellung unter Jargiss...«

»Ich wußte es.«

»Nun, warte, er ist wirklich in Ordnung. Ein guter Saardin – schnell, und ein glänzender Stratege. Ich weiß, daß ihr beiden miteinander auskommen würdet. Und er kennt auch die Bedeutung der Verteidigung.« Dies war eines von Nirrens Lieblingsthemen. Nie wurde er müde, hypothetische Schlachtpläne zu entwerfen, Taktiken für Angreifer und Verteidiger zu umreißen. Hätte er die Wahl des Geländes, so pflegte er zu sagen, so würde der Verteidiger in neun von zehn Fällen triumphieren. Selbst dann, wenn seine Leute in der Minderzahl wären.

»Ich habe noch nie einen Saardin getroffen, den ich mochte«, erwiderte Ronin.

»Dann sag mir: Hast du jemals Jargiss getroffen?«

Ronin verneinte. »Dies ist wie ein Spiel mit dir, dich immer das gleiche fragen zu hören. Wie oft willst du meine Antwort noch hören?«

Nirren zuckte mit den Schultern und grinste. »Ich glaube eben noch immer, daß du irgendwann einmal darum bitten wirst, ihn zu treffen.«

Ronin griff zu ihm hinüber und berührte die orangenen und braunen Brustbänder, die über das braune Hemd des Chondrin gegurtet waren. »Ich glaube nicht, daß ich das tun werde«, sagte er sehr leise.

»Hör zu: Wenn es wegen des Salamanders ist, hast du zu erwarten –«

»Das ist es überhaupt nicht.«

»Entschuldige, ich hoffe, du hast nichts dagegen, aber ich glaube, daß es doch deswegen ist!«

Sie blieben stehen. Schweigend und hart sahen sie sich

im unsicheren, funkensprühenden Licht der Fackel an. Leise prasselte das Stroh, und das kaum hörbare Tapsen winziger Pfoten auf Beton klang von überall her. Aber diese Geräusche waren fern, klangen aus einer anderen Welt herüber. Irgendwo, sehr weit weg, hämmerten Stiefel auf den Boden. Schritte, die sich entfernten. Dunkelheit plätscherte vor ihre Füße.

Schließlich hörte sich Ronin sagen: »Vielleicht hast du doch recht.« Und die Überraschung blieb noch lange in ihm stecken, selbst dann noch, als sie auf jener Ebene aus dem Treppenschacht stiegen, in der sein Quartier lag.

Dieses Quartier bestand aus zwei Gemächern, die wesentlich mehr Platz boten als die Unterkünfte anderer Klingenträger. Den Chondrin wurde so viel Platz bewilligt. Und die Saardin durften noch viel mehr in Anspruch nehmen.

Sie traten ein. K'reen sah ihnen entgegen. Ihr dichtes, schwarzes Haar trug sie für das Sehna hochgesteckt. Jedoch war sie noch in ihre Arbeitskleider gehüllt: eng sitzende Beinkleider und ein weit geschnittenes Hemd, so daß ihr Oberkörper nicht betont wurde. K'reen war groß, so groß wie Ronin, mit einem langen, anmutigen Hals, einem edlen Mund und weit auseinander stehenden, dunklen Kirschaugen. Sie erhob sich lächelnd, ging zu Ronin und berührte seine Hand.

Kurz flackerte Überraschung in ihm. Normalerweise hätte sie zu dieser Zeit in den Räumlichkeiten auf der Medo-Ebene ihre Arbeit beenden – oder aber in ihrer eigenen Unterkunft sein und sich für das Sehna umkleiden müssen.

Sie huschte an ihm vorbei, zur Tür. »Ich habe viel Zeit – zuviel Zeit – damit verbracht, hiernach in meinem Quartier zu suchen.« Sie schwenkte einen silbernen Armreif. »Bis mir einfiel, daß ich ihn bei dir gelassen hatte.« Sie strecke Nirren die Zunge heraus, und er erwiderte dies mit einem Grinsen.

»Wenn ich mich nicht beeile, werde ich nicht mehr rechtzeitig bis zum Sehna fertig.« Sie wirbelte herum und verließ den Raum. Sanft schloß sie die Tür hinter sich.

Ronin ging zu einem Wandschrank hinüber, holte eine bauchige Weinflasche und zwei Pokalgläser heraus und stellte sie auf einen niederen Tisch. Sodann schenkte er Nirren und sich ein. K'reen war schon wieder aus seinen Gedanken verschwunden.

Die beiden Männer saßen sich auf pelzbedeckten Schemeln gegenüber. Die grelle, weiße Helligkeit der Oberlichter spülte über sie hinweg und stahl die Farbe aus ihren Gesichtern. Nirren nahm einen genüßlichen Schluck Wein. Ronin ließ seinen Pokal unberührt. Er erzählte dem Chondrin von seiner Begegnung mit Freidal. Die Augen des Freundes blitzten kurz auf.

»Was denkst du?«

Nirren erhob sich und durchschritt das kleine Gemach. »Das sollst du wissen, Ronin«, erwiderte er gedehnt. »Ich denke daran, daß es für mich interessant wäre zu wissen, weshalb sich Freidal derart für diesen Zaubermann interessiert.«

»Sie behaupten, er ist verrückt.«

»Wenn das stimmt, haben sie ihn vielleicht selbst verrückt gemacht.«

»Aber die Flecken...«

Nirren wandte sich um. »Was?«

»Die Zeichen an Borros' Schläfen.«

»Ah ja, die Dehn-Flecken. Das hätte es sein können, weißt du. Und ein weiterer Grund für mich, so schnell wie möglich herauszufinden, was Freidal plant. Nur wenige Leute wissen vom Dehn. Es ist eine Maschine der Alten. Wie so viele jener geheimnisvollen Gerätschaften, die uns hier unten, mehr als drei Kilometer unter der Planetenoberfläche, am Leben erhalten... Die uns mit Luft und Wärme und Licht versorgen. Wir wissen lediglich, was es bewirkt. Das Wie jedoch übersteigt die Grenzen unseres

Verstandes.« Seine Stimme nahm bittere Schärfe an. »Doch wir besitzen genügend Wissen, um die Geräte zu gebrauchen. Unter anderem auch den Dehn... Drähte werden am Schädel angebracht... An den Stellen, an denen du die Flecken gesehen hast. Schocks malträtieren sodann das Gehirn. Und das Ganze funktioniert mit der gleichen Energie, mit der die Oberlichter betrieben werden.

Vor einiger Zeit öffnete ein Neer eines dieser Lichter und berührte den falschen Draht. Erinnerst du dich an den Vorfall? Man hat ihn gefunden – verkohlt und stinkend. Sie hatten Mühe, ihn zu identifizieren. Seine Plakette war geschmolzen.« Nirren setzte sich wieder hin und griff nach dem Pokalglas.

»Die Dehn-Behandlung ist verdammt schmerzhaft, wurde mir gesagt. Folglich vermag sie Wunder zu bewirken. Wunder, wenn es darum geht, von widerspenstigen Leuten Informationen zu erhalten, die sie freiwillig niemals preisgegeben hätten. Allerdings ist es schwierig, die Apparatur zu kontrollieren. Was kann man schon erwarten, wenn man im dunkeln tappt...?« Er hielt einen Moment lang inne, in Gedanken verloren. »Was mag Freidal nur vorhaben?«

Ronin fühlte, wie sich etwas in ihm rührte. Er erhob sich. »Laß mich dies verstehen. Willst du damit sagen, daß sich der Saardin der Sicherheit in die Arbeit eines Zaubermannes eingemischt hat, daß er ihn – nun, gefoltert hat, um Informationen zu bekommen, die er zu seinem eigenen Vorteil verwenden wird?«

Nirrens Finger stachen in die Luft, und seine Augen funkelten. »Genau das will ich, mein Freund. Ich sehe: es gibt noch Hoffnung für dich. Die Zeit der Schlacht rückt immer näher heran, und wenn es schließlich so weit ist, so werden Freidal und Jargiss auf entgegengesetzten Seiten stehen. Wir sind Feinde, er und ich.« Nirren ergriff Ronin an den Schultern. »Hör zu, mein Freund, – die Zeit, in der sich ein Mann erlauben konnte, neutral zu sein, ist vorbei.

Von diesem Kampf werden alle betroffen sein. Du mußt uns helfen! Bitte Stahlig, mit Borros zu sprechen, solange dies noch möglich ist. Dies ist der einzige Weg... Ich kann nicht schnell genug an Freidal herankommen. Und wenn wir von seinem Geheimnis erfahren, so wird uns dies gewaltig stärken.«

»Möglicherweise hat Freidal überhaupt nichts erfahren.«

»So zu denken kann ich mir nicht leisten, Ronin.«

Ronin blickte seinen Freund an. »Dich kümmert es nicht, was sie dem Zaubermann angetan haben. Ich weiß nicht einmal, ob er in der Lage ist, zusammenhängend zu reden, nach der Schweinerei, die sie mit ihm gemacht haben.«

Ein warmer Glanz schimmerte in Nirrens Augen. »Sei realistisch, mein Freund«, sagte er eindringlich. »Ich spreche von Vorgängen, die größer sind als jedes einzelne Individuum. Wir sind lediglich Teile... Der Freibesitz zerfällt. Zerfällt vor unseren Augen. Und warum? Die Zwietracht ist es, die dies bewirkt. Die Zwietracht der Saardin untereinander.

Du bist ohne Anschluß, daher mag es dir nicht so bewußt sein, aber glaube mir, wenn ich dir sage, daß es viel zu tun gibt, wenn wir überleben wollen. Und doch wird nicht eine Entscheidung zugunsten des Freibesitzes getroffen. Verstehst du? Alle sind sie nur damit beschäftigt, Pläne zu schmieden, die ihnen helfen, ihre eigene Macht zu festigen. Keiner denkt an das Ganze. Das wird unser Ende sein...«

»Vielleicht aber auch die Schlacht, von der du träumst«, gab Ronin zu bedenken.

Nirren ließ seine Arme herunterfallen und verzog sein Gesicht. »Ich werde mich nicht mit dir streiten. Fast in jedem Zeitabschnitt diskutiere ich mit unseren Leuten auf die gleiche Art. Deswegen komme ich nicht zu dir.«

Plötzlich grinste er wieder und stürzte den Rest seines

Weines hinunter. »Denke nach über das, was ich dir sagte. Ich werde diese Themen von mir aus nicht wieder ansprechen. Ich setze genügend Vertrauen in dich. Einverstanden?«

Ronin lächelte und schüttelte den Kopf. Er dachte: *Wenn du grinst, ist deine Begeisterung schwer zu übersehen.*

Er machte eine spöttische Verbeugung: »Wie du wünschst.«

Nirren lachte und stand auf. »Gut. Dann werde ich jetzt gehen. Mir bleibt kaum mehr genügend Zeit, mich für das Sehna umzuziehen. Wir sehen uns nachher.«

»Natürlich«, murmelte Ronin.

Nachdem er allein war, nahm er sein Pokalglas und trank es leer. Der Wein war kühl und köstlich herb. Aber es hätte genausogut abgestandenes Wasser sein können, so gedankenlos schüttete er ihn hinunter.

Sehna. Das Abendmahl. Eine geheiligte Zeit.

So viele Traditionen, dachte Ronin. als er die Große Halle betrat. *Und wie viele Generationen sind uns vorausgegangen? Generationen, die jetzt im Staub liegen, in unserer Erinnerung geblieben allein durch die Traditionen, die sie an uns weitergaben, und durch nichts sonst.*

Hitze und Lärm trafen ihn gleichzeitig, schwappten ihm entgegen wie eine gewaltige kinetische Welle, bestürzend und grell. Unablässige, ziellose Bewegungen überall. Die Große Halle erstreckte sich vor ihm, und ihre hintersten Bereiche waren von einem Dunst aus wohlriechendem Dampf und Rauch und Hitze verschleiert. Lange Tische sowie Bänke mit niederen Lehnen, auf denen Männer und Frauen dicht an dicht saßen, pflanzten sich in exakten Reihen in die Ferne fort. Flüchtig fuhr Ronins Hand an seine Hüfte. Ohne das Gewicht seines Schwertes fühlte sie sich leicht und eigenartig an. Aber Waffen jeder Art waren an der Tafel verboten.

Ronin begab sich nach rechts und schritt einen der fast endlosen Mittelgänge entlang.

Er trug weiche, cremefarbene Beinkleider und ein ebensolches Hemd. Kein Saardin benutzte diese Farbe.

Hastig hin und her eilende Diener machten ihm Platz, hoben die großen Tabletts hoch, auf denen sie dampfende Mahlzeiten, Krüge mit starkem Bier und Flaschen mit süßem, bernsteinfarbenem Wein trugen. Die vereinigten Düfte der Speisen wehten zu Ronin her. Ebenso die von leichten Parfums und dickem Schweiß.

Schließlich erreichte er seinen Tisch und nahm seinen gewohnten Platz zwischen Nirren und K'reen ein. Sie hielt ihr Gesicht abgewandt, unterhielt sich mit einem an ihrer Seite sitzenden Klingenträger, so daß er nur den dunklen, glänzenden Helm ihres Haares sah. Er roch ihr Parfum.

Auf der gegenüberliegenden Seite der Tafel hob Telmiss in stummem Gruß seinen Bierkrug, und neben ihm saß G'fand, ein sehr junger, blonder Mann. Er gab einem Diener Anweisungen.

»Nun, wie geht es unserem Gelehrten?« erkundigte sich Ronin.

G'fand drehte sich um, und seine blauen Augen senkten sich unter Ronins Blick. »Genauso gut wie dir, hoffe ich«, erwiderte er leise.

Nirren lachte. »Dann laß mich raten... Was könnte in diesem Zyklus der Ärger sein? – Eines deiner alten Manuskripte verloren?« Er lachte wieder, und G'fands Gesicht rötete sich.

K'reen wandte sich ihnen zu, und als sie die Verlegenheit des jungen Mannes gewahrte, streckte sie ihre Hand aus und bedeckte damit die seine.

»Schenke ihnen keine Beachtung, G'fand«, riet sie sanft. »Sie genießen es, dich aufzuziehen, zu ärgern. Sie glauben, die Kunst des Schwertkampfes sei die wichtigste Fertigkeit im ganzen Freibesitz.«

»Gibt es einen Beweis, der das Gegenteil untermauert, meine Dame?« fragte Nirren sehr förmlich und grinste dabei. »Wenn dem so ist, so würde ich ihn gerne hören.«

»Still, du!« ermahnte sie.

G'fand sagte ziemlich steif, so, als könnte ihn niemand hören: »Es ist schon gut. Ich erwarte nichts anderes von ihm.«

»Von ihm? – Nicht von mir?« Ronin lehnte sich zurück, als ein Diener seinen Teller füllte. Er wies darauf hin, daß er Wein trinken wollte, kein Bier.

G'fand schwieg. Seine Augen hatte er wieder abgewandt.

Ronin widmete sich seinem Essen, während seine Gedanken in weite Fernen schweiften. Unvermittelt sah er G'fand wieder an und sagte: »Ich werde mich in Zukunft bemühen, dich nicht mehr zu ärgern.«

In diesem Augenblick trafen Tomand und Bessat ein. Unter großem Spektakel setzten sie sich an die Tafel. Es gab einige Leute, denen es mächtiges Vergnügen bereitete, Wirbel um Tomands Fettleibigkeit zu machen. Teilweise, weil sie spürten, daß dies die Spannung minderte, die allgegenwärtig vibrierte. Sehna war die Zeit der Entspannung, ganz gleich, was im Bereich des Freisitzes geschah.

Langsam kamen die Menschen zur Ruhe. Erneut wurden Speisen aufgetragen. Der allgemeine Lärm nahm zu, und die Hitze wurde bedrückend.

»Die Kälte soll mich holen«, stieß Nirren hervor, »warum ist es hier nur so heiß?«

Tomand legte sein Besteck beiseite, wischte seine schweren, schweißnassen Wangen ab und bedeutete ihm, daß er sich vorbeugen solle.

»Ganz unter uns –« er blickte von Nirren zu Ronin – »wir haben Probleme mit dem Ventilationssystem.« Er schaufelte mit der Gabel einen großen Brocken in seinen Mund, dann sprach er kauend weiter. »Eigentlich sind wir deshalb so spät gekommen. Bis zum letzten Augenblick haben wir gearbeitet und versucht zu kapieren, was dem verfluchten Ding fehlt.«

»Mit sehr geringem Erfolg, stelle ich fest«, meinte Nirren.

Tomand grinste. »Es ist einfach unmöglich«, sagte er. »Zu viel des alten Wissens ging verloren.« Er kaute, dann fuhr er fort: »Alles, was uns zu tun bleibt, ist, zu versuchen, die Schweinerei sauberzumachen. Ich meine: Wie sollen wir etwas reparieren, wenn wir nicht wissen, wie es funktioniert? So wenig von dem, was die Alten niedergeschrieben haben, überlebte. Nur ihre Maschinen –«

»Nein!« unterbrach G'fand. »Wir konnten ihre Maschinen nicht zerstören, ohne uns selbst zu zerstören.«

Tomand hielt mitten in der Bewegung inne. Eine gut gefüllte Gabel schwebte dicht vor seinen schmierigen Lippen. »Was sagst du da?«

»Daß in den frühen Tagen des Freibesitzes die Schriften der Alten absichtlich vernichtet wurden!«

Tomand schob die Gabel in seinen Mund, kaute und sagte dann ziemlich undeutlich: »Was für ein Unsinn! Wer würde schon vorsätzlich Wissen zerstören? Gewiß keine zivilisierten Leute.«

Bedächtig sagte G'fand: »Die Alten haben viele Dinge erfunden. Viele davon waren ziemlich tödlich... Und die Alten waren eingefleischte Graphologisten. Es scheint, daß unsere Vorväter wenig Vertrauen in jene setzten, die nach ihnen kamen. Auf jeden Fall gingen sie keine Risiken ein. Sie vernichteten das niedergeschriebene Wissen der Alten. Vernichteten es ohne Unterschied, so daß ich, ein Gelehrter, ihre Geschichte nicht studieren kann, du, ein Neer, nicht verstehst, wie die Luftmaschinen funktionieren – und die Saardin nicht wissen, wie sie sich und den Freibesitz vernichten können.«

Tomand wischte sich seinen Mund sauber.

Nirren sagte: »Wie bist du denn darauf gekommen?«

»Eine wunderliche Geschichte ist das«, kommentierte Tomand und rümpfte die Nase. »Eine Rede, um uns zu beeindrucken. Jeder weiß doch –«

»Was, beim Frost, weißt du denn schon?« brauste G'fand auf. »Du bist doch nicht einmal in der Lage, deine Arbeit zu tun!«

Tomand würgte und begann zu husten. Bessat schaute beunruhigt zu ihnen herüber, während Telmiss auf Tomands Rücken klopfte, bis sich dessen Hustenanfall wieder gelegt hatte. Sein Gesicht war rot angelaufen, seine Augen tränten. »Wie – wie kannst du es wagen –« war alles, was er herauszubringen schaffte.

G'fand war hart. »Du fette Schnecke!« brüllte er. »Alles, was du tust, ist – fressen! Du dienst keiner nützlichen Funktion! Ihr Neers seid allesamt gleich: unfähig und...«

»Genug!« sagte Ronin scharf. »Ich denke, du schuldest Tomand Abbitte.« Er wußte, daß er einen Fehler begangen hatte, wußte es, noch bevor er das letzte Wort ausgesprochen hatte.

Mit brennenden Augen wandte sich G'fand an ihn. »Du sagst das? Wer bist du denn, daß du dir erlaubst, mir Vorschriften zu machen?« Seine Stimme war angestiegen, vereinte Obertöne von Wut und Hysterie in sich. Dicke Aderstränge traten an seinem Hals hervor. Er erhob sich, seine Arme angespannte Säulen, die Fäuste massive Ballen, weiß gegen die Tischplatte gepreßt.

»*Du* bist es, der *uns* Abbitte schuldet! Du machst dir doch nicht im geringsten etwas aus uns –« Sein Arm fuhr in einem engen Bogen umher –»aus keinem von uns! Deine Ausbildung macht dich doch zu etwas Besserem.« Er spie die Worte förmlich heraus, und Ronin konnte ohne hinzusehen sagen, daß sich die Köpfe an den benachbarten Tischen in ihre Richtung wandten. Die unzähligen kleinen Gesten in der Großen Halle waren verblaßt, verblaßt wie die Farben eines Gemäldes, das den Strahlen der Sonne ausgesetzt war. Hunderte von Unterhaltungen und anderen Geräuschen hatten plötzlich aufgehört zu existieren.

»G'fand –«, begann K'reen, aber der Jüngling sprach schon weiter, ohne ihren Zwischenruf überhaupt zu bemerken.

»Natürlich, du bist etwas Besonderes, Ronin«, höhnte er. »Etwas Besonderes, weil dich der Salamander aufgenommen und ausgebildet hat. Aber wofür, frage ich dich? Um hier, bei uns zu sitzen? Ohne Anschluß an einen Saardin? – Er muß bitter enttäuscht sein von dir!«

Ronin saß teilnahmslos auf seinem Platz und ließ das Geschrei des jungen Mannes an sich vorbeifließen. Und er dachte plötzlich an K'reen, an ihre weiße Haut. Und dann sah er klar und deutlich das Gesicht eines auf ein Bett gebundenen Mannes vor seinem inneren Auge, zwei verschmierte Dreiecke hoch oben auf seinen Schläfen... Dann konnte er Geschrei hören, schreckliches, schmerzerfülltes Gebrüll...

Und als sich G'fand auf ihn stürzte, war er nicht schnell genug! Mit einem wahnsinnigen Sprung setzte der junge Gelehrte über die Tafel weg und krachte gegen ihn. Teller und Kelche wurden beiseite gefetzt, fielen zu Boden, zersplitterten und versprühten ihren Inhalt in alle Richtungen. Ronin stürzte rücklings von der Bank. G'fand fiel auf ihn. Keuchend setzte er zum Schlag aus. Diener flüchteten schreiend.

G'fand öffnete seinen Mund zum Schrei, aber nur Grunzlaute quollen über seine Lippen. Wie von Sinnen schlug er auf den Körper unter sich ein.

Ronin wehrte sich. Er wollte den Gelehrten nicht verletzen, aber gleichwohl dachte er nicht daran, die Rauferei unnötig zu verlängern und so das Eingreifen der Sicherheits-Daggam zu riskieren.

Wieder schlug G'fand zu. Etwas in Ronin explodierte. Er ruckte hoch. Traf G'fand. Der Gelehrte trat nach ihm. Sein Knie schmetterte in Ronins Seite, und er fühlte, wie sich ein Schmerzgitter bis hinauf in seine Schulter bohrte. Der Atem wurde aus seinen Lungen gepreßt, und er dachte: *Stahlig hätte meine Seite verbinden müssen!* Und sein Instinkt übernahm seine Handlungen! Mit seiner freien Rechten schlug Ronin zu, rammte die Faust dicht unterhalb G'fands Ohr. Die Augen des Gelehrten quollen aus den Höhlen, sein Kopf tanzte hin und her, wie der einer Marionette. Ronin atmete ein, und in dieser Sekunde fühlte er einen brennenden Schmerz. Er warf seinen Kopf herum, sah den Griff einen kleinen Dolches aus seiner Schulter ragen. Fluchend riß er ihn heraus, warf ihn weg, hörte das Klappern, mit dem die Waffe irgendwo zu Boden fiel. Dann ballte er seine Faust. Blitzartig zuckte sie vor. Fand ihr Ziel in G'fands Magengrube.

Sekundenlang sah Ronin die Augen des Gelehrten. Weit offen waren sie, Schrecken brannte darin wie ein unkontrollierbares Feuer. Der blonde Jüngling klappte zusammen. Etwas peitschte Ronin, weiterzumachen, den Gegner zu töten! Seine Faust kam hoch...

...und dann hatte er sich wieder unter Kontrolle. Er keuchte. Schweiß brannte in seinen Augen, und er hörte das widerliche Würgen, mit dem sich G'fand auf den Boden erbrach.

Er berührte ihn, legte kurz seine Hand auf den gebeugten, zuckenden Rücken. Damit kam das Verstehen dessen, was er getan hatte – und beinahe getan hätte. Fast gleichzeitig fuhr er herum. Seine Blicke suchten den Boden ab. Der Dolch? Wo lag der Dolch?

Nirren war neben ihm. »Besser, ich kümmere mich um den armen G'fand«, raunte er.

Ronin nickte. Er preßte seine Handfläche auf die Schulterwunde, um die Blutung zu stillen. Die Schulter war taub, und es würde noch eine Weile dauern, bis sich die Schmerzen meldeten.

Dann fühlte er hinter sich K'reens Nähe, und sie kniete am Boden. Er sah ihr Gesicht. Haarsträhnen hatten sich gelöst, und sie sah aus, als habe sie in starkem Wind gestanden. Leicht gerötet waren ihre Wangen, ihre Lippen leicht geöffnet und feucht schimmernd. Tief unten in der furchtbaren Stille seine Ichs fühlte Ronin eine unerklärliche Rührung, als wäre er ein Saiteninstrument und etwas, das er nicht hatte sehen können, hatte einen schmelzenden Akkord gezupft. Er fröstelte. K'reen, die dies mißverstand, legte einen Arm um seine Schultern. Er schüttelte ihn ab, und sie schmiegte sich an ihn, beugte ihren Kopf vor und stieß ihre Zunge vor... So rasch, daß nur er es sehen konnte. Sie leckte den schmalen Blutstreifen fort, der zwischen seinen Fingern hindurchgequollen war. Dann erhob sie sich. Ronin hatte den Glanz in ihren Augen gesehen.

»Platz da! Platz!« schnauzte eine Stimme, die es gewohnt war, zu befehlen.

Zögernd teilte sich die gaffende Menge, und Ronin sah zwei Daggam, die in seine Richtung vorstießen. Irgend jemand aus der Menge mußte sie herbeigerufen haben. Er fluchte still und wünschte, er wüßte, wo G'fands Dolch zu Boden gegangen war. Die Daggam... Wenn sie die Waffe fanden...

»Warum wurde das Sehna unterbrochen?« wollte der zuvorderst stehende Scherge wissen. Sein Partner schwieg. Scheu wichen die Gaffer zurück. Keiner der beiden Daggam machte sich jedoch die Mühe, G'fand anzusehen, dem Nirren soeben auf die Füße half.

Ronin atmete tief ein und stieß die Luft langsam wieder aus. »Es war lediglich ein kleines Mißverständnis«, sagte er ruhig.

Der Daggam knurrte. »Hah! Schrecklich viele Leute interessierten sich für das kleine Mißverständnis.«

»Du weißt, wie die Leute sind.«

»Ja, sicher. Hör zu: Ihr Klingenträger solltet es besser wissen... Es ist ein Vergehen, das Sehna zu stören. Habt ihr ein Problem, so tragt es in der Halle des Kampfes aus, nicht hier. Verstanden?«

Ronin nickte. »Sicher.«

Der andere Scherge hatte sich überhaupt nicht bewegt. Er stand nur da und musterte Ronin. Seine Augen wirkten irgendwie trübe, so, als wären sie auf die Haut aufgemalt worden.

»Namen!« verlangte der andere, und Ronin nannte sie. Eifrig notierte der Daggam. Dann nahm er Ronins Bericht auf.

»Was ist mit deiner Schulter passiert?« fragte der andere unvermittelt. Sein Partner sah auf.

»Darauf wäre ich jetzt zu sprechen gekommen«, sagte er ärgerlich.

»Wollte bloß sichergehen, das ist alles.«

»Nun?« Der Griffel schwebte über der Schreibtafel.

»Ich muß mich an einem der Teller verletzt haben. Auf dem Boden liegen eine Menge Scherben.«

»Ja, das sehe ich. – In Ordnung, Leute, ihr könnt weitergehen! Hier gibt es nichts mehr zu sehen! Geht weiter!« Er nickte Ronin zu und wandte sich ebenfalls zum Gehen, dann sagte er noch: »Räum diesen Dreck hier auf!«

K'reen stand unbeweglich neben Ronin, ihre Hand auf seinen Rücken gelegt. Er sah Nirren an, der den Kopf schüttelte. »Ich komme schon klar.« Noch immer mußte er G'fand stützen. Ohne seine Hilfe wäre er zweifellos zusammengebrochen. »Kümmere dich um dich selbst.«

Ronin nickte. Er drehte sich um und sah in Tomands weißes, schweißnasses Gesicht. Bessat redete beruhigend auf ihn ein, als wäre er ein kleines Kind. Sie kamen zu ihm, und Tomand sagte: »Ich weiß nicht, was ich –« Er faßte die blutende Schulterwunde Ronins ins Auge. »Aber – er hat es herausgefordert.«

»Es wurde höchste Zeit, daß jemand mit diesem Gerede Schluß machte«, sagte Bessat. »Wir sind dir dankbar.«

Ronin ärgerte sich. »Das war es. Nur Gerede«, sagte er. »Kein Wort davon war ernstgemeint.«

»Mich hat er schon beleidigt«, jammerte Tomand.

»Aber jetzt denkt er anders darüber, darauf könnte ich schwören.«

Sehr leise sagte K'reen: »Ich denke, daß ich jetzt deine Wunde säubern werde. Jetzt gleich, Ronin!«

Er sah sie an. Sie hatte die Tendenz der Unterhaltung erkannt.

»Ja«, sagte er und seufzte. »Ja, ich glaube auch, daß du das jetzt besser tust.«

»Und niemand hat gesehen, wie du es aufgehoben hast?«
»Niemand. Alle waren sie viel zu beschäftigt.«
»Ja. Das ist verständlich.«
»Wie tief ist es eingedrungen?«
»Bis zum Griff.«

Er hatte sein Hemd ausgezogen und saß auf dem Bett. Bedächtig drehte er G'fands Dolch immer wieder in seiner offenen Handfläche und starrte auf die dunkle verfärbte Klinge. K'reen beugte sich über ihn, während sie die Wunde versorgte. Gelegentlich wandte sie sich ab und wühlte in einem offenen Beutel, den sie neben sich gestellt hatte.

Vorhin waren sie zuerst zu Stahligs Quartier gegangen, obwohl Ronin wußte, daß es unangenehm hätte werden können. Aber der Behandlungsraum des Medizinmannes war dunkel, ebenso wie das dahinter angrenzende Gemach, und man konnte nicht sagen, wohin Stahlig gegangen war oder wann er zurückkehrte. Also hatten sie sich in K'reens Quartier begeben.

Nachdem sie die Wunde gründlich gesäubert hatte, nähte sie sie zu.

»Was ist nur mit dem Jungen los? Eine Waffe beim Sehna! Was mag er sich nur dabei gedacht haben?«

Ronin hielt seinen Körper sehr ruhig. »Er ist kein Junge mehr«, sagte er. »Und er nimmt seine Arbeit ernst – vielleicht zu ernst. Man macht es den Gelehrten nicht gerade

leicht, und das macht sie sehr empfindlich. Vielleicht...«
Er vergaß, was er hatte sagen wollen, und zuckte mit den Schultern.

»Halt still!« K'reens Hände waren plötzlich in ihrer Bewegung erstarrt, dann nahmen sie ihre Tätigkeit wieder auf.

»Ich weiß ganz gewiß, daß das, was ich Tomand sagte, stimmt. Nichts von dem, was G'fand gesagt hat, meinte er ernst.«

Sie beendete ihre Arbeit und legte einen Verband über die Wunde.

»Aber er hat dich angegriffen«, gab sie zu bedenken.
»Ja. Und das ist es, was mich beunruhigt.«

Sie nahm Salbe aus ihrem Beutel und massierte sie auf die Prellung über seinen Rippen. Die Haut war leicht geschwollen und dunkel verfärbt.

»Warum?«
Er zuckte mit den Schultern.
»Liegt dir wirklich daran?«

Er entgegnete nichts. Sanft strich K'reen am Rand des geschwollenen Fleisches entlang über die entzündeten Muskeln. Sie fragte sich, worüber Ronin nachgrübelte, und stellte sich vor, wie es wohl wäre, wenn sie an seinen Gedanken teilhaben könnte. Sie wischte ihre Hände ab und band ihr Haar los. Dicht wie ein Wald fiel es herunter, lang um ihr blasses Gesicht wirbelnd. Salbenspuren glitzerten in den Strähnen, schillernd und unwirklich. Ihre Finger gruben sich in den Beutel, kamen wieder zum Vorschein und machten sich wieder an die Arbeit.

»Noch nie zuvor sah ich dich kämpfen«, hauchte sie zärtlich. Und etwas in ihrer Stimme beschwor das Bild zurück: ihre schnelle, rosafarbene Zunge auf hellem Scharlachrot. Ronin schleuderte den Dolch von sich – er sirrte davon und blieb irgendwo zitternd im Boden stecken.

Ronin drehte seine Hände um, starrte auf die Handrücken. Seine Finger gekrümmt, die Knöchel weiß. Er schlug sie zusammen.

»Es ist gut«, flüsterte K'reen.

»Ich wurde darin ausgebildet«, sagte er langsam und leise, »töten und am Leben bleiben. Alle Klingenträger lernen dies, manche besser, manche schlechter. Aber all diese Jahre beim Salamander waren anders... Und jetzt gibt es Momente, in denen der Instinkt sehr rein und sehr tödlich durchbricht. Man darf keine Zeit verlieren. *Zögere, und du bist tot.*« Er hielt inne und breitete seine Hände aus, und vielleicht war er sich ihres Anblicks in diesem Moment überhaupt nicht bewußt. »Ich habe ihn fast getötet – es war so verdammt nahe daran. Und er war so wehrlos und erschrocken darüber, was er getan hatte.«

»Ich weiß«, erwiderte sie.

Seine Rückenmuskeln spannten sich an, als er ihre Brüste spürte, die sich gegen ihn drückten. K'reen beugte sich vor. Ihre Finger glitten über seine nackte Brust.

»Dich im Kampf sehen«, flüsterte sie an seinem Ohr, »das will ich.«

Jetzt waren ihre Hände in seinem Nacken. Mit kreisenden Bewegungen vertrieb sie die Spannung aus seinen müden Muskeln. »Ich denke oft daran«, flüsterte sie.

»Irgendwie kann ich mir nicht vorstellen, daß du damit deine freie Zeit verbringst.« Sein Körper entspannte sich.

Ihre Brüste strichen über seinen Rücken. »Ich bin voller Überraschungen«, sagte sie mit einem hellen Lachen. Dann bewegten sich ihre Finger langsam kreisend an seinem Rückgrat entlang tiefer. Das Streicheln wurde rhythmisch. »Gewinnst du?«

»Ja. Immer.« Ihm war bewußt, daß sie dies hatte hören wollen. Dabei hatte sie die Antwort ohnehin schon gekannt.

Tiefer wanderten ihre Finger, und wieder fühlte er ihre Gegenwart. Näher diesmal. Er atmete ihren Duft ein. Strähnen ihres gelösten Haares wischten leicht und im

Einklang mit ihren Händen gegen ihn. In der nun herrschenden Stille hörte er ihren Atem.

Ihre Finger strichen über sein Hinterteil. Ihre Lippen waren seinem Ohr so nahe, daß er ihren warmen Atem jetzt auch spürte.

»Großartig hast du gekämpft und geblutet, und die ganze Zeit über dachte ich nur an eines...«

Ihre Finger zogen größere Kreise, ihr Druck wurde drängender. Ronin fühlte sein Blut pochen. Er schwieg. Ihre Lippen berührten sein Ohr. Sie waren feucht, flüsterten irgend etwas. Und jetzt drehte er sich um, ungeachtet seiner Schmerzen. Sanft und doch bestimmt zog er sie auf seinen Schoß. Seine Hände waren verloren im nächtlichen Wald ihres Haares, krallten sich darin fest, während sich seine Lippen wild auf die ihren preßten. Ihr Mund war weich und liebevoll und öffnete sich. Langsam, geschmeidig bewegten sich seine Hände über ihren Körper, und sie stöhnte in seinen Mund. Er tastete nach dem Verschluß ihrer Robe...

Sie waren hager und groß und ziemlich jung. Die Griffe ihrer drei über die grauen Hemden gegurteten Dolche schimmerten matt in der kalten Helligkeit der Oberlichter, die so weit schachtaufwärts noch in einigermaßen gutem Zustand waren.

»Freidal wünscht dich zu sehen!« Der Daggam schien sich seiner Sache sehr sicher zu sein, obwohl Ronin weder ihn noch seinen Partner je zuvor gesehen hatte.

Kurze Sorge flammte in ihm auf. Er dachte an Borros. Es war sehr früh, der erste Zeitabschnitt war noch nicht einmal zur Hälfte verstrichen. Er war auf dem Weg in sein Quartier gewesen. Sie hatten ihn auf dem Korridor erwartet.

Wichtig, daran zu denken, dachte er, *hierin hatte Stahlig recht: Freidal ist sehr gefährlich.*

Der Daggam bemerkte sein Zögern. »Du wirst jetzt mit uns kommen«, sagte er nachdrücklich. »Jetzt gleich.«

Schachtaufwärts hatte die Sicherheit einen ganzen Sektor belegt. Er war noch nie dort oben gewesen, aber soweit er zurückdenken konnte, waren in den Korridoren schachtaufwärts und -abwärts Geschichten darüber kursiert. Geschichten von seltsamen und heimlichen Vorgängen...

Einem Großteil dieses Geredes hatte er automatisch geringen Wert beigemessen. Jetzt aber war er sich nicht mehr so sicher.

Er war jedoch überrascht, festzustellen, daß das abweisend langweilige, graue Äußere mit seinen massiven Türen und Toren, die von makellos gekleideten Daggam-Wächtern bemannt waren, bemerkenswert gemütliche Quartiere verbarg. In hell beleuchteten Gemächern hielten sich Daggam auf, gingen harmlosen Tätigkeiten nach: Sie stapelten Schreibtafeln, waren in Schreibtischarbeiten vertieft – und dergleichen. Manche Räumlichkeiten wurden eindeutig als Lagerflächen genutzt, andere offensichtlich nicht, und das bereitete Kopfzerbrechen. Eine Tür rechter Hand wurde geöffnet. Ein Daggam trat heraus. Hinter ihm: ein flüchtiger Eindruck. Fahles, flackerndes Licht. Ein Tisch, auf dem etwas befestigt war... Markierte Linien. Die Tür wurde rasch wieder geschlossen. Die Daggam und Ronin gingen weiter. Verbleibender Eindruck: Schwere Schatten, viele Daggam. Und was war das für ein Ding auf dem Tisch?

»Hier hinein.«

Sie betraten einen kleinen, von Oberlichtern beleuchteten Raum.

»Warte hier.«

Der Daggam entfernte sich, betrat den angrenzenden Raum. Leere, graue Wände starrten leidenschaftlos auf ihn zurück. Zwei Stühle, nackter Boden. Dunkle Flecken, die sich über die Tischplatte bewegten und bizarre Muster zeichneten. Ronin wartete. Er war müde. In seiner Schulter pochte dumpfer Schmerz. Er wollte sich waschen, und er hatte Hunger.

Die Tür öffnete sich, und ein Daggam trat heraus. Schlammfarbene Augen richteten sich auf Ronin. Dumpfe Abneigung schwelte darin.

Marcsh!

Ist er absichtlich hierher befohlen worden? fragte sich Ronin, *der Teil des persönlichen Stabes des Saardin?*

Marcsh deutete mit dem Daumen auf die Tür. »Hinein«, sagte er lakonisch.

»Was tust du eigentlich sonst noch – außer an Türen herumstehen?«

Marcshs Tieraugen zogen sich zusammen. Sein Gesicht verkantete sich. »Wenigstens habe ich einen Saardin.«

Ronin setzte sich in Bewegung. »Einen Saardin, der dir Befehle geben kann.«

»'türlich. Was sonst?« Seine Kiefer preßten sich zusammen. »Befehle sind das, was zählt, gute Befehle. Und wir haben sie.«

Ronin war ihm jetzt sehr nahe.

»Darum –« Marcshs Augen wurden verschlagen.

»Darum – *was?*«

»Nichts«, sagte Marcsh schnell. »Es ist nichts.« Jetzt klang seine Stimme mürrisch. »Habe nur meine Befehle. Dafür sorgen, daß du dich benimmst.«

Tatsächlich? Ronin schritt an ihm vorbei und betrat den Raum. Marcsh schloß die Tür hinter ihm. Der Raum war tiefgrau, mit sehr düsteren Oberlichtern. Nirgends Teppiche, dafür jedoch zwei ungewöhnliche Wandbehänge in dunklen, verwaschenen Farben. Ein reich verzierter Schreibtisch teilte das Gemach. Dahinter, in einem hochlehnigen Stuhl, saß Freidal, ganz in dunkles Grau gekleidet. Die silbernen Brustbänder glitzerten.

Auf einem niedrigen Schrank hinter ihm stand eine

Lampe. Ihr Licht brannte flackernd. Freidals Gesicht lag im Schatten. Die Oberlichter warfen ihre Helligkeit lediglich über seine Haare. Freidal sah nicht auf. Ihm gegenüber saß ein Schreiber, Federkiel und Schreibtafel bereit haltend. Alles, außer dem gesprochenen Wort, schien er vergessen zu haben.

Vor dem Schreibtisch gab es einen Stuhl. Ronin ignorierte ihn.

Nach einer Weile schob Freidal einige Pergamente sowie eine Schriftrolle beiseite und sah auf.

»Mein Herr?«

Die linke Hand des Schreibers bewegte sich. Ein winziges Kratzen.

»Ihr habt nach mir geschickt«, sagte Ronin.

»Ah ja, das habe ich.« Freidal bot ihm keinen Platz an. Sein künstliches Auge wirkte weiß und schrecklich in dem von ihm reflektierten hellen Licht. »Besser, du sagst mir alles darüber.«

»Ich weiß nicht –«

»Ganz, *ganz* bestimmt«, fauchte der Saardin, »weißt du, was ich von dir wissen will.«

Die Hand des Schreibers bewegte sich rascher.

»Und nun – ich höre, mein Herr!« Freidals Hände falteten sich und kamen auf der Schreibtischplatte zu liegen. Weiße Farbkleckse. Abgesehen von Freidals starrem Auge war keine Regung in seinem Gesicht. Ronins Gedanken hetzten sich.

»Ein Wortwechsel –«

»Ich glaube dir nicht, mein Herr!«

Aber wenigstens hatte er ins Schwarze getroffen. »Also gut«, sagte er resignierend. »Ich hatte gehofft, man würde darüber hinweggehen, aber – nun, man machte Bemerkungen. Bemerkungen über den Salamander, über –«

»Schwer zu glauben, daß du so zart besaitet bist.« Eine weiße Hand zuckte hoch. Licht flirrte auf polierten Fingernägeln.

Was will er hören? Vielleicht ein Stückchen von der Wahrheit...

»Wie Ihr ohne Zweifel wißt, gingen wir nicht in bestem Einvernehmen auseinander...« Schweiß perlte auf seiner Stirn, und das war gut so. »Deshalb glauben viele, sie dürfen ihn beleidigen. Sie denken, dies gefällt mir. Aber der Salamander war mein Sensii, und ich verdanke ihm eine ganze Menge.«

Ronin schwieg, und als der Saardin das Wort ergriff, wußte er, daß er sich auf den Bericht über den Streit beim Sehna bezog.

»Er machte zahlreiche – ungesunde Bemerkungen«, sagte Freidal.

»Wer?« Ronin stellte sich dumm.

»Der Gelehrte.«

»Ich weiß nicht –«

»Ich habe meine Informationen. Andere Leute haben ausgesagt.«

Eine derart geringfügige Sache. Was interessiert ihn so daran?

»Unter diesen Umständen würde ich meinen, daß der Saardin Verständnis zeigen sollte.«

»Du verteidigst ihn?«

Vorsicht! »Er ist ganz harmlos, Saardin. Schließlich ist er ein Gelehrter.«

Die Papiere raschelten. »Man kann nicht vorsichtig genug sein«, philosophierte der Saardin pedantisch. »Vor allem dann, wenn die Traditionen in Frage gestellt werden. Eine derartige Störung des Sehna ist Grund genug für eine Untersuchung, ich bin sicher, du verstehst das. Um jeden Preis muß die Ordnung aufrechterhalten werden. Sehna ist die Zeit der Huldigung an die Saardin – und damit an den Freibesitz selbst. Ohne das momentane Gefüge des Freibesitzes sind wir nichts. Ohne Tradition, Disziplin, Ordnung werden wir zu Barbaren! Verstehst du das gut genug, mein Herr?« Freidals Hände trennten sich, glitten über die Schreibtischplatte, eine unausgesprochene Drohung. »Ich sehe, daß du ohne Anschluß bist. Ist dies eines jener Prinzipien, die man dich schachtaufwärts lehrte?« Sekundenlang flatterte das Lid über Freidals künstlichem Auge. »Man fragt sich, fragt sich unwillkürlich, was der Salamander wohl über einen seiner Schüler – verzeih – über einen seiner *ehemaligen* Schüler denken würde, der in eine Sehna-Störung verwickelt war...« Seine Zunge schnalzte gegen seinen Gaumen.

Dann wandte er seinen Kopf, gerade so weit, daß Ronin sehen konnte, daß er lächelte. »Ich muß mich sehr entschuldigen, daß ich dich so früh stören mußte, aber –« er zuckte mit den Schultern »– die Routine der Sicherheit muß aufrechterhalten werden.« Er senkte den Blick, und das weiße Gleißen des Auges verschwand. Er wischte einige Papiere zur Seite, während er ein Pergament zu studieren schien.

»Du hast dein Schwert vergessen«, meinte er unvermittelt.

Beinahe hätte sich Ronin nun verraten. Aber er verstand. Gerade noch rechtzeitig. Bewegungslos stand er, ohne mit der Wimper zu zucken, und starrte auf die glänzende Haarkappe des Saardin. Irgendwo wurde eine Tür geschlossen. Schritte.

»Ein guter Junge«, sagte der Saardin. Ronin wußte, daß er verärgert war – und verspürte eine kleine Befriedigung. Die Schritte entfernten sich, verstummten. Die Stille senkte sich wieder herunter. Ronins Schulter schmerzte.

»Das mag deine Sache sein.« Der Kopf des Saardin ruckte wieder hoch. Ein Aufblitzen von weißem Licht. »Andere Dinge hingegen sind *meine* Sache.« Seine Stimme nahm wieder einen pedantischen Tonfall an. »Weißt du, weshalb die Sicherheit geschaffen wurde, mein Herr? Aus zweierlei Gründen. Der erste: Der Freibesitz mußte vor Invasoren von *außerhalb* geschützt werden. Der zweite: Der Freibesitz mußte vor Elementen geschützt werden, die danach strebten,, ihn *von innen her* zu zerstören.« Seine

Hände richteten sich vor ihm auf, die Finger gekreuzt, wie weiße Klingen. »Nun sind wir die letzten. Die Erde über uns ist gefroren, niemand vermag außerhalb des Freibesitzes zu überleben. Die anderen Besitztümer gingen vor langer Zeit schon unter. Gingen unter, weil sie ihre Traditionen aufgaben. Gingen unter, weil ihnen unsere Disziplin fehlte.

Deshalb – deshalb sind wir die letzten. Und, bei der Kälte, ich werde dafür sorgen, daß wir weiterbestehen und gedeihen!« Erneut trennten sich seine Hände. »Nun, zwischenzeitlich gibt es keine Invasoren von außerhalb mehr. Oben kann niemand mehr leben. Aber hier unten, bei uns... Hier gibt es sie noch immer! Jene Individuen, die uns Böses wollen... Aber das werde ich nicht dulden! Verstehst du mich, mein Herr? Ich werde es nicht dulden!«

Ronin nickte. »Gut«, sagte er. »Sehr gut.«

Abrupt wandte sich Freidal um und deutete auf einen der beiden Wandbehänge. »Siehst du ihn? Ein schönes Stück Arbeit. Ausgezeichnet. Besser als alles, was wir machen können. Wie alt mag er wohl sein? Hm? Zweihundert Jahre? Dreihundert? Ein Jahrtausend. Mindestens. Was hältst du davon? – Und wir haben nicht die geringste Ahnung, wer ihn gemacht hat. Wir wissen nicht einmal, was das für Leute waren... Sie hätten unsere Vorfahren sein können. Vielleicht aber auch nicht. Es existieren keine Aufzeichnungen. Sehr rätselhaft, nicht wahr?« Er drehte sich wieder um. »Viele Rätsel gibt es im Freibesitz. Die meisten Leute wissen nichts davon. Keine Zeit. Und selbst, wenn sie davon wüßten – sie würden sich nicht darum kümmern.

Andererseits aber gibt es eine Handvoll Leute, die es sich nicht nehmen lassen, in Dingen herumzustochern, in deren Nähe sie nichts zu suchen haben. Und dabei tun sie sich weh...« Er brach ab. Schweigen baute sich auf, und die Luft schien mit einemmal dick und schwer atembar zu werden. »Ich verlasse mich darauf, daß du vernünftig bist.«

Freidal wandte sich wieder seinen Papieren zu. Das Kratzen des Federkiels war verstummt. Das Gesicht des Schreibers war unbewegt.

Nach einer Weile sagte der Saardin, ohne aufzuschauen: »Mir scheint, dieses Mal wirst du zu spät zur Kampfesübung kommen, mein Herr.«

Das Bein strecken. Rumpf drehen. Nach vorn stoßen – und nieder. Blitzschnell. Alles in einer gleitenden Bewegung. Dann: Zurück in die Ausgangsstellung.

Dieser Bursche wird es nie schaffen, dachte er, als sich sein Gegner bückte, um das Schwert aufzuheben, das er ihm soeben aus der Hand geschlagen hatte. Nicht mehr als eine schattenhafte Bewegung.

Unweit kämpfte Nirren. Trügerisch langsam waren seine Bewegungen. Sein Gegner fiel darauf herein, und das machte ihn verwundbar... Nirren fintete mit erschreckender Schnelligkeit. Seine Klinge zuckte herum, klirrte gegen die des Gegners – und biß vor... Dann war es vorbei.

Ronin wischte sich über die Stirn, während er Nirren beobachtete. Er trat zurück und verbeugte sich vor seinem Gegner.

Schwarze Schatten, die sich langsam um einen Tisch herum bewegten, orangefarben flackerndes Licht, das helle Scherben auf den Boden projizierte – und auf tödlichen Dolchen glitzerte...

Der Kampflärm von zweihundert Männern dröhnte von den Wänden der Halle des Kampfes wider.

Es stank nach Schweiß. Bedrückend schwer hing diese Ausdünstung in der stickigen Luft. Ronin dachte an Stahlig. Nachher würde er ihn aufsuchen. Jetzt war dazu keine Zeit... Er konnte es sich nicht erlauben, das Training zu versäumen. Instinktiv fühlte er, daß er seine tägliche Routine so gut wie möglich beibehalten mußte. Er durfte nicht auffallen. Nicht mehr. Er nahm Freidals Warnung beileibe nicht auf die leichte Schulter.

Eine erneute Vision: *Aller Augen auf den Tisch im Zentrum des Raumes gerichtet. Linien, in einem vertrauten Muster gezogen...*

Aber er hatte sie nicht lange genug gesehen. Nicht einmal für den Bruchteil einer Sekunde. Und zudem: Er hatte nicht direkt auf die Tischplatte sehen können. Lediglich an der Peripherie seines Blickfelds war es gewesen... Er konnte es nicht erzwingen. Es mußte von selbst an die Oberfläche seines Geistes zurückkehren.

Nirren kam zu ihm herüber. Er wirkte frisch, schwitzte kaum. Ein Grinsen entspannte sein Gesicht. »Wie wäre es mit einem richtigen Kampf-Training?«

Ronin lächelte, verbeugte sich vor seinem Gegner, wandte sich Nirren zu. Ausgangsstellung. Jeder von ihnen suchte nach einer Eröffnung. Taxieren.

Aber er war nicht voll bei der Sache. Sein weiteres Vorgehen stand fest. Im Grunde genommen war es des Saardins Warnung, die ihn in seinem Entschluß bestärkte... Nicht, daß er die Bitte seines Freundes ignoriert hätte. Aber schlußendlich veranlaßte ihn dieser mächtige und gefährliche Mann mit dem künstlichen Auge und dem eisigen Lächeln, aktiv zu werden, alles über den angeblich verrückten Zaubermann Borros herauszufinden... Das Autoritätsprinzip: es zerbröckelte.

Nirren fand eine Schwäche und nützte sie augenblicklich. Der Kampf begann. Ronin reagierte miserabel. Seine Gedanken waren in weiter Ferne gefangen. Hart bedrängte ihn Nirren... Er war gezwungen, dem Angriff zu begegnen... Die *Faeas*... Tiefer Stoß, die Klinge weit vorgestreckt, im letzten Augenblick hochschnellend, bereit, den Bauch aufzuschlitzen, und, wenn erfolgreich geführt – das Ende! Ronin tat das einzige, das ihm zu tun blieb: Er federte zur Seite, fetzte die Klinge geradewegs hinunter, direkt vor seinen vorgestellten Fuß... Instinkt und Schnelligkeit. Der unerfahrene Klingenträger würde sich zurückziehen, und das würde den Kampf entscheiden. Die *Faeas* angreifen. Klirrend krachten die Klingen gegeneinander. Ronin setzte nach... Flirrend kam der Stahl hoch... Er versuchte Nutzen aus Nirrens Stellung zu ziehen – der Rückzug der *Faeas*, nachdem sie mißlang –, aber der Chondrin konterte.

Der Kampf nahm seinen Lauf.

Als sie schließlich aufhörten, war es Ronin gelungen, Nirren zweimal zu übervorteilen – jedoch, wie gewohnt, war es keinem von ihnen gelungen, einen entscheidenden Sieg zu erringen.

Andererseits: Weder Ronin noch Nirren suchten unbedingt zu siegen. Sie hatten unterschiedliche Ausbildungen genossen, jeder von ihnen kämpfte einen weitgehend individuellen Stil. Kämpften sie gegeneinander, so lernten sie voneinander, ihre Reflexe blieben geschärft, und ihr Verstand war stets auf das Unerwartete vorbereitet. Ronin kannte eine Menge Tricks, die er während einer einfachen Übung nicht anwandte. Er nahm an, daß dies bei Nirren genauso war.

Wenig später. Auf dem Korridor. Dann im Treppenschacht. Sie stiegen schachtaufwärts. Knisternd brannte die Fackel, knisternd und unbeständig schleuderte sie ihr Licht gegen die narbigen, rissigen Wände. Linienmuster tanzten darauf.

Linien!

Plötzlich war es da, jenes latente Abbild, das sich in sein Gehirn hineingebrannt hatte... Es bekam Bedeutung!

Vorhin hatte ihn Nirren eingeladen, nach der Übung mit in sein Quartier zu kommen und einen Schluck zu trinken. Er hatte abgelehnt, da er an Stahlig und Borros gedacht hatte. Jetzt aber wollte er mit dem Chondrin sprechen.

Seine Unterkunft glich der Ronins, die mehrere Ebenen

schachtaufwärts lag. Es waren zwei spärlich möblierte Gemächer.

»Sirreg ist nicht da. Also brauchen wir unsere Worte nicht auf die Goldwaage zu legen...« Nirren grinste, trat an einen Schrank und holte eine Weinflasche und Pokalgläser heraus.

Dann setzten sie sich, tranken von dem tiefroten Wein, den Nirren einschenkte, und der Schweiß auf ihren Körpern trocknete, die Muskeln entspannten sich. Ronin lehnte sich in die weichen Kissen des Diwans zurück, fühlte, wie sich die Wärme in ihm ausbreitete.

»Ich habe dich nie danach gefragt... Aber – wie fandest du deinen Anschluß?« fragte er unvermittelt.

Nirren blickte ihn sinnend an, trank einen Schluck und drehte das Glas in seiner Hand. »Du meinst den Glauben?« Er hob seinen Kopf. »Hhhm. Es ist also nicht wahr, was man sich von dir erzählt?« Er sagte es mit einem Lächeln.

»Du weißt ganz genau, was wahr ist, und was nicht.«

»Was brachte dich überhaupt auf diesen Gedanken?«

Er schüttelte den Kopf. »Mein Freund – es gibt viele Geschichten über dich... Vielleicht, weil du so wenig Freunde hast. Vielleicht, weil du keinen Anschluß dein eigen nennen kannst. – Sie können sich einfach nicht vorstellen...«

»Du kannst es auch nicht«, sagte Ronin. Es klang nicht unfreundlich.

»Ah, das ist nicht wahr, mein Freund. Deine Entscheidung. Ich respektiere sie, aber – nun, man muß versuchen –«

»Wenn man den nötigen Glauben hat.«

Nirren zuckte mit den Schultern. »Oder auch nicht. Viele haben ihn nicht, tief in ihrem Innersten. Aber die Welt der Saardin – das ist alles, was sie kennen.

Auf jeden Fall fürchten sie dich... Ja, *fürchten* ist der richtige Ausdruck dafür – weil du ihnen ein Rätsel bist. Du und der Salamander, natürlich. Sie glauben, daß du sie wegen irgendeiner schrecklichen Tat meidest, die du einst begangen hast. Sehr interessant... Aber ich schweife ab. Du wolltest wissen, wie ich meinen Anschluß bekam.« Er füllte die Kelchgläser aufs neue. »Wohlan also, ich will es dir erzählen.

Als Schüler hatte ich einen Freund – sein Name tut nichts zur Sache –, und er war sehr ehrgeizig. Er träumte davon, Chondrin und schließlich Saardin zu werden. Nun ist die Welt ziemlich kompliziert... Du und ich, wir beiden verstehen das jetzt – aber mein Freund tat es nicht. Er sehnte sich nach Macht, weigerte sich jedoch, die traditionellen Wege anzuerkennen, die dorthin führen. Ich sah, was vor sich ging, und obwohl ich zu jener Zeit keine klare Vorstellung von der Welt hatte, wußte ich doch hier unten –« Er zeigte auf seinen Magen. »– daß er den falschen Weg beschritten hatte. Ich sagte ihm das, aber er hörte mir nicht einmal zu. Er nickte, sagte ›Ja, das ist fürwahr ein guter Rat‹ –, und dann ging er hinaus und tat genau das Gegenteil.« Nirrens Stimme hatte sich erhoben, klang hingen seine Worte in der Luft. Er nippte an seinem Wein und sah Ronin an. »Und irgendwann betraten wir, die Schüler, der Reihe nach die Halle des Kampfes, um unser Training zu absolvieren. Wir fanden ihn auf dem Boden ausgebreitet. Wie ein Stern... Fünf Spitzen in einer dunklen, übelriechenden Pfütze: Kopf, Arme und Beine. Und nichts davon zusammenhängend.«

Er trank das Glas leer und füllte es erneut. Es war still in dem kleinen Gemach. Eine Stille, die sich bis in den Korridor hinaus fortpflanzte.

Ronin räusperte sich. »Und dann?«

»Und dann war mir klar, daß ich so schnell wie möglich Anschluß finden mußte.«

»Nach all dem, was du gesehen hast?«

»Genau deswegen! Einen Augenblick lang lebte er, voll schroffer Mißachtung für die Traditionen dieser Welt, im nächsten – nichts mehr. Ein Stäubchen Materie. Sie hatten ihn geprüft, für schlecht befunden – und sodann abgelegt, als wäre er ein Haufen Dreck. Die Ergebnisse waren allgemein bekannt. Wir sollten seinen Tod nicht mißverstehen. Sie wollten, daß wir es wissen.

Ganz deutlich sah ich, was ich zu tun hatte. Ich bin Realist, mein Freund. Ich habe verstanden, was er wollte. Er war kein schlechter Mensch. Und es war richtig, nach Macht zu streben. Ohne Macht sind wir nichts; schlimmer noch: wir erreichen nichts. Macht ist das Bindeglied zwischen Traum und Wirklichkeit! Er verstand ihr Wesen, so wie ich. Aber ihm fehlte Voraussicht und Geduld, und deshalb mußte er bezahlen. Ich trauere nicht um ihn.

Die Welt ist Wirklichkeit, jeder Narr kann das sehen. Damit muß man nicht einverstanden sein. Man muß sich erlauben, im Rahmen ihrer Struktur zu handeln... Um Macht zu erlangen. Hast du dieses Ziel erst einmal erreicht, ist alles möglich, mein Freund. Alles.« Er war fertig, und Ronin wußte, daß er nun auf eine Erwiderung wartete.

Nirren erhob sich und trat an den Schrank, um eine zweite Flasche zu holen. Als erriete er Ronins Gedanken, sagte er: »Ich erwarte nichts von dir. Das will ich ganz klargestellt wissen.«

»Warum sagst du mir das?«

Nirren lächelte. »Bist du überrascht, daß ich dir dies alles erzählt habe?«

Ronin schüttelte den Kopf. »Du kennst die Antwort darauf.«

Der Chondrin lachte. »Mein Freund, ich kenne dich überhaupt nicht.«

»Weil du nichts von meinen Beweggründen weißt. Ist das so wichtig?«

»Ein Mann wird von seinen Beweggründen geprägt«, erklärte Nirren mit leichtem Nachdruck. »Und solltest du diesbezüglich anderer Ansicht sein, so hältst du dich selbst zum Narren.«

»Wir sind alle verschieden.«

»Jawohl, bis zu einem gewissen Grad.«

»Im Zentrum, meine ich. Im Kern unseres Ichs.«

»Da sind alle Menschen durch ihre Seele verbunden.«

Ronin schaute ihn aus finsteren Augen heraus an. »Glaubst du das wirklich?«

»Ja.«

Sehr leise sagte er: »Ich nicht.« Und in den Tiefen seines Bewußtseins, in jenen Tiefen, in die vorzudringen er sich fürchtete, spürte er einen kühlen Windhauch, und gleichsam erhob sich ein Rauschen in seinen Ohren und Nässe legte sich auf sein Gesicht, seinen Körper, Nadelspitzen, wie von übermächtigem Druck... Sehr weit entfernt ein Keuchen, verzerrt und unerklärlich furchterregend... Er versuchte zu sehen, aber etwas flirrte wie Nebel vor seinen Augen, so daß er nichts erkennen konnte.

»...weißt du?« fragte Nirren gerade. Er beugte sich vor, um nachzuschenken. Ronin räusperte sich erneut, legte seine Hand über den Weinkelch. »Genug«, sagte er mit belegter Stimme.

Nirren lachte. »Ah ja, ich glaube, du hast recht. Es ist noch zu früh dafür.« Er stöpselte die Flasche zu, stellte sie beiseite und drehte sich wieder um. »Du hast nicht geantwortet.«

»Worauf?«

»Wußtest du, daß Jargiss mein zweiter Anschluß ist?«

»Nein, ich –«

»Es geschieht nicht oft. Das heißt: Es gibt nur wenige, die in der Lage sind, den Anschluß abzubrechen und am Leben zu bleiben.«

Noch immer Nebelfetzen. »Du hast es trotzdem getan.«

»Ja, aber ich hatte Glück. Jargiss wußte von mir, von meiner Situation, und er trat an mich heran.«

»Wer war dein erster Saardin?«

»Ah – Dharsit.«

Die Haut des Chondrin wie Wachs. Die weiße Narbe schien an einem Auge zu ziehen. Farben: schwarz und gold.

Ronin erzählte Nirren von dem Vorfall.

»Genau wie sein Saardin. Ich bin nicht überrascht. Sie bringen dem Kampf keinen Respekt entgegen. Es sind Freidals Leute.«

»Aber er ist doch ein Traditionalist!«

»Ja, aber das spielt keine Rolle. Er benutzt sie lediglich. Wenn er mit ihnen fertig ist – wird er Dharsits Leute im Kampf verwenden. Sie werden den ersten Angriff führen – und sterben. Beide – Saardin und Chondrin – werden aufhören zu existieren.«

»Ich habe Freidal gesehen. Vorhin«, sagte Ronin. »Er hat nach mir geschickt.«

Nirren wurde plötzlich sehr still. »Tatsächlich...« murmelte er. Sein Tonfall war neutral, aber als Ronin berichtete, was geschehen war, konnte er die Erregung sehen, die in dem Chondrin hochpulste.

Nirren runzelte die Stirn. »Entweder ist er übervorsichtig, oder er hat Interesse an dir gefunden. Das gefällt mir nicht.«

»Ich habe etwas gesehen... Daggam, die sich eine große Schrifttafel besahen. Nur einen kurzen Augenblick lang sah ich sie, aber jetzt bin ich mir sicher. Sie betrachteten eine Karte.«

Nirren bewegte sich nicht, und sein Gesicht war von angespannter Konzentration erhellt. Er sagte: »Du kannst dich nicht geirrt haben?«

»Nein.«

Er nickte. »Sehr gut. Gibt es noch weitere Einzelheiten, an die du dich erinnerst? Einzelheiten der Karte...«

Ronin schüttelte den Kopf.

Der Chondrin setzte sich einen Moment lang zurück, dann stand er auf. »Komm«, sagte er. »Wir werden zu Jargiss gehen.«

»Es gibt andere Dinge, die meine Aufmerksamkeit erfordern.«

Sie standen an der Tür. Nirren wußte, daß er nicht drängen durfte. Er hob seine Hände. »Später dann.«

»Ja«, erwiderte Ronin. »Später.«

Er hatte einen guten Grund, Stahlig aufzusuchen. Seine Schulterwunde. Deshalb war er zuversichtlich... Freidal vermochte ihm nichts anzuhaben, selbst wenn ihm von seinem, Ronins, Besuch bei Stahlig berichtet wurde.

Sirreg verließ gerade das Quartier des Medizinmannes, als er seine Hand nach der Türklinke ausstreckte. Sein braunes Hemd mit den orangen Streifen war befleckt, und ein Arm nahe am Handgelenk verbunden.

»Ronin. Schön, dich zu sehen.«

Sirreg war blond, mit einem hübschen, gleichmäßig geschnittenen Gesicht. Dunkle Augen, überschattet von langen Wimpern. Er zog eine finstere Grimasse. »Ich habe von dem Vorfall während des Sehnas gehört.« Er schüttelte den Kopf. »Wohin führt das alles? Raufereien bei Sehna. Wirklich!«

Ronin deutete auf den verbundenen Arm. »Was ist da passiert?« Er wollte nicht mehr über den Streit diskutieren, und erst recht nicht hier draußen, auf dem Korridor.

Sirreg grinste. »Ein Andenken an einen von Dharsits Klingenträgern.« Er lachte kurz. »Es ist nichts, wirklich. Du solltest das Andenken sehen, das ich *ihm* hinterlassen habe.«

»So ist es also bei der Kampfes-Übung passiert?«

»Nein, auf dem Korridor – schachtabwärts. Man muß sich jetzt offenbar an derlei Unbequemlichkeiten gewöhnen.« Wieder schüttelte er den Kopf. »Aber bei Sehna! Hätte es gern gesehen. Nirren hat es da wohl am allerbesten. Er darf an jedem ihm genehmen Tisch sitzen, während wir Klingenträger festhängen... Hast du ihn in diesem Zeitabschnitt zufällig schon gesehen?«

»Vorhin. Er war auf dem Weg zu Jargiss.«

»Ah. Nun denn.« Sirreg hob seinen unverletzten Arm und schritt davon.

Ronin betrat Stahligs Quartier.

Eine Neer wartete darauf, behandelt zu werden. Sie war weder hübsch noch häßlich. Kurzes, braunes Haar umgab ein rundliches Gesicht, das an eine reife Frucht erinnerte. Schamlos starrte sie ihn an.

»Ich bekomme nicht viele Klingenträger zu sehen«, erklärte sie mit dünner, spröder Stimme. »Das kommt wohl daher, weil ich schachtabwärts eingesetzt bin. Auf der fünfundachtzigsten Ebene.«

Ronin war noch niemandem begegnet, der so tief schachtabwärts lebte.

»Riesige Maschinen da unten – größer als du dir vorstellen kannst, will ich wetten.« Sie strich über ihr Bein, und Ronin sah, daß der Knöchel verbunden war. Mit der Stellung des Fußes zum Bein schien etwas nicht zu stimmen.

Sie bemerkte seinen Blick. »Er steckte in einer dieser Maschinen«, meinte sie. »Frost, es tat weh!« Ihre Schultern sackten herab. »Wir haben an einer von den Luftmaschinen gearbeitet – den wichtigsten, weißt du – und das erste, was man uns sagt, wenn wir da hinuntergehen, ist, daß wir auf die Maschinenflüssigkeiten achtgeben müssen, weil sie glitschig sind. Ich schätze, das war's, was passiert ist. Ich stolperte und rutschte an dem heißen Metall entlang, und –« Ihr Gesicht verzog sich. »Oh, es war schrecklich, den Fuß in der Maschine! Sie brauchten fast einen ganzen Zeitabschnitt, um zu entscheiden, was sie tun sollten, um mich da wieder herauszuholen.« Sie strich über den Verband, ohne hinzusehen. »Nach einer Weile konnte ich überhaupt nichts mehr spüren. Deshalb machte es mir auch nichts aus, als sie darüber sprachen, nach einem Medizinmann zu schicken, der meinen Fuß abschneiden sollte. Sie hatten Angst, die Maschine irgendwie zu beschädigen, weil wir doch immer noch nicht wissen, wie sie funktioniert oder gar *warum*. Wir wissen halt nur, *daß* sie es tut und uns am Leben erhält.« Ein glückseliges Lächeln huschte über ihr Antlitz. »Aber am Schluß schafften sie es doch, meinen Fuß herauszubekommen. Sie brachen den Knöchel, und es war in Ordnung.«

Stahlig kam herbei, um ihr in den Behandlungsraum zu helfen, und sie ging mit ihm und sah über ihre Schulter zurück zu Ronin, sah ihn an, so lange sie konnte. Er erwiderte ihren Blick und lächelte. Er hatte ohnehin niemals zu jenen Schwertkämpfern gehört, die voller Geringschätzung auf Neers, Gelehrte und natürlich Arbeiter heruntersahen. Beim Frost, es war nicht ihr Fehler, und irgendwer mußte –

Stahlig rief nach ihm. Mehrere Türen führten aus dem Behandlungsraum in den Korridor hinaus, und aus einem ihm unerklärlichen Grund war Ronin froh, die Neer nicht mehr zu sehen. Er durchquerte den halbdunklen, verlassenen Behandlungsraum, der von der elliptischen Steinplatte beherrscht wurde. Ihre polierte Oberfläche sowie die schräggestellten Seiten fingen das orangefarbene Lampenlicht ein. Einen erschreckenden Moment lang schien sie mit glitzerndem Blut bedeckt, das sich zähflüssig in den leichten Vertiefungen auf der Oberfläche gesammelt hatte und nun in komplizierten Mustern zu Boden rann. Er blinzelte, schaute erneut hin und sah den hellen, purpur-grauen Stein, marmoriert mit weißen Streifen. Ohne Eile begab sich Ronin an hohen Glasschränken vorbei in das hintere Gemach.

Wenn überhaupt, so hatte die hier herrschende Unordnung noch zugenommen.

Stahlig saß auf dem Diwan und sortierte Schreibtafeln aller Größen.

»Paß darauf auf«, sagte er, als Ronin einen Stapel von einem Stuhl nahm.

»Seit wann behandelst du Neers?«

Der Medizinmann machte eine Handbewegung. »Ah, schachtabwärts sind sie überfordert. Wir –« Er mühte sich ab, wollte die Schreibtafeln halten, die von seinem Schoß rutschten und gab es schließlich auf. Er deponierte sie auf dem Fußboden. »Man erwartet von uns hier oben, daß wir mit allem fertig werden, ohne ein Wort der Klage zu verlieren. Andernfalls denken sie, wir kämen auf ungesunde Gedanken...« Er wischte seine Beinkleider sauber. »Ich habe von dem Schlamassel bei Sehna gehört. Das ist genau jene Art, aufzufallen, die du dir momentan überhaupt nicht leisten kannst. Was ist passiert? Zieh dein Hemd aus!«

Während Ronin es ihm erzählte, nahm Stahlig den Verband ab und inspizierte die Wunde.

»Dieser idiotische Gelehrte!« schimpfte er verärgert. »Natürlich ist er frustriert. Sie haben alle seine Bücher verbrannt. Schon vor Jahrhunderten.« Mit großer Sorgfalt trug Stahlig nun eine Salbe auf die verletzte Fläche auf. »Meine auch, was das betrifft, nur – wer hat eigentlich diesen Verband angelegt?« Ruckartig sah er auf, dann befaßte er sich wieder mit der Schulterwunde. »Hier gibt es nicht mehr viel zu tun für mich. Nur einen neuen Verband muß ich dir anlegen, und nach ein paar Zeitabschnitten wirst du nicht einmal mehr wissen, daß du hier verletzt wurdest.«

»K'reen war es.« *Warum mußte er fragen?* »Nach dem Sehna suchten wir dich auf. Du warst nicht hier.«

»Hmmm. Nein. Wie ich schon sagte: ich habe mich um verdammt viele Leute zu kümmern, und –« Er zuckte mit den Schultern. »Wurden die Daggam gerufen? Zum Sehna, meine ich.«

»Ja, aber es war nichts. Sie nahmen einen Bericht auf.«

Stahlig schien erleichtert. »Gut. Wenigstens hat Freidal darauf verzichtet, dich vorzuladen.«

Ronin dachte: *Er scheint verändert.* Laut sagte er: »Aber er hat mich vorgeladen – sehr früh, während des ersten Zeitabschnitts.«

Schweiß stand plötzlich auf der breiten Stirn des Medizinmannes. »Ich habe es dir prophezeit! Beim Frost, du warst gewarnt!«

»Beruhige dich.« Stahlig hatte den Verband angelegt, und Ronin erhob sich. »Er wollte sich von mir lediglich den Bericht der Daggam bestätigen lassen. Was ist los mit dir?«

Stahlig drehte sich um und begab sich hinter seinen Schreibtisch. Sein Gesicht war eine farblose Fläche. »Ich – ich möchte, daß du vergißt, daß du mich gestern in die Sicherheit begleitet hast.« Er blickte Ronin an, seine verklebten Augen schienen eingesunken und – müde. Eine Schreibtafel glitt vom Tisch und krachte zu Boden. Er schien es nicht einmal zu bemerken. »Es ist nie geschehen.« Es war still in dem Raum, und doch bettelte er.

»Ich kann es nicht«, erklärte Ronin, und er hätte den Medizinmann genausogut schlagen können. Sein Gesicht fiel ein.

»Oh, Frost!« keuchte er. Haltlos brach er auf dem Stuhl zusammen. Seine Lippen bebten.

Ronin holte Wein, kniete vor Stahlig nieder und flößte ihm die bernsteinfarbene Flüssigkeit ein.

Nach einer Weile flüsterte er: »Ich kenne dich. Ich kann nichts mehr für dich tun.« Aber es war, als spräche er zu sich selbst.

»Stahlig«, sagte Ronin sanft. »Du mußt mir helfen. Ich möchte mit Borros sprechen.«

»Wie kannst du mich bitten, dir beim Sterben behilflich zu sein?« Die Stimme des Medizinmannes klang schwach, und es war keine Entschlossenheit darin zu hören.

»Ich werde nicht sterben«, versetzte Ronin vorsichtig,

denn er mußte sichergehen, daß Stahlig verstand. »Und diese Angelegenheit mag für den Freibesitz möglicherweise sehr wichtig sein. Erinnerst du dich an unser diesbezügliches Gespräch?«

Stahlig setzte sich wieder auf. Er sah in Ronins Augen. »Warum willst du es tun?« Aber nun war es in Gang geraten, und die Antwort spielte keine Rolle mehr.

Ronin zuckte mit den Schultern.

»Aber du mußt doch einen Grund haben!«

»Wie kann ich es dir sagen, wenn ich selbst nicht weiß, was es ist?«

Der alte Mann seufzte und schüttelte den Kopf. »Ich wußte es«, murmelte er traurig. »Ich wußte es während der ganzen Zeit.« Er stand auf und wandte sich ab. »Komm nach dem Sehna zu mir. Ich muß mir deine Schulter noch einmal ansehen.«

In diesem Augenblick spürte Ronin einen Stich. Ein unerklärliches Gefühl von Verlust. »Stahlig, ich –«

Der Medizinmann hob seine Hand. »Denk an die Schreibtafeln, wenn du hinausgehst. Sie liegen hier überall auf dem Boden...«

»Herein!«

Die Tür blieb geschlossen, und das leise, zaghafte Klopfen wiederholte sich. Ronin stellte seinen Weinkelch ab, durchquerte den Raum und öffnete. G'fand stand vor ihm, mit gesenktem Kopf. Ronin konnte den Brustverband sehen. Das Hemd tarnte ihn schlecht.

»Ich...« G'fand räusperte sich. »Ich störe dich nicht?«

»Überhaupt nicht. Ich dachte gerade an –«

»Wenn ich dich störe, kann ich –«

Er berührte die Schulter des Gelehrten. »Komm herein.«

G'fand schien auf der Stelle angewachsen zu sein, und Ronin mußte ihn hereinziehen.

»Setz dich. Bitte.«

Er durchmaß den Raum und nahm einen Gegenstand auf, der auf einem niederen Tisch lag.

»Dies hier wollte ich dir zurückgeben.« Er hielt den Gegenstand hin.

G'fand zuckte zurück und starrte auf den Dolch in Ronins Hand, als wäre er lebendig.

»Ich will das Ding nie wiedersehen!« schrie er hysterisch.

Ronin legte die Waffe neben ihn. »Ah, aber eines Tages rettet er dir vielleicht das Leben.«

G'fands Beherrschung zersplitterte. Er verbarg sein Gesicht in seinen Händen. Ronin schenkte ihm Wein ein und stellte auch den Kelch neben ihn. Schließlich verstummte G'fand. Er sah Ronin an. »Ich schäme mich so«, flüsterte er.

Ronin setzte sich ihm gegenüber. »Das tue ich ebenfalls«, entgegnete er ruhig.

G'fands Kopf ruckte hoch. Ein Leuchten schlich in seine Augen. »Du? Wessen mußt du dich schämen?«

Ronin streckte seine Hände vor. »Ich bin ein Klingenträger, ein Schwertkämpfer. Aber ich war ein Schüler des Salamanders. Du hast es betont. Gestern.«

Farbflecken bildeten sich auf G'fands Wangen.

»Ich lernte viel«, fuhr Ronin fort. »Dinge, die nur wenige andere Klingenträger kennen. Siehst du, ich habe dich fast getötet. Hiermit.«

G'fand starrte auf Ronins Hände. »Aber – aber ich dachte, der Kampf gilt mit dem Schwert und dem Dolch?«

»Der Kampf ist sehr alt. Er hat viele Gesichter.«

»Ja, ich verstehe.« G'fand kniete nieder. »Oh, Ronin, es tut mir so leid. Bitte, vergib mir.«

»Heb deinen Dolch auf und steck ihn weg.«

Der Gelehrte wischte über sein Gesicht. »Ich möchte, daß du weißt, was geschehen ist.«

»G'fand, ich weiß, daß du nicht mich angegriffen hast.«

Überraschung, Erleichterung, Verwirrung – all diese Gefühle irrlichterten über sein Gesicht. »Aber wie ist das möglich? Ich war mir selbst nicht sicher, was ich tat...«

Ronin lächelte. »Ja, mir ist ganz klar, daß du ziemlich durcheinander warst... Und zwar nicht eines jener Dinge wegen, die du den anderen und mir an den Kopf geschleudert hast.«

Zögernd schlich Farbe in G'fands Gesicht. »Ich stehe in deiner Schuld.« Einen Moment lang schwieg er, während er in die Tiefen seines Weines starrte. Er hatte den Kelch noch nicht angerührt, aber jetzt nahm er ihn auf und trank. Es bedeutete ihm mehr, als nur seinen Durst zu stillen.

»Ich will dir etwas erzählen«, kündete er schließlich an. »Ich will es dir erzählen, obwohl es mir sehr schwerfällt. Du mußt wissen: Lange Zeit beneidete ich dich... Ich wollte ein Klingenträger sein, und ich – ich bekam keine Chance.« Er lachte nervös. »Ich nehme an, ich bin auf jeden Fall zu klein.« Er brachte den Kelch wieder an die Lippen, in einer raschen, krampfartigen Bewegung, als sei es unbedingt notwendig, sich jetzt – egal wie – zu betätigen. »Ich verlange danach, zu wissen, wie es dazu kam, daß wir ein Volk wurden – und was sich vor unseren Tagen ereignete. Vor Jahrhunderten waren sie ein großes Volk, und sie bauten viele Maschinen – riesig und ehrfurchtgebietend.« Er stellte den Kelch ab, umfaßte seine Ellenbogen, als wäre ihm kalt. »Heute übersteigt dies alles unseren Verstand. Wir haben alles verloren. Ich aber – ich habe etwas erreicht... Ich habe alles gelesen, was zu lesen übriggeblieben ist... Einen dürftigen Haufen von Wissen.«

Seine Stimme senkte sich. »Sie wissen es nicht, aber – es ist mir gelungen, die Relief-Zeichen jener alten Schrift zu entziffern, die noch aus der Zeit stammen, da alle Leute Oberflächenbewohner waren. Jedoch: sie sind nicht exakt genug, lediglich merkwürdige Fragmente – es ist nichts, wirklich nicht. Ich vermochte gerade genug zu lesen, um zu erfahren, was für einen unverzeihlichen Frevel sie auf sich luden!«

Er brach ab, rang seine Hände. Das, was zu sagen er gekommen war, hatte er noch nicht gesagt.

»So dachte ich schließlich, daß ich etwas zu sein gewählt habe, das wertlos ist. Oh, ich habe mich an die Schmähungen gewöhnt – ich hatte Arbeit, die mich beschäftigt hielt. Aber jetzt – jetzt habe ich alles gelesen, so sagen sie mir.«

Er nahm den Dolch heraus, beobachtete das Licht, das auf dessen kurzer Klinge spielte. »Also nahm ich vor einiger Zeit an der Kampfesübung teil.« Er hob seinen Kopf, halb fürchtend, Ronin würde lachen. »Ich ging hin, einfach so. Anfangs scherzten die Schüler darüber und machten sich ihren Spaß mit mir. Doch als ich immer wieder kam, wollten sie mich hinauswerfen. Schließlich kam der Ausbilder zu mir und gab mir dies hier sowie ein Kurzschwert. Er meinte, da ich es so sehr versuchte, sollte ich zumindest ein paar Waffen besitzen. Und jetzt arbeite ich mit den Novizen, aber –« Sein Kopf sank wieder herab.

»– Aber ich weiß, daß ich nie ein Klingenträger sein werde.«

»Es gibt andere Dinge, die lohnen, erreicht zu werden«, meinte Ronin.

»Nirren ist der Ansicht, daß es nichts Wichtigeres gibt.«

»Nirren neckt dich gern, du solltest nicht alles glauben, was er sagt.«

»Er ist ein Chondrin und – er sieht es nicht!« platzte G'fand plötzlich heraus.

»Was – sieht er nicht?«

»Daß wir untergehen! Kannst *du* es nicht sehen? Du hast gehört, was Tomand sagte. Er begreift die Arbeitsweisen der Maschinen nicht, kein Neer begreift sie. Doch nur die Großen Maschinen erhalten uns am Leben. Der

Ausbilder erzählte uns von Traditionen, dem Kampfeskodex. Aber wozu sollen Traditionen gut sein, wenn es hier unten keine Luft mehr gibt, oder die Nahrungsmittel oder das Wasser versiegen?«

Abrupt erhob er sich. »Ich kann es nicht ertragen! Ich will nicht hier unten bleiben! Es gibt nichts zu tun für mich, nichts für niemanden!

Und bald – bald wird das Banner der Traditionen über unseren faulenden Knochen wehen!«

Seite an Seite begaben sie sich in die Große Halle, zum Sehna, und dies schien alles beizulegen. Es gab einen peinlichen Augenblick, bis Tomand aufstand und sagte: »Dir ist vergeben, G'fand, denn dies ist schließlich Sehna.«

Nirren sah sie an und lächelte in sich hinein, und K'reen drückte G'fands Hand.

Es gab viel Gelächter und lebhafte Unterhaltung an ihrem Tisch, aber ein Großteil davon verriet harte, spröde Schärfe. Die Gesprächsthemen waren belanglos. Und während die Speisen auf- und wieder abgetragen, die Weinflaschen geleert und wieder gefüllt wurden, waren die Menschen von einer seltsamen Art der Verzweiflung ergriffen, von einer Verzweiflung, die ihr Lachen lauter klingen ließ, als könnte Lärm und Tumult sie von ihren inneren Gedanken fernhalten.

Ronin registrierte dies schon sehr bald, und während er mit den anderen speiste und trank und lachte, weil jedes andere Tun verdächtig gewesen wäre, vertiefte dieses Wissen nur die Schwermut, die in ihm nistete. Die Geschichte der Neer hatte sie verursacht. Wenigstens nahm er dies an. Und er verfluchte sie und dann sich selbst. *Was geht mich das an?* dachte er ärgerlich. *Nicht meine Sorge.*

Ein Klingenträger, der Orange und Braun trug, schlängelte sich durch das Gewühl zu ihnen heran. Er beugte sich zu Nirren, seinem Chondrin, nieder und flüsterte etwas in dessen Ohr. Nirren nickte und lehnte sich zu Ronin hinüber. »Estrille«, formten seine Lippen stumm, dann stand er auf und entschuldigte sich bei den Tischgefährten.

Es mochte purer Zufall sein – aber sein Weggang schien das Signal für ein noch größeres Gelage gewesen zu sein. Tomand rief zu den an anderen Tischen Sitzenden hinüber, und bald tauschten sie Weinflaschen und Becher aus, während sie von belanglosen Dingen schwatzten.

Der siebente Zeitabschnitt neigte sich seinem Ende zu, und der achte begann. Die Große Halle leerte sich. Die Tische waren nicht mehr derart belagert, die Hitze nahm ab und der Dunst verzog sich – verschwand jedoch nicht völlig.

Ronin saß mit ausgestreckten Beinen am Tisch, wirbelte den dunklen Bodensatz des Weines in seinem irdenen Krug herum und betrachtete die verzerrten Reflektionen auf der Oberfläche. Der allgemeine Lärm aus Unterhaltungen, Gelächter, Schreien hatte nachgelassen. Geschirr klapperte. Diener räumten die Tische ab oder eilten die schmalen Mittelgänge entlang, große, nunmehr mit Speiseresten behäufte Tabletts hoch über ihren Köpfen haltend, den vorbeikommenden Klingenträgern ausweichend. Ronin wurde gefragt, ob er noch Wein wünschte, und er schüttelte den Kopf.

Er brannte darauf, zu gehen, aber da war die Notwendigkeit der Anonymität. Er wollte nicht zu früh aufbrechen. Möglich, daß sich niemand für ihn interessierte, aber er wollte auf keinen Fall den Eindruck erwecken, irgend etwas Besonderes vorzuhaben.

Dann erblickte er Nirren, und plötzlich war er froh, so lange geblieben zu sein. Der Chondrin setzte sich dicht neben ihn, schenkte sich den Rest des Weines ein und lächelte. Unauffällig sah er sich um. Niemand saß in ihrer Nähe, und nach wie vor herrschte eine Menge Lärm. Immer noch lächelnd, sagte er leise: »Ich glaube, das wird dich interessieren: Dieser Teck des Zaubermannes... Maastad. Erinnerst du dich? – Er arbeitet für Freidal.«

Ronin stellte seinen Krug ab. »Ein Daggam?«

Nirren trank bedächtig seinen Wein und sah Ronin nicht direkt an. »Nein. Ein Teck, gewiß. Aber mit der Sicherheit im Bunde. So machen sie es immer. Wenn sie an etwas oder jemandem interessiert sind, ist es manchmal die einzige Möglichkeit, Zugang zu gewissen Kenntnissen zu erlangen.« Er unterbrach sich. Ein Servierer nahm die leere Flasche weg.

»Vor einiger Zeit versuchten sie, Borros anzuwerben, aber er weigerte sich. Also schickten sie ihm einen *Nager*, einen Spitzel, der ihn aushorchen sollte.«

»Offenbar erfuhren sie nicht genug.«

»Hmmm. Hör zu, mir wurde ein Spezialauftrag gegeben. Ich muß einen eigenen *Nager* finden. Mehr kann ich dir jetzt nicht sagen, aber –« Er sah Ronin an, ganz kurz nur, dann streifte sein Blick wieder durch die Große Halle. »Aber vielleicht brauche ich schon bald deine Hilfe... Obwohl du möglicherweise zögerst, sie mir zu gewähren. Was die andere Sache angeht –« Er lächelte und sagte mit lauterer Stimme: »Später.«

Er erhob sich und ging.

Ronin sah ihm nach, bis er schließlich im weiten Meer sich bewegender Körper verschwand.

Ein leises Schnarchen quoll aus seinem offenen Mund. Lang ausgestreckt lag er auf seinem Diwan, die Beine übereinandergeschlagen, während seine Arme einen Stapel Schrifttafeln umarmten. Sein zerfurchtes Gesicht war verzerrt, angespannt, und graue Tränensäcke hingen unter seinen Augen. *Sogar im Schlaf wirkt er müde,* dachte Ronin.

Er durchquerte den Raum und schüttelte Stahlig an den

Schultern. Augenblicklich flogen seine Lider hoch und entblößten blutunterlaufene, aber munter dreinblickende Augen. Stahlig richtete sich auf, ohne auf die zu Boden fallenden Schrifttafeln zu achten, und räusperte sich. »Ah, habe nur einen Moment lang ausgeruht.«

Ronin nickte und grinste und suchte die Weinflasche.

»Du siehst aus, als hättest du eine Menge Schlaf versäumt«, meinte er beiläufig.

»Dort drüben...« Stahlig zeigte auf eines der Regale. »Hinter den Schrifttafeln.«

Ronin fand die Flasche, kam damit zu Stahlig zurück und schenkte ihm einen Becher voll. Dankbar trank der Medizinmann. »Hmmm«, seufzte er, als er den Becher von den Lippen nahm. »Zu viele Kranke... Wie gesagt, ich muß mich auch um die Leute schachtabwärts kümmern. Zusätzlich... Der Frost soll es holen!« Seine Blicke schweiften im Raum umher. »Ein schöner Zustand... Nicht einmal mehr genügend Medizinmänner gibt es im Freibesitz. Irgendwann werden wir zu Notlösungen greifen müssen. Vielleicht gar damit anfangen, vielversprechend begabte Studenten – wie K'reen, beispielsweise – einzusetzen.« Schließlich sah er auf die am Boden liegenden Tafeln. »Tja.« Er räusperte sich wieder.

Ein Flimmern.

Ronin sah... sah sich selbst. Er schritt den Korridor entlang. Um eine Biegung. Sehr ruhig und schweigend und wachsam waren sie. Er sah sie erst im letzten Moment.

Ein Flimmern. Dunkle Schatten vor hellem Licht.

Ja, erst in letzter Sekunde sah er sie. Und er blieb nicht stehen. Er ging weder schneller noch langsamer. Sie hatten ihn nicht gesehen, und er wollte unbedingt vermeiden, ihre Aufmerksamkeit doch noch auf sich zu ziehen. In diesen Augenblicken war er innerlich wie tot. Nur äußerlich lebte er. Lebte er und setzte Fuß vor Fuß. Er betrat den Behandlungsraum des Medizinmannes – wie Flüssigkeit in einen Krug hineinströmt. Stehenbleiben. Die Augen sich an das Licht gewöhnen lassen. Sich erst wieder bewegen, nachdem feststand, daß sämtliche Schatten am richtigen Platz waren. Denn zwei Daggam standen Wache... Draußen, im Korridor.

»Ich – ich werde dich zu Borros bringen«, sagte Stahlig, und seine Stimme zertrümmerte Ronins Gedanken.

Der Medizinmann erhob sich, leerte seinen Becher und stellte ihn entschlossen ab.

Er hat sie nicht erwähnt, dachte Ronin, als er Stahlig folgte. Er betrat den Behandlungsraum. Stahlig entzündete kein Licht, und er bewegte sich völlig geräuschlos.

An der gegenüberliegenden Wand blieben sie stehen. Der Medizinmann streckte seine Rechte aus und berührte etwas, das Ronin in der Dunkelheit nicht erkennen konnte. In der Wand erschien eine Öffnung, automatisch, lautlos war ein Teilstück zurückgewichen. Die beiden Männer traten in die kleine Kammer, die dahinter lag.

Der schwache Lichtschein zweier Lampen erhellte sie nur dürftig. Die Flämmchen flackerten im Luftzug, der durch Ronins und Stahligs Eintreten verursacht wurde.

Eine Seitenwand wurde von Schränken gesäumt, in eine andere war eine Tür gesetzt. Ein einfacher Raum.

Und plötzlich verstand Ronin. Die Stücke paßten unvermittelt zusammen... Die Daggam-Wächter. Stahligs Schweigen. Die Geheimtür. Und er sah zur gegenüberliegenden Wand hinüber, auf die beiden schmalen Betten, und noch bevor er es sah, wußte er, daß eines belegt war. Ein Mann mit gelblicher, kranker Hautfarbe. Knotenpunkt eines im Verborgenen stattfindenden Machtkampfes im Freibesitz.

Stahlig winkte ihn heran. »Da ist der Zaubermann«, flüsterte er.

»Wie hast du das nur fertiggebracht?«

Der Medizinmann senkte seinen Blick. »Es war nicht ganz so schwierig, wie es aussieht«, versetzte er.

»Im letzten Zyklus kehrte ich, wie angekündigt, in die Sicherheit zurück. Borros hatte sein Bewußtsein nicht wiedererlangt. Ich sprach mit Freidal, erklärte ihm, daß der Zaubermann nie wieder zu sich kommen würde, wenn er nicht sofort in mein Quartier gebracht wurde. Nun, Freidal blieb keine Wahl. Wirklich nicht.«

»Wäre Borros gestorben?«

Stahlig rieb sich seine Augen. »Vielleicht. Aber das ist nicht wichtig. Viel wichtiger ist die Tatsache, daß er zwischenzeitlich erwacht ist. Er hat mit mir gesprochen.«

Der Medizinmann ließ sich auf das leere Bett niedersinken.

»Bisher weiß Freidal noch nichts davon. Was könnte ich ihm schon sagen? Ich verstehe nichts von dem, was Borros sagt... Ob er in dem Zustand überhaupt noch einen Wert hat für Freidal, das mag fraglich sein. Er ist ziemlich verrückt. Vielleicht zu einer Zeit –« Stahlig schüttelte den Kopf, und Ronin durchquerte die Kammer und beugte sich über Borros.

»Solch eine schreckliche Verschwendung«, sagte Stahlig müde. »Menschliches Leben bedeutet ihnen nichts. Er war viel zu lange in ihrer Gewalt. Sein Verstand – er ist nicht mehr derselbe, der er einmal gewesen sein mochte.«

Aber er hat ihnen nicht gesagt, was sie wissen wollten, dachte Ronin. *Hätte er es getan, so wäre es Freidal nunmehr gleichgültig, ob er lebt oder stirbt. Er muß ein starker Mann gewesen sein.*

»Still. Ich möchte mit ihm reden«, sagte Ronin laut.

Stahlig zuckte mit den Schultern. »Du kannst nichts von ihm erfahren. Er ist mit Drogen vollgepumpt.«

Ronin wandte sich um. »Wie kannst du dann behaupten, daß er verrückt ist?«

»Es ist nicht –«

Das Geräusch war winzig, jedoch deutlich hörbar, und es kam aus dem Vorraum des Behandlungsraumes. Stahlig sprang auf, sein Gesicht bleich, seine Augen geweitet. »Oh, Frost!« hauchte er voller Bitterkeit. »Es war ein Fehler... Nie hätte ich zustimmen dürfen! Bewege dich nicht!« Er verließ die Kammer, schloß die Geheimtür leise hinter sich.

Ronin starrte auf Borros hinunter, auf den hohen, glänzenden Schädel, dessen Haut die Farbe ausgebleichter Knochen angenommen hatte, auf die langen, geschlossenen Augenlider. Er atmete tiefer.

Die Stille wirkte körperlich, schien greifbar. Draußen war gedämpftes Stimmengemurmel zu hören. Ronin beugte sich über den Zaubermann, berührte seinen Kiefer. Die Haut fühlte sich glatt und trocken an. Die Lider flatterten – und hoben sich. Ganz langsam. Blicklos starrten die Augen. Die Pupillen unzentriert.

Doch diese Augen waren so ungewöhnlich, daß Ronin das Geräusch hinter sich beinahe überhört hätte.

Er richtete sich auf, kreiselte herum. Stahlig trat ein.

»Freidal hat nach mir geschickt. Er will mich sofort sehen«, flüsterte er. »Wahrscheinlich quält ihn die Sorge um Borros«, fügte er unnötigerweise hinzu. »Bleib hier, Ronin, bleib hier und verhalte dich still, bis ich mit dem Boten fortgegangen bin. Ich habe die draußen postierten Daggam-Wächter daran erinnert, daß sich ihre Anwesenheit in dieser Kammer sehr nachteilig auf die Gesundung des Patienten auswirken würde. Trotzdem mußt du so schnell wie möglich von hier verschwinden. – Borros ist zwischenzeitlich nicht erwacht?«

»Nein.«

»Gut. Es ist besser für ihn, wenn er ruht. Und es gibt nichts, das er dir sagen könnte. Du würdest nur deine Zeit verschwenden.« Er wandte sich zum Gehen. »Denke dran: Sobald du hörst, daß wir gehen...« Er vollendete seinen Satz nicht. Es war auch nicht notwendig. Er trat über die Schwelle, zurück in den Behandlungsraum – und hinein in dessen Schatten.

Borros' Augen...

Grau waren sie. Hellgrau, mit goldenen Flecken, die wie helle Metallspäne in den Tiefen schwammen.

Draußen wurden Schritte laut. Gedämpft. Dann schwächer werdend. Und schließlich war Ronin von sanftem Schweigen umhüllt. Nur die feinen Atemzüge Borros' – und seine eigenen – waren noch zu hören. Die Welt wirkte irgendwie – verkehrt: unbewegliche Gestalten, Schatten, die bleichen Flammen der Lampen züngelten daran empor. Noch immer hielten ihn Borros' Augen in ihrem Bann.

Irgendwann zersplitterte er. Ronin riß sich los, setzte sich in Bewegung und durchquerte die Kammer. Behutsam legte er sein Ohr gegen die Geheimtür. Das Metall war kühl. Nichts war zu hören. Kein Laut. Keine Bewegung. Nichts.

Er kehrte zum Bett des Zaubermannes zurück, setzte sich auf die daneben aufgestellte Liege und musterte ihn. Die gegenüberliegende Tür, jene Tür, hinter der die Daggam Wache standen, war ihm nur zu bewußt.

»Borros!« sagte er ruhig. »Borros, kannst du mich hören?«

Seine Lippen waren leicht geöffnet, aber nur das Geräusch des Atems wurde laut. Seine Augen starrten blicklos zur Decke hoch.

Ronin wiederholte seine Frage.

Schweigen. Die Pupillen bewegten sich nicht.

Die Frage wiederholen. Sich tiefer zu ihm hinunterbeugen. Lauter sprechen. Nachdrücklicher.

Der Zaubermann blieb stumm. Aber – seine Augen bewegten sich. Er blinzelte.

Zitternde Lippen.

»Was? Was hast du gesagt?«

Er mußte es wiederholen.

»So blau –«

Ronin mußte sich anstrengen, die Worte zu verstehen,

und dachte: *Kein Sinn. Aber der Kontakt ist da... Also – noch einmal!*

»Unwahrscheinlich blau! Ich – ich weiß, es ist da, ich –« Leben sickerte in den Blick, die Pupillen zentrierten sich, die goldenen Flecken glitzerten. Rasselnd flog der Atem des Zaubermannes. Ronin fühlte, wie er schwitzte, sein Blick flog zu der Korridortür. Hatte er eine Bewegung vernommen? Er wischte sich mit dem Handrücken über die Stirn, wandte sich wieder an Borros.

»Borros! Was willst du mir sagen?«

»Ein Bogen... ja, es – es muß wie ein Bogen aussehen... So weit, so –« Er zuckte zusammen, die Augen quollen aus den Höhlen. Seine Lippen verzogen sich, wie zu einem Lachen... Es wurde ein tierisches Zähnefletschen. Die entblößten Zähne schimmerten.

»Aha – hahaha! Aber es gibt nichts – nichts! – ihr habt nichts... Keine Aufzeichnungen... Und jetzt nicht einmal mehr einen Kopf... Das Gehirn ausgequetscht, bis es austrocknete, und da es jetzt zu trocken ist, hat es keinen Zweck mehr... Warum – bl...« Seine Lider senkten sich, dann schnellten sie wieder hoch, und Borros zuckte zusammen, als wache er erst in diesem Augenblick auf. »Nein! Nicht mehr!« stieß er hervor. »Nicht mehr ich!« Kopfschütteln. »Macht, was ihr wollt, alles nutzl – ahhh!« Er fröstelte. Gänsehaut überzog blitzartig seinen ganzen Körper. »Das Land... braun und reich an Pflanzen, die frei und ohne Tanks wachsen – und die Hitze der bloßen Sonne, die – die in einem – einem grenzenlosen Raum hängt! In einem grenzenlosen Raum...«

Er brach ab, wie ein abgelaufener Mechanismus, nicht mehr fähig, von neuem zu beginnen. Und Ronin dachte: *So hat es keinen Wert, überhaupt keinen Wert. Er hört sich wirklich wie ein Irrer an... Seine Worte sind klar verständlich, aber sie sind bedeutungslos.*

Er wischte sich wieder den Schweiß von der Stirn. Ihm blieb nur noch sehr wenig Zeit; er wußte es.

Etwas versäumt! durchzuckte es ihn. *Ich habe etwas zu tun versäumt! Aber was? Denken!*

Er beugte sich vor und sagte eindringlich: »Das Land, Borros, erzähle mir mehr über das Land!«

Der Zaubermann hatte denken müssen, Ronin wäre einer der Sicherheits-Daggam. Einer jener Männer, die ihn verhörten. *Der Ansatzpunkt hatte nicht gestimmt. In seinen Verstand gelangen. Was, wenn er nicht verrückt war? – Er mußte es versuchen. Er hatte keine andere Wahl. Es gab nur diese eine Möglichkeit.*

Und er sah Borros Mund arbeiten. »Ja, das Land«, hauchte er. Ein unsagbar schwaches Flüstern, wie ein trockener Windhauch. Ronins Muskeln spannten sich unwillkürlich an.

»Die Felder... Nahrung... Genügend zu essen, große, fließende Gewässer... Neuer Lebensraum für das Volk, aber –« Er keuchte auf, als habe ihn ein Schlag getroffen, und Ronin streckte die Hand aus, um ihn zu halten.

Borros' Augen waren tiefe Tümpel, in denen goldene Fische herumwirbelten, rasend schnell.

»Oh, Frost... Nein! Nicht wieder!« Die Augen traten hervor, weiße Linien züngelten um den Mund. Als würde er ins Antlitz des Todes starren – oder in das eines noch schrecklicheren Wesens.

Er bäumte sich auf, wollte sich aufrichten, aber Ronin drückte ihn zurück, so sanft wie nur möglich. Instinktiv spürte er, wie die Kräfte den hageren Körper zu verlassen drohten...

»Ich muß! Ich muß!« Dicke Schweißperlen klebten auf der straffen, gelben Haut. Sammelten sich auf der Oberlippe. Rannen über seinen Mund, und die Zunge zuckte vor und leckte sie weg. Der Schweiß tropfte auch von Ronins Stirn, über seine Schläfen, seine Wangen. Der verzerrte, gequälte Gesichtsausdruck des Zaubermannes war fürchterlich. Der Schweiß rann über seine Handgelenke, auf seinen Handrücken, sickerte zwischen den Fingern hindurch und – verfestigte seinen Griff. Borros' Finger waren wie Krallen, die Sehnen rippten die Haut, traten dick hervor – zum Zerreißen gespannt. Wie zur Abwehr hatte er seine Hände hochgerissen. Zur Abwehr seiner Qual – und seiner Angst! Dann klammerte er sich an Ronins Armen fest.

Sie waren verschränkt, unbeweglich. Und Ronin, gefangen im Bann der graugoldenen Augen, hatte den Willen zu eigenständiger Bewegung verloren.

»Es – es kommt!«

Gefesselt von der Spannung des Augenblicks, fühlte er Borros' Leiden –

»Ich habe es gesehen... Es –«

– wußte er mit furchtbarer Sicherheit, mit einer Sicherheit, die urplötzlich seinen Willen durchflutete, daß ETWAS da war –

»Es kommt näher... Die Leute können nicht aus –«

– keine reale Anwesenheit, sondern lediglich die Drohung derselben, und das genügte bereits, um –

»Muß zu ihnen gehen, und helf – hel...«

Das Gedankennetz zerfetzte.

»Wem, Borros? Wem mußt du helfen? Wir sind doch die einzigen...«

Die Kiefer des Zaubermannes schlossen sich, die Augen sahen ihn, sahen ihn – vielleicht zum ersten Mal, und das schreckliche, wölfische Grinsen kroch wieder auf das Gesicht. Und jetzt fühlte Ronin, fühlte, wie er sah... Was?

»Narr!« zischte Borros. »Sie wollen es geheimhalten! Niemand soll es erfahren! Ein Geheimnis!« Und ohne jeden Humor lachte er. »*Ihr* Geheimnis!« Die Augen nahmen eine glänzende Tiefe an, die Pupillen wurden riesengroß. An seinen Schläfen traten die Venen hervor – dort, wo die Dehn-Flecken wie lebendige Wesen pulsierten.

»Narr! Wir sind nicht allein auf dieser Welt!« Erschreckend weit quollen Borros' Augen aus den Höhlen, seine Zähne knirschten aufeinander. »Aber – es – es wird nichts

bedeuten. Es kommt – kommt, um alles zu zerstören...
Es sei denn –« Sein Kopf ruckte von einer Seite zur anderen. Schweißperlen sprühten. Seine Kehle verkrampfte sich. Er schien schreien zu wollen – laut, gellend – und war doch nicht dazu in der Lage. Ein leises Aufkeuchen, erstickt und kaum menschlich, war alles, was er zustande brachte.

»Tod... Der Tod kommt...!«

Borros bäumte sich auf, ruckte hoch, fiel wieder zurück, dann erschlaffte sein Körper. Seine Augen schlossen sich. Ronin lockerte seinen Griff. Seine Hände schmerzten. Er legte sein Ohr auf Borros' Brust, dann stieß er rasch und rhythmisch mit den Handflächen dagegen. Wieder lauschte er nach dem Herzschlag. Stieß seine Faust einmal, zweimal über das Herz. Lauschte wieder.

Schließlich wischte er sein schweißnasses Gesicht ab und erhob sich. Lautlos, geschmeidig ging er zu der geheimen Tür hinüber und drückte sie auf. Dunkelheit erblühte vor ihm. Rasch trat er in den Behandlungsraum hinaus. Die Geheimtür schloß sich. Einen Moment lang lauschte er mit angehaltenem Atem. Seine Augen gewöhnten sich an die Dunkelheit. Die Schatten waren bewegungslos und dort, wo sie hingehörten. Er setzte sich in Bewegung.

»Was weißt du von den Zaubermännern?«

»Wie kommst du darauf?«

»Stets beantwortest du mir meine Fragen mit Gegenfragen – oh, ja! Da...« Die Hand bewegte sich, Fleisch berührte Fleisch, orangefarben und hellbraun im schwachen, tropfenden Lampenlicht. Schwärze sammelte sich in den Vertiefungen.

»Du mußt zugeben – dies ist ein eigenartiges Thema... Und ausgerechnet jetzt...«, sagte Ronin sanft.

K'reen bewegte sich träge, zärtlich gegen ihn. In dunklen Kaskaden wehte ihr Haar auf ihn hernieder, weich und kühl, die Hitze ihrer Körper betonend.

»Das ist nicht wahr. Sie sind angeblich – oh! – die Retter des Freibesitzes... Männer, die uns die Möglichkeiten, zu leben, voraussagen... für die Zeit, da die Großen Maschinen aufhören werden zu funktionieren. Oder stimmt das etwa nicht?«

Hände, die sich bewegten, die über helle Haut glitten, hin zu den Schatten. »So sagt man.«

Ihre Lippen fanden und öffneten sich.

K'reen lachte an seinem Hals. »Bei all dem politischen Gerede, das umgeht... die Gerüchte über die Saardin – mhhh – ist es doch nur natürlich, an die Zukunft zu denken...«

»Ich weiß sehr wenig von ihnen«, flüsterte er. Aber die Versuchung keimte in ihm, wuchs empor, wurde drängender.

K'reen wälzte sich von ihm. Lichtmuster huschten über ihren nackten Körper. »Sprichst du überhaupt je mit mir?« fauchte sie mit unnatürlich schwacher Stimme.

»Es gibt nichts, worüber zu sprechen ist.« Er griff nach ihr, aber sie entzog sich ihm.

»Du meinst, du hast mir nichts zu sagen.«

Ronin setzte sich in dem Bett auf und starrte auf ihr zerzaustes Haar, auf die schwarzen Strähnen, die sich wie ein Schleier über die zerwühlten Kissen gelegt hatten. »Du weißt, daß ich es so nicht gemeint habe.«

Mit blitzenden Augen wandte sie sich ihm zu. »Natürlich hast du es so gemeint!« schrie sie.

»Du verdrehst meine Worte. Warum? Ich verstehe dich nicht.«

»Ich werde dieses Spiel nicht mitspielen.«

»Es gibt kein Spiel.« Seine Stimme klang plötzlich scharf und hart.

»Ich lasse nicht zu, daß du das gegen mich kehrst. Du bist derjenige, der –«

»K'reen, jetzt ist nicht die richtige Zeit –«

»Nicht die richtige Zeit?« Geschmeidig setzte sie sich ebenfalls auf. »Du machst wohl Scherze? Es gibt nichts Wichtigeres zu tun für uns!«

»Doch, das gibt es...«, sagte er scharf.

Einen Augenblick lang funkelte sie ihn an, und er fühlte, wie sich ihre Aggression aufblähte... Sie zuckte vor, ihre Hand wischte mit beachtlicher Kraft über sein Gesicht.

»Die Kälte soll dich holen!« zischte sie.

Seine Rechte packte zu, umklammerte ihr Handgelenk und riß es nach vorn und hinunter. Sie wurde mitgerissen – und lag plötzlich rücklings unter ihm. Er beugte sich zu ihr hinunter. Das sanfte Licht glitzerte im Weiß ihrer Augen. Ihre Brüste hoben und senkten sich unter ihm, ihre Brustwarzen waren steif und hart aufgerichtet. Sie wehrte sich. Ihr Knie zuckte hoch, krachte gegen seinen Beckenknochen. Er lachte und berührte einen Nerv auf der Innenseite ihres Schenkels. Gefühllosigkeit breitete sich darin aus.

»Frost!« hauchte sie und zog seinen Kopf zu sich herunter, bäumte sich auf, seinem Körper entgegen, öffnete sich.

Und Ronin liebte sie – liebte sie mit einer seltsamen Verzweiflung. In seiner Verwirrung, seiner Pein versuchte er, seinen Verstand in seinem Körper zu verlieren. Und er war damit so sehr beschäftigt, daß er eine ähnliche Verzweiflung bei K'reen gar nicht bemerkte...

Irgendwann wälzte er sich von ihr fort. Sie schlief. Ruhige Atemzüge hoben und senkten ihre Brust. Ronin setzte sich auf den Bettrand und zündete die Lampe an. Die blasse Flamme vertrieb die Dunkelheit, jagte sie in alle

Richtungen davon. Er hielt das Licht klein, um K'reen nicht aufzuwecken. Außer dem weißen Lärm der Stille war nichts in seinen Ohren, während er in die Flamme starrte und erneut den Traum sah, der ihn hatte aufwachen lassen...

Und er sah...

Den Freibesitz. Jedoch mit gänzlich anderem Aufbau... Eine Welt unter der Erde, sicher, aber gleichsam eine Stadt, mit massiven Bauten, die sich in gewaltige Höhen erheben. So hoch, daß sie beinahe den Felsenhimmel berühren. Eine Traumlandschaft. Übernatürlich...

Er hält sich in einem solchen Bauwerk auf, hoch oben, mit K'reen. Sie bereiten sich vor, wollen fortgehen... Er kann sich nicht denken, wohin. Plötzlich erzittert das Bauwerk. Risse fressen sich in die Wände. Er spürte das dumpfe Poltern bis in seine Knochen. Er sieht hinaus. Ringsum zerbersten Bauwerke – und fallen in sich zusammen. Die Erde bebt – und teilt sich. Er hört Geschrei – und sieht den roten Ausbruch... Feuersäulen stechen aus der Erde empor...

Er kann K'reen nirgends finden. Er rennt in den Korridor hinaus und wird mit dem Würgen von Rauch und herabprasselndem Schutt konfrontiert. Das Bauwerk zerfetzt sich. Er brüllt K'reens Namen. Immer wieder. Er hört Echos. Nur Echos. Er hetzt die Stufen hinunter, fürchtet, daß der Treppenschacht jeden Augenblick unter ihm zusammenbrechen wird.

Irgendwann gelangt er ins Freie und erkennt –

Er steht auf einer Lichtung. Es ist kühl. Ringsum grünes Blattwerk, dunkel und feucht. Ein starker, nie gekannter Duft steigt aus der Erde empor... Sein Gesicht ist naß. Seine Arme ebenfalls. Wassertropfen prasseln auf ihn nieder.

Über einen Fluß hinweg wird er Zeuge, wie sich der Freibesitz auflöst. Inmitten gigantischer Feuer stürzt er darnieder. Grelle Funken tanzen in der Luft. Aber er ist weit weg und wundert sich darüber, daß er seine Augen öffnet... Dunkelheit. K'reen liegt an seiner Seite...

Ronin seufzte. Tief sog er die Luft in sich hinein und stieß sie wieder aus. Vielleicht half es ihm, sich der letzten Fasern des Traumes zu entledigen. Ein lebhafter Traum...

Er legte sich wieder ins Bett, halb sitzend, und plazierte ein Kissen hinter seinem Rücken. Er dachte an Borros, die halbe Dauer eines Zeitabschnittes spielte er immer und immer wieder durch, was der Zaubermann gesagt hatte.

Und schließlich kam ihm der Gedanke, daß sein Traum möglicherweise doch nicht zerstört worden war...

Es war an der Zeit, entschied Ronin, dem Salamander einen Besuch abzustatten.

In diesem Sektor war der Lift ausgefallen, die Schiebetüren der Kabine präsentierten sich halb offen, erstarrt, unrettbar. Tiefe, parallele Kratzer waren in das Metall gekerbt, als wäre es von einem fürchterlichen Prankenhieb getroffen worden. Die andere Tür war zerknittert – wie die Narbe eines alten Klingenträgers.

Ronin betrat den Treppenschacht und machte sich auf den Weg schachtaufwärts. Er hatte Zeit, sich an seine erste Begegnung mit dem Salamander zu erinnern...

Stets war der Kampf ein Spiel für ihn gewesen. Belanglos, wie jeder andere Bestandteil seines jungen Lebens. *Zu* belanglos, um ernst genommen zu werden.

Vor einiger Zeit waren auf jener Ebene, die als *Kampfebene* bekannt geworden war, die Wände der normalen Gemächer und Kammern niedergerissen, die Räumlichkeiten ausgeschachtet worden. Eine Reihe großer Hallen war entstanden, die manchmal als *Innenhöfe* bezeichnet wurden. Sie dienten nunmehr als Übungsgelände.

In jedem Zyklus, zu der ihm bestimmten Zeit, pflegte er mit den anderen Schülern seines Alters in die Halle des

Kampfes zu marschieren, in die größte der neugeschaffenen Hallen. Ein halber Zeitabschnitt anstrengender Gymnastik mündete schließlich in einen Vortrag über die Kunst, durch rituelle Bewegungen kampfunfähig zu machen – und zu töten. Daraufhin begann das eigentliche Training. Paarweise mußten sie sich aufstellen.

Er hatte weder auf die eine noch die andere Art sonderlich viel über die Kunst nachgedacht. Er war ein Schüler, weil man ihm aufgetragen hatte, Schüler zu sein – und deshalb war er höchstens mittelmäßig. Oftmals schweiften seine Gedanken umher, und es war seinem Gegner ein leichtes, ihn zu entwaffnen. Nie schien ihm dies etwas auszumachen... Für den Ausbilder jedoch war das eine ganz andere Sache. Ronins Gleichgültigkeit erzürnte ihn, und es war beileibe keine Ausnahme, wenn er ihn die Hauptlast seines Zornes vor versammelter Gemeinschaft tragen ließ.

Die Zeit verging.

Irgendwann, während des Trainings, beobachtete Ronin einen schweren, ziemlich fetten Mann, der leichtfüßig die Halle des Kampfes betrat.

»Schüler!« rief der Ausbilder, und die Kampfgeräusche verstummten augenblicklich. Sodann wandte er sich dem Besucher zu und stellte ihn mit einer großartigen Geste vor. »Schüler – der Salamander!«

Eine Woge aufgeregten Flüsterns durchlief die Reihen der Jungen, die der Ausbilder zu ignorieren fertigbrachte.

»Wie ihr wißt«, sprach er weiter, ungeduldig Ruhe herbeihoffend, »wie ihr wißt, ist der Salamander der Waffen-Sensii des Freibesitzes. Er ist gekommen, euren Fortschritt zu begutachten.«

Das Flüstern ringsum verstummte, und der Ausbilder war nun gezwungen, die Pause, die er eingelegt hatte, mit einem Räuspern zu überbrücken. Ernst ließ er seinen Blick in der Halle schweifen.

»Einige von euch mögen das Glück haben, ausgewählt

zu werden. Ausgewählt, um mit dem Salamander persönlich zu lernen...«

Ronin registrierte die Unterströmung von Neid in der Stimme des Ausbilders, und er drehte sich so, daß er den Salamander mustern konnte. Sein Gesicht mit den seltsam hoch angesetzten Wangenknochen und den großen, schwarzen Augen blieb jedoch teilnahmslos. In diesem Augenblick hob der Salamander eine mit blitzenden Juwelen beringte Hand und sagte mit voller, leicht nasaler Stimme: »Ich ersuche euch, euer Training fortzusetzen, Knaben. Zeigt mir, aus welchem Holz ihr geschnitzt seid!«

»Kommt, kommt, Schüler!« rief der Ausbilder nervös, wobei er zusätzlich in die Hände klatschte. »Macht weiter!«

Fast wie eine einzige Person wandten sie sich wieder ihren Partnern zu, und das Klirren von Stahl auf Stahl hallte von den Wänden wider.

Aus dem Augenwinkel heraus versuchte Ronin den Salamander im Blick zu behalten, als dieser seinen Rundgang durch die Halle aufnahm. Der Ausbilder hielt sich einen Schritt hinter ihm.

»Hör zu, du«, knurrte sein Übungspartner, ein großer, bulliger Schüler, »es ist mein Pech, daß ich in diesem Zyklus mit dir zusammengetan wurde. Aber du wirst mir einen guten Kampf liefern...« Knurrend griff er an. Sein Schwert flirrte von unten her... Ein gemeiner Schlag, der auf Ronins Magen zielte. Ronin federte zurück, nahm den Schlag voll auf die Schneide seiner Klinge. Ein scharfes, kreischendes Klirren... Schmerz pflanzte sich seinen Arm hinauf fort, lähmte vorübergehend seine Finger.

»Ich habe es dir prophezeit... Du wirst mir einen guten Kampf liefern«, sagte der Schüler drohend. »Und wie du kämpfen wirst, wenn der Salamander zu uns kommt. Auf diese Chance habe ich gewartet. Da...«, knurrte er wieder, als er erneut zuschlug. »Verdammt lange habe ich darauf gewartet!«

»Salamander – ist das sein richtiger Name?«

Korlik schnaubte, so nahe an einem Lachen, wie es ihm nur möglich war. »Narr! Niemand kennt seinen richtigen Namen!« Seine Klinge kam erneut hoch, zischend fetzte sie durch die Luft. »Warum fragst du ihn nicht – aaah – wenn er vor dir steht?«

Ronin wehrte Korliks drängenden Angriff erneut ab.

»Ich – ich werde dir sagen, warum du das nicht tun wirst...«, keuchte er. »Weil du auf dem Rücken liegen und auf meinen Stiefelabsatz starren wirst, wenn es soweit ist. Ich will, daß er mich sieht, will, daß er mich mitnimmt... Schachtaufwärts! Ist das klar?«

Ronin antwortete ihm nicht. Seine Aufmerksamkeit war auf den heranschreitenden Salamander konzentriert. Lediglich ein Teil seiner selbst war der automatischen Verteidigung seiner Person überlassen.

Der Sensii war ein Koloß, ein Fleischberg, in feinste Gewänder gekleidet. Pechschwarz und scharlachrot.

Was mag Fett sein, was Muskeln? fragte sich Ronin. *Und wie steht es mit seinen Reflexen? Sein Gewicht muß ungeheuerlich sein. Und doch ist er der Sensii. Der Meister des Kampfes.*

Korlik knurrte ihn an. »Er kommt! Die Kälte soll dich fressen, hast du gehört, was ich sagte? He! Mach einen guten Kampf, Ronin, ich warne dich!«

Die beiden Männer waren nahezu auf gleicher Höhe, als sich Ronin voll auf den Kampf konzentrierte. »Einen guten Kampf«, flüsterte er. »Es wird keinen Kampf geben, nicht für dich, nicht für den Salamander.«

Fluchend stürzte sich Korlik vorwärts. Der Salamander sah herüber. Das beflügelte ihn noch. Wild schlug er auf Ronin ein.

»Und dieser hier, Sensii«, kommentierte der Ausbilder kriecherisch, »ist Korlik. Groß und stark ist er, und er vermag zu kämpfen. Unglücklicherweise wurde er in dieser Übung mit einem schlechteren Schü –«

»Schweig!« sagte der Salamander und hob eine juwelenberingte Hand. »Bleib mir mit deinem nutzlosen Geschwätz vom Leibe. Erdreiste dich nicht, meine Urteile zu fällen.«

Die Augen des Ausbilders wurden groß und rund, und es arbeitete in ihm. Mühsam gelang es ihm, sich unter Kontrolle zu halten.

Ronin sah es und grinste in sich hinein. Korlik wütete nach wie vor. Wie ein Berserker drosch er auf ihn ein, aber Ronin wehrte ihn mühelos ab – und zwar, ohne eine planvolle Abwehr aufzubauen oder gar einen Gegenangriff zu starten. Er tänzelte hin und her, zog es vor, Korlik ins Leere laufen zu lassen, zu bluffen, seine Klinge lediglich dann zu gebrauchen, wenn es absolut notwendig war, um das Schwert des Gegners abzuwenden.

Der Ausbilder, der in Ronins Weigerung, sich entsprechend der vorgeschriebenen Norm zu verhalten, eine mögliche Gefahr für sich selbst sah, bedeutete dem Salamander, weiterzugehen. Aber der Sensii brachte ihn mit einem frostigen, geringschätzigen Blick zum Schweigen.

»Ihr Jünglinge«, wandte er sich daraufhin an Ronin und Korlik, »laßt ab voneinander.«

Korlik, schweißgebadet, sein Hemdrücken genäßt, senkte seine Klinge nur zögernd. Haßerfüllt funkelte er Ronin an.

Der Salamander strich sich mit Daumen und Zeigefinger über seine gewaltige Nase. Seine dunklen, unergründlichen Augen waren auf Ronin gerichtet. »Und wie lautet dein Name, mein lieber Junge?«

»Ronin.«

»Ronin, *Herr!*« berichtigte der Ausbilder.

Die Augen des Salamanders verdrehten sich. Unnatürlich ruhig sagte er sodann: »Würdest du freundlicherweise die Güte haben und dich hinwegbegeben, auf daß ich nicht mehr gezwungen bin, deine Anwesenheit zu ertragen?«

Der Ausbilder schnappte nach Luft. Ohne ein weiteres

Wort zu verlieren, schritt er davon. Seine Kiefermuskeln arbeiteten krampfartig.

Ringsum herrschte Kampflärm, krachte von den Wänden wider und hallte in den Ohren. Der beißende Gestank von Schweiß und Furcht hing wie ein Geschwür in der riesigen Halle und besudelte sie.

»Sensii«, sagte Korlik. »Ich habe auf diesen Augenblick gewartet, habe lange und hart gearbeitet, in der Hoffnung, dir zu gefallen. Mein größter Wunsch ist es, von dir unterrichtet zu werden.«

Die Augen des Salamanders – schwarz und hart wie Steinsplitter – wandten sich ihm zu. »Mein Junge«, sagte er gedehnt, »laß dir sagen, daß allein die ganz *besonderen* Schüler mit mir arbeiten, jene, die außergewöhnlichen Verdienst, außergewöhnliches Können zeigen.«

Seine Blicke taxierten den Schüler. »Sei versichert, daß du nicht dazugehörst. Und nun, bitte, – sei still.«

Korlik würgte ein Aufkeuchen ab und knirschte mit den Zähnen. Jähe Wut loderte in ihm, aber er blieb stumm.

Der Salamander wandte sich wieder an Ronin. »Sag mir, warum du auf derartige Weise kämpfst«, bat er ihn so vertraulich, als wären sie ganz allein, ohne jeden Zuhörer.

Ronin fragte sich, was der Salamander damit bezweckte. Fragte sich, welche Antwort wohl die passendste war. Und schließlich sagte er die Wahrheit. »Der Kampf langweilt mich«, erklärte er gleichmütig.

»Warum gibst du dich dann damit ab?«

»Ich tue es, weil ich es tun muß.«

Wieder rieb sich der Salamander über seine Nase. Die kostbaren Juwelen seiner Ringe funkelten im Licht. »Hmmm. Ja, ich nehme an, das mußt du wirklich.« Einen winzigen Augenblick lang schwieg er, dann sagte er unvermittelt: »Du denkst an andere Dinge.«

»Wie meint Ihr das, Herr?« Er war erschrocken.

»Nun, wenn du kämpfst«, erläuterte der Salamander so geduldig, als erklärte er einem Kind eine allgemein bekannte Tatsache, »denkst du an andere Dinge.«

»Nun ja«, erwiderte er, noch immer überrascht. »Ich denke tatsächlich an viele Dinge, während ich die Klinge führe...«

»Wie bitte?« Ein gequälter Ausdruck trübte sein Antlitz, aber nur kurz. »Kämpfen ist *nicht* gleichbedeutend mit kämpfen, mein lieber Junge. Die Tiere raufen sich, streiten sich um Beute. Der Kampf aber ist eine rituelle Kunst, eine Kunst, die von zivilisierten Menschen ausgeübt wird.«

»Ich dachte nie darüber nach«, gab Ronin zu. Und ganz tief in der Finsternis seines Bewußtseins spürte er eine Regung... Interesse. Das verblüffte ihn.

Der Salamander war nicht verärgert. »Ah, schon gut, mein Junge. Motivation ist alles. Wie jeder halbwegs intelligente Mensch sehen kann, hast du Talent, natürliches Talent. Aber Motivation – ah! – das ist nun wieder eine völlig andere Sache. Was können wir tun, um dein Interesse zu wecken, hmm? Wir werden uns darum kümmern müssen.« Er wich einen Schritt zurück. Sein langes Schwert hing an seiner Seite, umhüllt von einer reichlich geschmückten, pechschwarz und scharlachrot lackierten Scheide. »Ja, wir müssen daran arbeiten. Verteidige dich, mein lieber Junge!«

Seine Hand zuckte nicht zum Griff seines Schwertes, sondern zu den Falten seines weiten Talars. Mit einem polierten Metallfächer kam sie wieder zum Vorschein.

Ronin wollte seinen Augen nicht trauen. Dennoch hob er sein Schwert.

Der Fächer webte komplizierte Muster in die Luft, öffnete und schloß sich...

Der Angriff des Salamanders war beendet, noch bevor er richtig begonnen hatte. So jedenfalls erschien es Ronin. Der Fächer schoß vor, entwaffnete Ronin – und im gleichen Atemzug saß er an seiner Kehle, ein heller, stählerner Bogen, scharf wie ein Messer.

»Hahaha!« brüllte Korlik, höchst erfreut über die Demütigung seines Kampf-Partners. Ronin hörte nicht hin. Er war mit seinen Gedanken beschäftigt, mit den rätselhaften Tänzen des Fächers...

Als der Salamander Ronins nachdenklichen Blick bemerkte, lächelte er leicht, kaum merklich. Er faltete seinen Fächer zusammen und steckte ihn wieder in seine Schärpe. »In drei Zyklen meldest du dich auf meiner Ebene«, sagte er grinsend. »Du brauchst nichts mitzubringen.«

Damit wandte er sich auf dem Absatz um und schritt davon. Seine wuchtigen Schritte hallten vom Hallenboden wider. Er teilte dem Ausbilder die Namen jener Schüler mit, die er auserwählt hatte, sodann verschwand er im Korridor, sein Talar wogte, pechschwarz und scharlachrot wirbelte durcheinander, flatterte, dann war er verschwunden, wie ein eleganter, jungfräulicher Paradiesvogel.

Ronin verließ den Treppenschacht und trat auf den kühlen Korridor hinaus. Niemand begegnete ihm. Besucher waren höchst selten, so weit schachtaufwärts. Die gelbbraunen Wände wirkten sauber und steril. Hier oben war der gewohnte Betonboden mit einem elastischen, tiefbraun lackierten Holzbelag überzogen.

Je tiefer er ins Herz dieser Ebene vorstieß, desto heller waren die Wände gestrichen, bis sie schlußendlich einheitlich cremefarben waren. Vor mächtigen, mit wertvollem Schnitzwerk versehenen Doppeltüren blieb er stehen. Schwere Metallklopfer, die dünnen, sich schlängelnden Eidechsen nachgebildet waren, die Nadelzunge herausgestreckt, züngelnde Flammen zu Füßen, waren in der Mitte einer jeden Tür angebracht. Winzige Rubinaugen glitzerten im hellen Schein der Oberlichter. Er stand vor den Türen, ohne die Klopfer zu berühren.

»Ja?« sagte eine fade, gefiltert klingende Stimme aus dem Nirgendwo.

Ronin bewegte sich nicht. Er wußte, was nun geschah. Deutlich nannte er seinen Namen.

Einen Moment lang herrschte Stille, dann sagte die körperlose Stimme: »Ein früherer Schüler?«

»Ja.«

Ein Knattern. Ein kurzes Summen.

»Tritt ein«, sagte die Stimme.

Der Raum war groß und vermittelte den Eindruck, hell und luftig und offen zu sein, ohne daß letzteres zutraf. Kein Raum im Freibesitz konnte das, entsprechend der Definition.

Die absichtlich rauh verputzten Wände waren in hellem Blau gestrichen, die Decke in cremigem Weiß. Der Bodenbelag erstrahlte in tiefem Blau. Die Wände waren bar jedes Zierats. Doppeltüren, die Zwillingsschwestern jener, durch die er soeben getreten war, zerteilten die andere Wand.

Ronin schritt durch den Raum. Vor einem Schreibtisch, der sehr alt aussah, blieb er stehen. Eine Frau mit leicht wolligem Haar und einem Gesicht, das breit und flach genug war, um es interessant zu machen, saß dahinter und sah zu ihm auf. Ihre Robe war von derselben Farbe wie die Wände.

Er sah in ihre desinteressiert blickenden grauen Augen.

»Du wünschest?« Ihre Frage hing wie ein mit Perlen geschmückter Vorhang in der Luft.

»Den Salamander will ich sehen«, versetzte er.

»Ah.« Sie sagte es so, als wäre es ein Wort von großer Bedeutung. Und dabei gaffte sie ihn an und ließ das Schweigen sich ausdehnen – wie ein Gähnen.

Ihre kleinen, sauber manikürten Finger bewegten sich unruhig über die Schreibtischplatte, die lackierten Nägel glitzerten im Licht.

Schließlich sagte sie: »Ich fürchte, er steht im Moment nicht zu deiner Verfügung.« Keine Spur von Bedauern in ihrer Stimme.

»Nenne ihm nur meinen Namen. Bitte.«

»Du solltest zu einem späteren Zeitpunkt zurückkommen. Vielleicht...«

»Hast du ihm meinen Namen genannt? Hast du ihm gesagt, daß ich hier bin?«

Die Nägel kratzten über das Holz. »Er ist sehr beschäftigt, und –«

Ronin beugte sich zu ihr hinüber, ergriff ihre Hände und drückte sie nieder. Fasziniert starrte sie ihn an.

»Sag's ihm!« zischte er.

»Doch –« Sie schaute ihn an, als suche sie etwas ganz Bestimmtes in seinem Gesicht zu entdecken. Für den Bruchteil einer Sekunde erschien ihre Zunge zwischen ihren weißen Zähnen – wie eine korallene Schlange.

Er ließ sie los, und sie erhob sich und verließ den Raum. Ein leiser Summton paarte sich mit einem leichten Luftzug, der – ausgehend von der plötzlich erwachsenen Quelle – heranfegte. Die schwache Andeutung von Nelkenduft vibrierte darin. Wenn er es nicht besser gewußt hätte, hätte er angenommen, er gehöre zu der Frau.

Sie brauchte ihre Zeit, bis sie zurückkehrte, und als sie schließlich vor ihm stand, waren ihre grauen Augen groß und rund, als wäre sie irgendwie überrascht. Sie hielt ihm die Tür auf.

»Du magst jetzt hineingehen«, sagte sie ein wenig atemlos.

Ronin lächelte in sich hinein, und als er an ihr vorbeiging, sah er, wie sich in ihren Augen etwas bewegte... eine unklare Gefühlsregung. Sie starrte ihm nach.

»Die letzte Tür rechts«, wies sie an, als wäre ihr dies nachträglich noch eingefallen.

Korridorwände und Decke waren im hellsten vorstellbaren Blau gehalten, der Untergrund strukturiert, während sich auf dem Boden das dunkle Blau wiederholte. Zu beiden Seiten gab es in regelmäßigen Abständen Türen. Ronin schritt daran vorbei.

Er erreichte das Ende des Korridors. Rechts und links eine Tür. Er klopfte an der rechten. Augenblicklich wurde geöffnet.

Der Nelkenduft war jetzt deutlich wahrnehmbar. Ein junger Mann baute sich vor Ronin auf, so daß er nicht in den Raum hineinsehen konnte.

Der Mann trug eine engsitzende Hose, ein Hemd von sanfter gelbbrauner Farbe und kurzschaftige, dunkel glänzende Stiefel. Er war schlank, mit unnatürlich roten Wangen, als habe er gerade einen vollen Zeitabschnitt damit verbracht, sein Gesicht zu scheuern. Seine Lippen waren voll und rosafarben. Über seinem Herzen – in einer Scheide aus blutrotem Leder – trug er einen Dolch mit juwelenbesetztem Griff, ein weiterer steckte in einer Scheide an der rechten Hüfte. Er sah so aus, als habe er noch nie in seinem Leben irgend etwas getan.

Starren Blickes sah er auf Ronin, und seine Lippen öffneten sich leicht. Einen langen Augenblick lang musterten sie sich, dann, plötzlich, trat er zur Seite, und Ronin setzte sich in Bewegung.

Hier war es dunkler als draußen, im Korridor, und es dauerte einen Herzschlag lang, bis sich seine Augen angepaßt hatten.

Er stand in einem riesigen, holzgetäfelten Raum. Dicke Teppiche mit dunklen, verwirrenden Mustern bedeckten den Boden. Die Regale an der Wand zu seiner Linken waren mit zahllosen Büchern vollgestellt. Zweckbetonte, lederbezogene Stühle waren zwanglos gruppiert. Ein großes Plüschsofa nahm die Hälfte der hinteren Wand ein. Offenstehende Doppeltüren mit darin integrierten, separaten Eisengittertüren beanspruchten die andere Hälfte. Das Plätschern fließenden Wassers wehte heran, und der Nelkenduft hing jetzt schwer in der Luft.

Ronin betrat den Raum. Viele Männer hielten sich hier auf, und alle waren – soweit Ronin in dem trügerischen Licht feststellen konnte – ähnlich gekleidet wie der Mann mit den roten Wangen. Sie brachten es fertig, ihn mit affektierter Gleichgültigkeit zu ignorieren.

»Durst?« erkundigte sich der Junge mit den roten Wangen, und als Ronin verneinte, ging er gemessenen Schrittes und, wie es den Anschein hatte, ziemlich zufrieden, davon.

Ronin ließ seine Fingerspitzen über die Buchrücken gleiten und dachte an G'fand. Diese Bände hier waren natürlich äußerst alt, mit abgenutzten Ledereinbänden. Einige hatten restauriert werden müssen. Wahllos nahm er einen Band heraus und schlug ihn auf. Die Buchstaben waren ihm nicht vertraut, und er versuchte es mit einem anderen. Hieroglyphen, immer noch unlesbar.

Ah, G'fand, wie würdest du darin schwelgen... Eine ganze Welt für dich. Bücher! Und alles, was man schachtabwärts hat, sind Fragmente!

Eine plötzliche Traurigkeit ergriff ihn.

Der rotwangige Mann winkte ihm und deutete nur zu der gegenüberliegenden Tür hinüber.

Ronin ging an ihm vorbei. Er legte einen zierlichen Zeigefinger auf seine Unterlippe.

Auf den ersten Blick wirkte es wie ein offener Innenhof, aber das war unmöglich. Immerhin, es war ein quadratischer Raum mit sehr hoher Decke. Diffuse Beleuchtung ließ ihn ungeheuer *offen* wirken.

Ronin schritt über den steinernen Fliesenweg. Ein kaum merklicher Lufthauch fuhr in sein Haar. Ganz plötzlich war die Neugier in ihm. Dies alles war Teil des Quartiers des Salamanders. Ein Teil, den er nicht von früher her kannte.

Er hörte fremdartige Klänge: ein leises, hohes Trillern, sich wiederholendes Pfeifen, sodann andere Laute, die er nicht voneinander unterscheiden konnte. Sie schienen von hoch oben aus der Luft zu kommen...

In der Mitte des Raumes kam er an einem quadratischen Becken vorbei; Wasser sprudelte und gurgelte und gluckerte darin, von einer verborgenen Quelle gespeist.

Auf der anderen Seite des Beckens – in einiger Entfernung – der Salamander. Er saß auf einem ungepolsterten Holzstuhl mit wuchtigen Armlehnen. Zu seiner Linken: Ein kleiner Steintisch, auf dem eine Karaffe sowie kristalline Kelche standen. Ein zweiter Stuhl stand in der Nähe, leer, wie wartend.

Der Salamander trug ein mattschwarzes Gewand, darunter pechschwarze Beinkleider sowie ein locker sitzendes Hemd. Seine hohen, schwarzen Stiefel waren auf Hochglanz poliert. Eine scharlachrote Schärpe war um seine weite Hüfte geschlungen. Direkt unterhalb seiner Kehle – wie ein verblüffender Guß frischen Blutes – ruhte eine umgewundene, aus einem einzigen Rubin geschnittene Eidechse, ihr Körper graziös und reich an Farbe, leicht durchscheinend. Pechschwarz schimmerten ihre Augen, und Flammen aus Onyx tanzten rings um sie herum, bogen sich bis zu ihrem Maul.

Er sah keinen Deut älter aus als an jenem Tag, da Ronin ihm das erste Mal begegnet war. Ein breites, kantiges Gesicht mit hoch angesetzten, ausgeprägten Wangenknochen, die ihn irgendwie fremdartig erscheinen ließen. Buschige, schwarze Augenbrauen überschatteten tief in den Höhlen liegende Augen, die so pechschwarz und glänzend waren wie die seiner Spange. Sein Haar war dicht und dunkel und lang, aus seiner hohen Stirn gebürstet – wie kleine Flügel.

»Mein lieber, lieber Junge!« rief der Salamander von seinem Stuhl her aus. »Wie angenehm, dich nach all dieser Zeit wiederzusehen!« Er setzte sein breites Lächeln auf. Die Haut in seinen Augenwinkeln knitterte sich.

Ronin blickte in die Onyx-Augen und ließ sich nicht täuschen. Sie hatten schwere Lider, die Wimpern lang – aber er wußte, was hinter diesem verbraucht wirkenden Äußeren lag.

»Komm, komm! Setz dich neben mich.« Mit einem beinahe schüchternen Wink seiner dick beringten Finger deutete er auf den leeren Stuhl. Ronin stieg die beiden breiten, flachen Stufen hinauf und setzte sich.

Der Salamander griff zu der Kristallkaraffe hinüber, aber Ronin lehnte ab.

»Und wie gefällt dir mein Atrium?« erkundigte sich der Salamander.

Ronin sah sich um. »Das ist es also?« meinte er höflich.

Der Salamander produzierte tief in seiner Kehle ein Lachen. Er zeigte seine weißen, ebenmäßigen Zähne. Wieder erschienen die Falten in seinen Augenwinkeln. Die Augen selbst jedoch blieben unverändert.

»Vor vielen Jahrhunderten, zu einer Zeit, da die Menschen noch auf der Oberfläche dieses Planeten lebten, bauten sie sich Häuser, Häuser mit niedrigen, durch Wände voneinander getrennten Räumlichkeiten, weißt du. Aber es gab einen zentralen Raum, der für die natürlichen Elemente geöffnet war: für die Sonne und den Regen und die Sterne, und dort versammelten sie sich, um sich zu entspannen, über angenehme Dinge zu reden und die frische Luft zu genießen. Eine wundervolle Sitte, stimmst du mir da nicht zu?«

Abrupt wechselte sich sein Tonfall. »Mein lieber Ronin, ich habe dir tausendmal gesagt, daß du belesener sein mußt!«

»Das ist richtig. Trotzdem ist es völlig indiskutabel... Schachtabwärts gibt es keine Bibliothek, wie du sie dein eigen nennst. Bücher sind eine Seltenheit.«

In diesem Augenblick betrat der rotwangige Mann den Raum, und der Salamander sah zu ihm hinüber. »Ah, das ist Voss, mein Chondrin. Du bist ihm begegnet.« Es war keine Frage.

»Er scheint sich von Türen ziemlich angezogen zu fühlen«, versetzte Ronin.

Der Salamander bewegte sich. Die pechschwarzen Augen fixierten ihn unvermittelt starr.

»Mein lieber Junge«, sagte er tonlos, »irgendwann einmal wirst du eine derartige Bemerkung einer Person gegenüber fallenlassen, die keinen Humor besitzt – dafür aber gewaltige Machtmittel. Und dann – spätestens dann wirst du dich in verdammten Schwierigkeiten wiederfinden. Voss ist ein fähiger Mann...«

Ein Wink, und der Chondrin federte in die Hocke. Seine Hände wischten vor... Ronin gewahrte ein ärgerliches Summen, das die allgegenwärtigen Hintergrundgeräusche zerschnitt. Dann krachte etwas links und rechts hinter ihm gegen die Wand. Verputz prasselte zu Boden. Ronin drehte sich um. Zwei tiefe Kerben, kaum einen Zentimeter auseinanderliegend. Auf dem Steinboden lagen die beiden Dolche mit den Juwelengriffen, die Voss noch vor einem Augenblick in den Scheiden an Herz und Hüfte getragen hatte. Ein Sekundenbruchteil – das war alles gewesen, was er gebraucht hatte, um die beiden Waffen mit tödlicher Genauigkeit zu schleudern.

Ronin wandte sich wieder dem Salamander zu.

»Er hat keinen Sinn für Humor.«

Erneut hallte das tiefe Lachen des großen Mannes von den Wänden wider. »Du warst schon immer ein Mann, der es verstand, mich die Leute kennen zu lassen, die du ablehnst.« Er rieb seine Nase. »Und, wie ich hinzufügen darf – du lehntest viele Leute ab.« Eine rasche Geste – damit war der Chondrin entlassen. Er nickte, hob seine Waffen auf und zog sich lautlos zurück. Die Türen schloß er hinter sich.

Der Salamander atmete tief ein. »Ah! Du mußt es genießen! Es ist beinahe so, als lebe man drei Jahrhunderte in der Vergangenheit – und auf der Oberfläche. Hörst du die Vögel? Hast du die Rufe erkannt? – Du bist gebildet genug, um von Vögeln gehört zu haben.« Er winkte, eine seltsam schroffe Bewegung für eine normalerweise weitschweifige Geste. »Dies alles hier ist nicht an dich verschwendet, glaube ich«, meinte er gedehnt.

Ronin zwang sich, vollkommen still zu sitzen und zu schweigen.

Der rechte Arm des Salamanders, dick auf der Armlehne ruhend, wirkte irgendwie bedrohlich. »Ich will dir etwas sagen. Es ist viele Jahre her, seit du dich hier aufgehalten hast. Alles hat sich verändert.«

Er neigte seinen Kopf zur Seite, als lausche er einer fernen, aber wichtigen Unterhaltung. »Wie friedlich es hier ist«, sagte er nach einiger Zeit, seine Stimme klang sanft und nachdenklich. »Wie bequem und wie sicher. Ich brauchte viel Zeit, um dies alles hier zu bauen... Dieser Raum hier, beispielsweise. Er war im Bau, als du das letzte Mal hier warst. Es bedurfte ungeheurer Anstrengung, um alle Bestandteile versammelt und integriert zu bekommen. Die Beleuchtung war schwierig, aber, wie du sehen kannst – sie ist gelungen. Aber die Vögel, die Vögel, mein lieber Junge! Wie lange glaubte ich, sie niemals hier drinnen hören zu können!« Wieder neigte er seinen Kopf. Ihr süßes Singen und Jubilieren klang über der Musik des Wassers. »Ah, hör nur zu! Schlußendlich war es jegliche Mühe wert! Dieser Ort bereitet mir große Freude.«

Er schwieg, und Ronin dachte nicht daran, seinerseits das Gespräch aufzunehmen. Eine Art traumhafter Friedlichkeit senkte sich auf sie hernieder.

Und wurde abrupt zerfetzt!

»Und du hast dich auch sehr verändert, mein lieber Junge«, sagte der Salamander. »Du bist nicht mehr mein Schüler. Du bist ein Klingenträger. Das ist in sich schon bedeutsam.«

Ronin stieß den Atem aus, den er unwillkürlich angehalten hatte. »Tatsächlich?«

»Es heißt, du habest außergewöhnliches Glück gehabt, keinem Saardin ohne Sinn für Humor begegnet zu sein.« Wieder lachte er.

Ronin dachte flüchtig daran, daß er dieses Lachen irgendwie mochte, gern hörte.

Doch plötzlich erstarb das Lachen. »Oder täusche ich mich?« fragte der große Mann. »Man hört die beunruhigendsten Geschichten. Du scheinst dich in eine gewissermaßen peinliche Lage manövriert zu haben.« Er hob eine Augenbraue, was ihm einen stechenden Raubtierblick verlieh.

»Was hat man dir zugetragen?«

Er verlagerte seine Körpermasse. »Genug, mein Junge, genug, um mich nachdenklich werden zu lassen. Ich muß mich fragen, ob du dich wohl noch deiner Ausbildung erinnerst. Freidal mißtraut dir, und das verheißt nichts Gutes.« Er sah auf seine juwelenberingte Hand, dann wieder hoch. »Er kann ziemlich – nun, sagen wir: lästig werden.«

Ronin hielt sich sehr steif aufrecht. »Deshalb bin ich nicht zu dir gekommen.«

»Wirklich nicht? Nun, ich wage es trotzdem, dir einen guten Rat zu geben. Du wirst die Sache bereinigen müssen... Du hast sie verpfuscht, also mußt du sie wieder in Ordnung bringen. Er hat sich dein Gesicht gemerkt. Vielleicht läßt er dich gar beobachten. Ich brauche nur –«

»Nein!«

»Nun denn, wie du willst.« Er zuckte mit den Schultern. »Aber vielleicht wirst du sodann die Güte haben, mir zu eröffnen, weshalb du mich aufgesucht hast...?«

Ronin nickte. »Es geht um einen Zaubermann«, sagte er.

Der Salamander nickte und schwieg. Ronin ebenfalls. Schließlich faltete der massige Mann seine Hände und ließ sie auf seinem Schoß zur Ruhe kommen. Intensiver Nelkenduft hing in der Luft. Die ›Vögel‹ zwitscherten und jubilierten.

Ronin starrte auf eine moosbewachsene Wand, feucht und grün wirkte sie. Es fiel ihm schwer, zu glauben, daß dieser Raum tief im Bauch des Planeten lag... Er fühlte sich isoliert, gänzlich losgelöst von der Welt schachtabwärts, und er sah dies als eine Art Geschenk an. Es war kein Zufall gewesen, daß der Salamander ihn hier empfangen hatte.

»Was glaubst du«, sagte der Salamander unvermittelt, »wie ich dies alles unterhalten kann?« Seine Hände breiteten sich fächerartig aus.

Ronin dachte: *Also war es schlußendlich doch ein Fehler!* Er stand auf.

Die Augen des Salamanders öffneten sich weit: »Ah! Was ist los?«

»Es gab einmal eine Zeit, da war dies hier notwendig«, sagte Ronin ärgerlich. »Jetzt aber –«

»Übe Nachsicht mit mir!«

»Du sagtest es bereits: Alles ist anders geworden.«

»Habe ich dich nicht alle Erklärungen zur rechten Zeit gelehrt?«

»Ich bin kein Schüler mehr.«

»Vor nicht allzu langer Zeit hast du das ganz deutlich gemacht.«

Die Onyx-Augen waren ganz Pupille, schwarz und funkelnd, auf Ronin geheftet. Eine elektrische Ladung schien sich im Raum aufzubauen.

»Schon gut«, lenkte der Salamander schließlich ein. »Schon gut. Setz dich wieder hin. Sei versichert, daß ich eine Antwort auf deine Frage habe. Aber erlaube mir wenigstens, den Zeitpunkt, sie zu geben, in einem mir genehmen Tempo zu erreichen.«

Wie auf ein geheimes Signal hin schwangen die Türen auf der gegenüberliegenden Seite des Raumes auf. Voss trat ein. Vor dem Salamander blieb er stehen.

»Öffne die Linse«, befahl der massige Mann.

Voss warf Ronin einen schnellen Blick zu, nickte jedoch und schritt zu einer schmalen Tür hinter ihnen, die Ronin bisher übersehen hatte.

»Wo blieben wir stehen?« Der Salamander hob seinen Kopf. »Ach ja, meine nicht so bescheidene Unterkunft. Sie ist ausgedehnt. Bei deinem letzten Besuch sahst du lediglich das, was alle meine Schüler sehen dürfen. Du hättest –« Er schüttelte den Kopf. »Aber alter Boden ist nutzlos.« Er rieb mit seinen Händen über das glatte Holz der Armlehnen. »Ich besitze einen ganzen Sektor, mußt du wissen.«

Ronin mußte sich eingestehen, daß er überrascht war. »Nein, das wußte ich nicht.«

Er nickte. »Dies hier ist nur ein Teil davon, ein unbedeutender Teil. Dekoration, könnte man sagen. Man beeindruckt jene, die beeindruckt werden müssen. Darüber hinaus – es macht Spaß. Es zu besitzen, ist angenehm. Es zu bekommen – das ist es, was wirklich zählt. Hierzu braucht man Macht! Nur Macht!« Er beugte sich vor. »Ich habe sie!«

»So sagt man.«

Der Onyx-Blick bohrte sich in Ronins Augen.

»Du fürchtest sie nicht«, stellte der Salamander nicht ohne Geringschätzung fest. »Das ist ein Fehler.«

»Ich bete sie nicht an.«

»Du würdest gut daran tun, mich zu achten.«

»Damals –«

»Ja, ganz recht.« Der Salamander erhob sich würdevoll. »Wenn du mir nun folgen würdest.«

Er schritt zu der schmalen Tür hinüber. Ronin folgte ihm. Gemeinsam traten sie in die Dunkelheit hinein.

Licht erblühte vor ihnen, schwach und verblaßt, die Farben verschmiert, verwaschen, als wären sie – nachdem man sie rasch und provisorisch auf Leinen gemalt hatte – mit einem feinen Staubfilm überzogen worden.

Da war er selbst, ein kleines Kind... Alles wirkte viel zu groß. Er hielt sich in einem mit unterdrückter Stille erfüllten Raum auf. Es war sehr heiß. Er zerrte am Kragen seines Hemdes. Es schien, als bekäme er keine Luft. Er wünschte, seine Schwester wäre bei ihm. Sie war sehr jung, ihre Gesichtszüge reiften noch, aber er liebte sie. Stets kam sie zu ihm, wenn sie traurig oder einsam war – oder mit irgend jemandem Streit gehabt hatte. Und er beruhigte sie, half ihr, beschützte sie. Er schaffte es immer, sie wieder zum Lachen zu bringen... Sie umarmte ihn, und ihre Fröhlichkeit übertrug sich dann auch auf ihn. Sie konnte ihn zum Lächeln bringen.

Warum ist sie nicht hier? Diese vielen Leute... Was wollen sie? Was stimmt nicht?

Jemand sagte: »Es hat keinen Zweck. Sie haben es aufgegeben.«

Eine Gestalt ragte über ihm, dem Kind, auf. *Was stimmt nicht? Was stimmt nicht?*

Die Gestalt sagte: »Deine Schwester... Sie ist tot. Kannst du das verstehen? Tot. Tot ist sie.«

Er fing an zu weinen. Die Gestalt ohrfeigte ihn. Harte Schläge. Jemand sagte: »Er ist zu jung.«

Noch immer trafen ihn die Ohrfeigen. Immer wieder. Bis er verstummte.

»– in diesem Raum.« Ein kleiner Raum, die Realität. Ronin schreckte aus seinen Gedanken auf. Dunkelheit umgab ihn. Dunkelheit – und direkt vor ihm – einige grünglühende Lichtpunkte, blinkend, wie Juwelen aus einer fernen Stadt. Ronin rieb sich über seine Augen.

»Nur sehr wenige Leute durften diesen Raum betreten«, fuhr der Salamander fort. »Nur sehr wenige Leute wissen überhaupt von seiner Existenz.«

Voss saß vor einem flachen, breiten Metallkasten, aus dessen Mitte ein ovaler Zylinder erwuchs. Knapp einen halben Meter hoch ragte er auf. Die Hände des Chondrin bewegten sich geschäftig über eine kompliziert aussehende Schalttafel.

»Folgst du mir?« Der Salamander baute sich hinter Voss auf, legte eine seiner juwelenberingten Hände auf dessen Schulter. »Ich glaube, mein lieber Ronin, es war klug von dir, noch ein Weilchen zu bleiben.«

Er drehte sich um, und die winzigen pechschwarzen Augen an seiner Kehle blitzten auf. Matt reflektierten sie das harte, grüne Licht. Der Eidechsenkörper hatte eine trübe, düstere Färbung angenommen, wie ein Staubschleier auf stehendem Wasser.

»Dieser Zaubermann, ist er normal oder verrückt? Du scheinst dir nicht sicher zu sein.«

Er hob seine Hand. Mattweiß stach die Fläche gegen das absolute Schwarz seiner Kleider ab – selbst die scharlachrote Schärpe war von diesem seltsamen Licht schwarz gefärbt.

»Dies ist die Linse. Wir wissen nicht, wie sie arbeitet, nicht einmal ihren ursprünglichen Zweck kennen wir. Aber du wirst etwas zu sehen bekommen, das zu unseren Lebzeiten nur wenige Menschen gesehen haben. Schau hin... Sieh es dir an!« Er drückte Voss' Schulter.

Zuerst glaubte Ronin, die Decke hätte sich aufgetan... Aufgetan durch irgendeinen düsteren Zauber. Ein wirbelndes, schillerndes Oval erhellte die Dunkelheit über ihm. Dann sah er... Es war eine Projektion aus dem Zylinder der Linse.

Perlende Grautöne und hellstes Violett vereinigten sich in nebelhaftem Wirrwarr. Urplötzlich erschien das Bild, die Konturen gestochen scharf. Und Ronin starrte voller Ehrfurcht hinauf. *Das kann nicht sein,* dachte er. *Wie ist das nur möglich?*

Mächtige, magentarote Wolkenbänke und perlende, eisige Nebel peitschten an ihnen vorbei, entstanden neu, verschwanden wieder. Das Licht war diffus und kalt. Es schien unendlich.

»Ja«, flüsterte der Salamander dramatisch. »Ja, wir sehen wirklich den Himmel, der sich über unserem Planeten wölbt. Dies ist die äußere Schale der Welt, Ronin.«

Langsam schwebten die Nebelschleier höher und aus ihrem Blickfeld. Der Brennpunkt der Linse wurde verändert. Sie wurden heller, feiner und zerrissen dabei vor ihren Augen – wie zarteste Gewänder.

»Jetzt werden wir einen Blick auf die Oberfläche des Planeten werfen.«

Weiß!

Eine schreckliche, frostige Einöde! Mächtige Schnee- und Eisteppiche hatten das Land unter sich begraben. Hier und da zerklüfteten tiefe, bizarre Gletscherspalten die leicht gewellte weiße Wüste. Schwere Winde jagten darüber, peitschten winzige Partikelchen vor sich her, wirbelnd und fürchterlich. Eis und Schnee und Fels... Und nirgends auch nur der Hauch einer Abwechslung. Nichts und niemand konnte da oben leben!

»Dies ist sie – die Obere Welt«, intonierte der Salamander. »Zerstört von den Alten. Verwüstet ohne jede Hoffnung auf Regeneration. Ein öder, verfallender Koloß, nutzlos geworden. Du siehst das, was direkt über uns liegt, Ronin. Deshalb bleiben wir drei Kilometer unter der Oberfläche eingeschlossen... Die Oberfläche erreichen, heißt sterben. Keine Nahrung, kein Unterschlupf, keine Wärme, kein Leben.«

»Aber – sieht es denn überall so aus?« wollte Ronin wissen. »Der Zaubermann sprach von einem Land, dessen Erde braun ist... Und von grün wachsenden Pflanzen.«

Erneut drückte der Salamander Voss' Schulter. Die Ringe glitzerten.

Die Szene über ihren Köpfen löste sich auf, verschob sich. Dann der gleiche Anblick: Eis und Schnee.

»Die Reichweite der Linse ist begrenzt, doch für unsere Zwecke ist sie dennoch völlig ausreichend. Das, was du jetzt siehst, liegt über fünfzig Kilometer entfernt. Und jetzt –«

Das Bild wechselte erneut.

»Hundertfünfzig Kilometer.«

Bildwechsel.

»Mehr als fünfhundert Kilometer.« Der Salamander räusperte sich. Immer und überall der gleiche trostlose Anblick. »Auf dieser Welt lebt nichts mehr, nichts – außer uns. Wir sind die letzten. Die anderen Freibesitze sind verschwunden, der Kontakt ging vor vielen Jahrhunderten verloren. Der Zaubermann ist verrückt. Völlig verrückt! Möglicherweise zerbrach sein Verstand unter dem ständigen Druck, unter dem er stand... Es sind seltsame Menschen. Vielleicht aber –«

Ronin drehte sich um. »Was weißt du?«

Der Salamander lächelte. »Mein lieber Junge, ich weiß von dieser Sache gerade so viel, wie du für nötig befunden hast, mir zu sagen. Aber ich kenne die Sicherheit. Und ihre Methoden können gelegentlich ein wenig – nun – entkräftend sein. Alles geschieht so, wie Freidal es will.«

»Aber die Sicherheit hat kein Recht, zu –«

»Mein lieber Junge, angewandte Macht ist das einzige Recht, das anerkannt wird.« Dann, sanfter sprechend, fügte er hinzu: »Es ist alles sehr persönlich... Sicher hast du das inzwischen gelernt.«

Er nahm seine Hand von Voss' Schulter, und das Fenster zu der kalten, öden Oberwelt erlosch flimmernd. Das grüne Leuchten setzte wieder ein.

»Jedenfalls war dieser Zaubermann eine ganze Weile lang als äußerst schwieriger Bursche bekannt. Manchmal ein richtiger Abtrünniger... Aber wenn die Zeit-Zuteilung umgeht, sind sie das wiederum allesamt.«

Die samtene Dunkelheit umhüllte sie behaglich. Die Stimme des Salamanders war ihr angepaßt – sanft und beruhigend: »Ich vertraue darauf, mein lieber Junge, daß diese außergewöhnliche Demonstration deine Zweifel beseitigt hat. – Und zwar ausnahmslos.«

»Es ist der neunundzwanzigste Zyklus.«

Er war breitschultrig und ein wenig kleiner als der Durchschnitt, eine Tatsache, mit der er sich – so glaubten viele – niemals abgefunden hatte. Sein Haar war kurz und dunkel und fiel weit in seine Stirn, was ihm ein abweisendes Antlitz verlieh... Eine Maske, die er pflegte und wirkungsvoll benutzte. Tiefe Linien hatten sich um seinen Mund herum eingekerbt, und sie glätteten sich niemals.

Er stand auf einem kleinen Podest, in weiße Gewänder gekleidet, da er glaubte, diese Farbe ließe ihn größer erscheinen, und redete zu seinen Schülern... Klingenträger, die in exakten Reihen vor ihm unter dem hohen Gewölbe der Halle des Kampfes Aufstellung genommen hatten.

»In diesem Zyklus schlägt Stahl auf Stahl«, fuhr der Ausbilder auf die vorgeschriebene Art und Weise zu sprechen fort, und sein Schädel wandte sich leicht. »Denn dies ist der Zyklus, der geweiht ist dem Arm und dem Handgelenk – und dem Schwert. In diesem Zyklus werden wir vom Horn des Kampfes gerufen.«

Es dauerte eine geraume Weile, bis seine überlaute Stimme in der weiten Halle verging. Stille kehrte ein. Hier und da ein Rascheln, als die Klingenträger ihre Formation aufgaben, auseinanderwichen und in ihrer Mitte einen quadratischen Freiraum schufen. Diesem Freiraum wandten sie ihre Gesichter zu. Erwartung zeichnete sich darin ab. Unterschwellig. Kaum bemerkbar.

Dann wurde das Signal geblasen. Tief und schrill zugleich war es, und es hallte von den Wänden wider, schien Obertöne aufzugreifen, so daß es an Lautstärke zunahm, bevor es verging.

Zweimal wurde dieses Signal wiederholt.

»Es ist der neunundzwanzigste Zyklus«, wiederholte der Ausbilder. »Das Horn des Kampfes ist erklungen. Mahnung und Warnung zugleich. Eine Mahnung an unsere Vergangenheit, an das, was wir mit unserem letzten Atemzug zu bewahren suchen müssen. Eine Warnung an jedweden Gegner in Gegenwart und Zukunft, daß wir stets wachsam sind in unserem geheiligten Bestreben, den Freibesitz vor jeglichem Bösen zu schützen...«

Und weiter leierte er die traditionellen Worte, so, wie es seit Jahrhunderten gehalten wurde. Ronin dachte darin. Für ihn waren diese Worte bedeutungslos geworden. Und er fragte sich, ob das nicht immer so gewesen war... Zumindest in einem Punkt hatte der Salamander recht. Es war *wirklich* alles persönlich. Freidals sorgfältig abgefaßte Worte waren genauso ein Schwindel wie seine Darstellung von der Verhaftung des verrückten Zaubermannes. Doch Ronin war sich wohl bewußt, daß der Glaube des Sicherheits-Saardin an die Tradition unerschütterlich war. Persönlich.

»...euer Gelöbnis, auf ewig an unsere heilige Pflicht zum Bestehen des Freibesitzes über allem anderen denken werden.«

Die Worte waren gesprochen. Stille senkte sich über die Klingenträger, nur vereinzelt von einem verstohlenen Laut gestört. Kleidung raschelte. Leder knarrte.

Die Augen des Ausbilders wurden zu schmalen Sicheln. Mit vorgestoßenem Unterkiefer ließ er seinen Blick über die vor ihm Versammelten schweifen. Er genoß die Macht, die er innehatte, die ihn über die Klingenträger erhob. Dies war sein Herrschaftsbereich, und solange sie sich darin aufhielten, hatten sie sich so zu verhalten, wie er es ihnen gebot. Seine Nasenflügel weiteten sich. Genüßlich sog er die Luft ein und – deutlich auszumachen trotz des Schweißgeruchs von zweihundert Körpern, die einen halben Zeitabschnitt Gymnastik hinter sich gebracht hatten – registrierte die Angst. Ebenso losgelöst, ebenso deutlich, als wäre es der Duft von Blumen, die in voller Blüte standen... Es war ein deutlicher Duft. Ein besonderer Duft. Ihn sog er ein, ihn genoß er. Fast belebend wirkte er in seiner Intensität.

Seine Lippen wölbten sich vor. Seine Hände umfaßten das Geländer des Podestes.

Ronin, durch seine Jahre schachtaufwärts darin geübt, in einem Gesicht zu lesen, bemerkte das heimliche Lächeln, und es war, als bespitzelte er etwas Unsauberes... Voller Verachtung schürzte er seine Lippen und dachte über die Verwicklungen der Macht nach... Und er dachte an sich selbst, daran, daß er ihrer Einflußsphäre nicht entgehen konnte, sosehr er dies auch versuchte.

»Ronin!« rief der Ausbilder. »Tritt vor! Tritt vor in das Quadrat des Kampfes!«

Er war nicht überrascht. Er verließ die Reihe der Klingenträger und trat auf den freien Platz hinaus.

»Klingenträger – bist du bereit zu kämpfen?«

»Ausbilder – ich bin es!«

Der Ausbilder wandte sich an die Gemeinschaft. »Eine Demonstration für die jüngeren Klingenträger unter euch – ebenso wie für die Altgedienten... In diesem Zyklus wird ein Klingenträger aus unserer Gemeinschaft gegen einen Klingenträger aus einer anderen Gemeinschaft kämpfen. So ist es euch gegeben, die andere Kampftechnik zu beobachten und mit eurer eigenen zu vergleichen.«

Er unterbrach sich, wartete, bis sich das Gemurmel der Klingenträger gelegt hatte.

Ronin war geballte Wachsamkeit.

Üblicherweise kämpften Schüler ausschließlich innerhalb ihrer Gemeinschaften, denn man wollte vermeiden, daß Groll aufkam, der die Ehre einer Kampf-Gemeinschaft beeinträchtigte. Anders war es bei den Klingenträgern... Hier wurden Kampfveranstaltungen gefördert, in deren Verlauf Streitigkeiten ausgetragen werden konnten.

»Wir dürfen als Gast begrüßen: – einen Klingenträger aus der Gemeinschaft des achten Zeitabschnitts.« Der Ausbilder hob seine Arme. »Marcsh – tritt vor!«

Eine massige, phlegmatisch wirkende Gestalt zerteilte die Reihen der Seite an Seite stehenden Klingenträger – und betrat das Quadrat. Er ging zielstrebig, mit schweren Schritten. Ein Lächeln war in sein Gesicht geheftet.

Nicht ungeschickt! dachte Ronin. *So wird während des Rituals ein Problem in Angriff genommen... Ich!*

Er bereitete sich geistig auf den Kampf vor. Eines von Nirrens Lieblingsthemen war jenes des Zufalls... Er verwarf jedes Konzept. Ronin teilte diese Ansicht nicht, war es doch ein indiskutabler Punkt. In diesem Augenblick jedoch mußte er es mit dem Chondrin halten... Der Ausbilder konnte Marcsh unmöglich zufällig ausgewählt haben. Zweifellos mochte es gefährlich sein, in derartigen Bahnen zu denken.

Marcsh starrte ihn aus dicht beieinander stehenden Augen an. Unverhüllte Bosheit flackerte in seinem Blick. Dann drehte er sich um und sah den Ausbilder an.

»Klingenträger – bist du bereit zu kämpfen?«

»Ausbilder – ich bin es!«

Ronin fragte sich, was geschehen würde, würde er den Ausbilder bitten, der Gemeinschaft zu sagen, wer Marcsh in Wirklichkeit war. Aber er blieb stumm. Irgend etwas erhob sich in ihm – gleich einem großen, mächtigen Tier. Er wollte seinen Wettkampf.

»Du bist ein Schüler der Gemeinschaft des achten Zeitabschnitts. Erklärst du nunmehr vor allen diesen Zeugen, in diesem Kampf gebunden zu sein – gebunden allein durch mein Urteil?«

Erneut starrte Marcsh kurz zu Ronin herüber. »Ich erkläre es!« sagte er mit fester Stimme.

Der Ausbilder nickte einem hageren, bleichen Jungen

zu, der zu seiner Rechten stand, neben einem kleinen Gong aus poliertem Metall. Der Junge hielt einen kurzstieligen Schlegel in der Hand.

Der Ausbilder wandte sich wieder an die Gegner.

»Ihr werdet beginnen, wenn ihr den Ton hört. Und erst, wenn der Ton ein zweites Mal erklingt, werdet ihr aufhören. Wird dies anerkannt?«

Der Ausbilder winkte dem Jungen. In einem flachen Bogen schlug er den Schlegel gegen den Gong. Sekundenlang hing der kristalline Ton in der Luft, weigerte sich, zu sterben.

Der Kampf hatte begonnen.

Marcsh griff an.

Mit einem schmetternden Krachen donnerte Stahl auf Stahl. Ronin wich unter dem rasenden Ansturm zurück, zuerst einen Schritt, dann einen weiteren. Ein Raubtiergrinsen zerteilte Marcshs Gesicht, als er noch ungestümer auf Ronin eindrang. Unter der ungeheuren Anstrengung grunzte und keuchte er – und glaubte, den Kampf rasch zu seinen Gunsten entscheiden zu können.

Nachdem der Ton erklungen war, hatte Marcsh sein Schwert blank gezogen, und statt in die Ausgangsstellung zu gehen, hatte er sofort angegriffen. In einem blitzenden Bogen war die Klinge hochgefahren und wieder herunter – direkt auf jene Stelle zwischen Ronins Hals und Schulter zielend. Aber Ronin hatte reagiert – war nach vorn gefedert... Die Klinge pfiff an ihm vorbei. Er verspürte ihren Gluthauch. Derart ausgestreckt rammte er sein noch in der Scheide steckendes Schwert über Marcshs Faust. Er bekam Bodenkontakt, und seine Klinge blitzte hervor.

Die Vorahnung der Erregung pulste in den Klingenträgern, drängte sie dichter zusammen. Sie reckten ihre Hälse, um besser sehen zu können. Jetzt lag es in der Luft, fühlbar, spürbar: Dies war kein gewöhnlicher Kampf.

Marcsh war zurückgewichen. Jetzt blieb er stehen. Seine Beine gespreizt, leicht vornübergebeugt, das Schwert vor sich haltend. Seine Fingerknöchel waren rot und glitschig von seinem Blut. Haßerfüllt funkelte er Ronin an.

Ronin wandte ihm Hüfte und Schulter zu, den rechten Fuß leicht vorangestellt, den linken dahinter. Er hielt seine Klinge in Magenhöhe vor sich, die Spitze leicht höher als den Griff.

Marcsh stürmte vor, wieder flog seine Klinge herunter. Ronin erwischte sie am Heft. Der bestialische Schlag durchlief die beiden Gegner. Ihre Körper spannten sich, krachten gegeneinander. Atem zischte durch zusammengepreßte Zähne. Die Venen auf Marcshs gewaltigem Bizeps sowie den Innenseiten seiner Unterarme traten pulsierend hervor. Gesicht und Hals röteten sich unter der Anstrengung.

Er war ungeheuer stark, und er nutzte diese tierische Stärke, brach den toten Punkt – und griff sofort wieder an. Eine Reihe horizontaler Stöße... Zischend und pfeifend zerteilte die Klinge die Luft. Ronin parierte jeden Schlag, wich weder zurück – noch drang er vor. Marcshs Augen brannten, und sein Mund öffnete sich mit dem Heben und Senken seiner Brust.

Ein brutaler Schlag... Blitzschneller Wandel in eine Finte... Er kehrte die Bewegung um, nutzte seinen Schwung – wollte ihn nutzen. Sein Gewicht arbeitete gegen ihn. Ronin war schneller. Blitzend fauchte seine Klinge herunter und nahm die Wucht des Angriffs. Jetzt stürzte er vor. Marcsh wich zurück. Schweiß glänzte auf seinen Armen, rann über seinen Brustkasten. Das Hemd klebte an ihm wie eine zweite Haut.

Und wieder sprang er vor, erneut im Angriff, und sein Schwert zuckte hoch – sauste herunter, zuckte hoch – und sauste herunter... All seine Kraft legte er in jeden dieser Schläge. Seine Klinge war wie weißer Nebel, ein Nebel, der die beiden Gegner umhüllte, sie den Blicken der anderen Klingenträger entzog, so daß sie sich dichter herandrängten...

Nach wie vor wich Ronin zurück. Stahl klirrte auf Stahl, und jeder einzelne Schlag hallte selbst von den ersten Reihen der Zuschauer zurück, so daß sie die ungeheuere Gewalt spüren konnten, die sich vor ihren Augen austobte... Und sie waren froh, nur als Zuschauer an diesem Kampf beteiligt zu sein.

Wieder verschmolzen die Bewegungen der beiden Kämpfer... Wieder löste sich ein Angriff auf, blitzschnell, verwirrend, kaum erfaßbar. Marcshs Schwertarm zuckte hoch, fiel, zuckte hoch, fiel... Blaue Funken stoben in die Höhe, das unablässige Klirren von Stahl gegen Stahl war ohrenbetäubend. Die Luft war ätzend und bleischwer. Hob sich und fiel, hob sich und fiel, – und die Zeit verging...

Es war eine Art Hypnose, und überhaupt nicht auf den Kampf beschränkt. Das war ein Vorteil, denn man neigt dazu, in der auf den Kampf beschränkten Aufmerksamkeit zu vergessen... Noch geringer ist jene tiefe Konzentration des Angriffs, allein darauf abgestellt, den Kampf zur Vollendung zu bringen.

Ein heimtückischer Funke glomm in Marcshs Augen auf, warnte Ronin. Perfekt paßte er den Gegenschlag ab, gab keinen Zentimeter seines Bodens mehr her. Damit hatte Marcsh nicht gerechnet... Er hatte sich nach vorn geworfen, seine Klinge zuckte herunter, kraftvoll, brutal geschwungen, blitzend...

Ronin federte in die Knie, nahm den Schlag voll auf seine Klinge, riß sich herum, schwenkte seinen linken Fuß weg, und Marcsh, dessen Körper durch den Schwung schwerfällig und aus dem Gleichgewicht geraten war, stürmte an ihm vorbei. Ronin setzte ihm nach. Seine Klinge zuckte vor, dann hob sie sich hoch über seinen Schädel... Beidhändig hielt er sie – und schmetterte sie mit der flachen Seite auf den Rücken des Daggam! Ein krachender Laut, gedämpft und dick, als würde ein Fundament unter ungeheuerem Druck zerbersten...

Marcshs Körper krümmte sich entsetzlich, der Reflex stieß seine Arme hoch über seinen Schädel, als hielte er ein Bittgebet, als wolle er sich noch irgendwo festhalten. Sein Schwert schepperte zu Boden. Jetzt erst fiel Marcsh. Bewegungslos lag er da, unnatürlich und häßlich, grotesk in seiner plötzlichen Parodie einer menschlichen Gestalt. Ein lauter Ruf stieg von den Klingenträgern auf – und plötzlich war das Quadrat des Kampfes mit hin und her hastenden Leuten erfüllt.

Der Ausbilder stand wie erstarrt auf seinem Podest.

Ronin fixierte ihn. Dann war trotz des Tumults der klare Ton des Gongs zu hören, der das Ende des Kampfes signalisierte.

Ronin stand nur da, heftig atmend, das bewegungslose Zentrum eines tobenden Sturmes. Er wischte sich den Schweiß aus den farblosen Augen.

Wie aus weiter Ferne hörte er eine Stimme schreien: »Moment! Moment! Ich will hier Ruhe haben!«

Der Lärm verebbte nicht.

»Ruhe, sagte ich!«

Endlich erstarb das Geschrei zu einem leisen Gemurmel, dann verstummte es gänzlich.

Finster blickte der Ausbilder auf seine Schüler herunter. »Bleibt auf der Stelle stehen und schweigt!« brüllte er. Sein Gesicht war gerötet, seine kleinen Augen blitzten. »Dieses Benehmen ist – empörend! Unvorstellbar! Einfache Schüler würden sich besser benehmen! Einen derartigen Ausbruch werde ich in *meiner* Gemeinschaft kein zweites Mal dulden!« Er zeigte auf zwei Klingenträger. »Ihr da! Kümmert euch um Marcsh!«

Sie eilten zu ihm, versuchten, ihn behutsam anzuheben. Voller Qual schrie er auf. Sie ließen von ihm ab und rannten los, um eine Tragbahre zu holen.

Als der Ausbilder dies sah, explodierte seine Wut. Er wandte sich gegen Ronin. »Du Narr!« kreischte er, kaum mehr Herr seiner selbst. »Du hast ihn beinahe umgebracht! Wie soll ich das seinem Ausbilder erklären? Wie soll ich das seinem Saardin erklären?« Seine Stimme war schrill geworden, nahm an Lautstärke immer mehr zu. »Auf mich wird es zurückfallen! Auf mich! Verstehst du, was du getan hast! Wie kommst du dazu, deine Waffe derart zu benutzen?« Er schüttelte seine Faust zu Ronin hinunter und zitterte am ganzen Körper.

»Von diesem Augenblick an bist du aus dieser Kampf-Gemeinschaft ausgeschlossen, und ich will dir versichern, daß du aus allen Gemeinschaften ausgeschlossen bleiben wirst! Persönlich werde ich dafür sorgen! Außerdem wird dem Saardin der Sicherheit ein vollständiger Bericht deines unverantwortlichen Benehmens vorgelegt werden!«

Noch immer herrschte gewaltiger Tumult in der Halle. Stimmen hallten von Wänden wider und wider, nahmen an Lautstärke zu. Beiläufig registrierte Ronin Nirren, der erstaunlicherweise trotz des Gedränges an seiner Seite war.

Die Stimme des Ausbilders stieg zu höchster Lautstärke auf, um gehört zu werden. »Für diesen Vorfall wirst du bezahlen, teuer bezahlen!«

Ronin, in dem noch immer die Kraft und die Erregung des Kämpfers pochte, überschritt die Linie. Geschmeidig bewegte er sich – und hob sein Schwert.

»Wir werden sehen, wer bezahlen wird!« schrie er, aber das wurde von der Flutwelle des Tohuwabohus davongeschwemmt.

Nirren ergriff ihn von hinten. »Bist du verrückt? Was hast du vor?«

Ronin ließ sich nicht aufhalten. Schritt um Schritt kämpfte er sich durch das Gedränge – auf das Podest des Ausbilders zu.

Nirren klammerte sich an ihm fest, versuchte, einen

Halt zu bekommen, ihn zurückzuhalten. Ronin bemerkte es kaum. Wie von unsichtbaren Seilen gezogen, wühlte er sich durch die drängenden, stoßenden Leiber. Sie behinderten ihn. Nirren fluchte. Ronin hatte die halbe Strecke bis zum Podest hinter sich gebracht, als er wieder zu sich kam. Er sah den Ausbilder. Er hatte Angst, wußte, daß er die Situation nicht mehr unter Kontrolle hatte, und so eilte er vom Podium und, den hageren Jungen in seinem Fahrwasser, hetzte er aus der Halle.

Endlich bekam Nirren Ronin richtig zu fassen. Der Lärm war angeschwollen, die Hitze unerträglich. Er mußte seinen Kopf drehen und auf Nirrens sich bewegenden Mund starren, um verstehen zu können, was er sagte.

»Komm mit! Los! Komm mit!«

Nur wenig später kamen die Klingenträger mit der Tragbahre und holten Marcsh ab.

»Sie haben sich alle verrechnet!«

»Woher weißt du das?«

Er seufzte. »Ich weiß es nicht. Es ist nur ein Gefühl.«

»Aber es muß doch irgendwie begründet sein. Es können doch nicht alle Saardin –«

Er ballte die Faust. »Aber sie haben, ich weiß es! Sie sind ausschließlich auf ihr eigenes Stückchen Macht konzentriert.«

»Es liegt an ihnen persönlich.«

Nirren unterbrach sein ruheloses Umhergehen lange genug, um zu Ronin hinüberzusehen. Er saß auf dem Bett und zog das schweißgetränkte Hemd aus. »Nun ja, so könnte man es auslegen.« Spöttisch neigte er seinen Kopf. »Du hast ihm also einen Besuch abgestattet.«

Ronin warf sein Hemd über einen Schemel. »Ja.«

Nirren stand vor ihm, stirnrunzelnd. »Aber nicht, weil du zu ihm zurückzugehen gedenkst.«

Ronin lachte humorlos. »Nein. Beileibe nicht deshalb.«

»Und du bist nicht einmal in Versuchung geraten?«

Ronin sah auf. »Nun, er hat es zumindest darauf angelegt, mich so weit zu bekommen.«

»Tatsächlich!«

»Kein Grund, sich darüber Sorgen zu machen.«

Nirren entspannte sich ein wenig. Er blickte auf die Prellung auf Ronins Brust. »Ich habe nach K'reen geschickt!« erklärte er.

Ronin berührte den Verband über seiner Schulterwunde. Sie schmerzte noch immer. »Das war kaum notwendig.«

Er machte eine wegwerfende Handbewegung. »Trotzdem.«

»Wo ist Stahlig?«

»Ah, der kümmert sich um Marcsh, glaube ich«, erwiderte Nirren mit einem dünnen Lächeln. Dann kam er wieder auf das eigentliche Thema zurück. »Warum bist du dann zu ihm gegangen?«

»Zum Salamander?«

»Ja.«

»Vielleicht wollte ich seinen Rat hören.«

»Ausgerechnet *seinen* Rat?« Nirren lachte. »Er ist ein Saardin. Warum sollte er dir die Wahrheit sagen?«

»Es gibt gewisse Bande«, erwiderte Ronin einfach.

»Ja, obwohl du –«

»Das erwarte ich.« Er sagte es sehr schnell.

Nirren schüttelte den Kopf. »Was hat er dir also gesagt?«

Ronin lehnte sich auf die Kissen zurück. »Daß Borros wirklich verrückt ist.«

»Ach? Und woher sollte er dies wissen?«

Ronin nahm ein Kissen und wischte sich damit den Schweiß vom Körper. Er hinterließ dunkle Streifen auf dem Stoff. »Er zeigte mir eine Art Beweis.«

»Was für einen Beweis?« erkundigte sich Nirren. Seine Augen blickten aufmerksam.

»Was, wenn ich dir nun sagen würde, daß Borros nicht verrückt ist?«

»Tust du's?«

»Ich weiß nicht.«

»Was ist mit dem Beweis des Salamanders?«

»Ich habe mit Borros selbst gesprochen.«

»Du willst es mir nicht sagen.«

»Ich bin gerade dabei, es dir zu sagen!«

»Kein Wort von dem, was er dir gezeigt hat.«

Ronin warf das Kissen von sich. »Woher weißt du überhaupt, daß er mir etwas gezeigt hat?«

»Worte hätten nicht genügt.«

Ronin nickte. »Ja, da hast du recht.« Er erhob sich, durchquerte den Raum und öffnete den Kleiderschrank. »Aber ich bin mir nicht sicher, ob es *wirklich* ein Beweis ist...« Er holte ein kragenloses Hemd mit weiten Seidenärmeln hervor. »Was, glaubst du, ist da oben, über dem Freibesitz?«

»Was?« Nirren zuckte mit den Schultern. »Nichts. Wenigstens nichts, das es wert ist, darüber zu reden... Es sei denn, man hat eine Vorliebe für die Vorstellung von einem Kilometer festem Eis und Schnee. Warum?«

Ronin streifte das Hemd über Kopf und Schultern. »Weil Borros glaubt, daß es da oben eine Zivilisation gibt. Eine Zivilisation, die in einem Land ohne Eis oder Schnee lebt.«

Nirren starrte ihn an. »Das hat er also gesagt?«

»Ja.«

»Hast du ihn gefragt, woran er gearbeitet hat?«

»Ich bin nicht dazu gekommen. Aber ich bin mir ziemlich sicher, daß Freidal auch nicht viel mehr weiß, als wir... Andernfalls hätte Borros mit niemandem mehr gesprochen. Außerdem sagte er mir, daß er nichts von Bedeutung enthüllt habe.«

Nirren schüttelte den Kopf. »Ich kann mir keinen Reim darauf machen. Auf der Oberfläche *kann* nichts leben... Der Planet ist zu kalt, um Leben zu tragen.«

»So mag es scheinen.«

»Und wohin führt uns das?«

»*Dich* führt es nirgends hin.«

»Ah, Ronin –«

»Ich will kein Teilstück irgend eines Saardin.«

»Aber du wirst versuchen, Borros wiederzusehen.«

»Ja.« Er hob eine Hand. »Aber – weil *ich* das so will.« Er setzte sich wieder auf die Kissen. »Was ist mit deiner Aufgabe?«

Der Chondrin runzelte die Stirn. »Es ist ein Rätsel, anscheinend ohne Lösung. Vielleicht bin ich meinem Ziel näher, als ich glaubte, vielleicht auch nicht. Doch ich kann das Gefühl nicht abschütteln, daß –«

Ronin sah auf. »Was?«

»Daß mehr daran ist, als wir alle ahnen.« Er strich sich zerstreut durch sein Haar. »Manchmal – manchmal könnte ich fast glauben, daß irgendwo im Verborgenen eine dritte Kraft am Werke ist... und darauf lauert, daß die anderen Saardin den ersten Zug machen.«

»Aber es gibt nur die Saardin. Nichts darüber hinaus.«

»Natürlich. Das ist es ja, was es so verwirrend macht.«

»Und du hast keine Fakten.«

Nirren seufzte. »Wenn ich die hätte, wäre ich jetzt bei Estrille.«

»Hast du es ihm erzählt?«

»Einiges davon.«

»Und?«

»Er handelt erst, wenn er im Besitz von Fakten ist.« Er wandte sich um. »K'reen wird jeden Augenblick hier sein.«

»Was ist mit deinem *Nager*?«

»Was?« Erschrecken flackerte in Nirrens Gesicht. Nur kurz, dann erlosch es wieder. »O – in dieser Angelegenheit bin ich momentan unterwegs. Möglicherweise finde ich ihn doch.« Er zuckte mit den Schultern. »Er hat sich irgendwo sehr tief vergraben, das ist die einzige Tatsache, deren ich mir im Moment sicher bin. Reg dich nicht auf, wenn du mich eine Zeitlang nicht mehr siehst. – Warte, bis ich Kontakt mit dir aufnehme.« Ohne ein weiteres Wort verließ er Ronins Quartier.

Ronin ließ sich auf die Kissen zurücksinken und wartete auf K'reen.

Sie kamen nach dem Kampf-Unterricht zu ihm, während des ersten Abschnitts, zu einer Zeit, da nur wenige Leute in der Nähe waren. Ohne Widerstand zu leisten, ging er mit ihnen. Er war klug genug, zu wissen, daß es früher oder später so hatte kommen müssen, daß sie nur auf einen stichhaltigen Vorwand bedacht waren. Sie haßten ihn.

Ohne Zeit zu verlieren, schritten sie den Korridor entlang, und vielleicht waren sie überrascht, daß er so willig mitkam. Sie betraten einen verlassenen Treppenschacht und stiegen schachtaufwärts. Zur Halle des Kampfes.

Leere Schatten und staubiges Schweigen. Graue Luft, die sich wie ein Schleier über das trübe Licht gehängt hatte. Dunkle und helle Streifen. Die Anwesenheit ungesehener und vergessener Ahnen, die von vergangenen Jahrtausenden sprachen, vom Abstieg in den Bauch der Erde, von einem Vermächtnis – *wovon?*

»Zieh!« sagte eine schneidende Stimme. »Du hast meine Pläne zunichte gemacht. Dafür bezahlst du jetzt!«

Korlik stand ihm gegenüber. Die anderen sahen zu. Vielleicht hatte er ein Publikum gewollt. Wahrscheinlicher aber war, daß sie dabei sein wollten, wenn es geschah. Er dachte nicht weiter darüber nach.

»Mehr als alles andere wollte ich mit dem Salamander schachtaufwärts gehen... Deinetwegen blieb es mir versagt!«

Das, was er als Grund vorbrachte, war so gut wie irgend etwas anderes.

Stille.

»Zieh!« forderte Korlik erneut. Er knirschte mit den Zähnen. »Los, komm schon!« Er hob sein Schwert. »Worauf wartest du? Hast du Angst?« Er kam näher. »In Ordnung, ich werde dir zeigen, was man damit macht.« Er schwenkte seine Klinge, während er Schritt für Schritt näherkam. »Ich werde dich herumdrehen und meinem Stahl dein Blut zu trinken geben!«

Ronin zog sein Schwert blank. Korlik federte heran.

Während des nächsten Viertel-Zeitabschnitts wandte Ronin sämtlich Angriffe Korliks ab, hielt seine Stellung, verweigerte seinen Gegenangriff.

Voller Enttäuschung brüllte Korlik, und schleuderte sein Schwert auf den Steinboden. Möglicherweise war es ein verabredetes Zeichen. Die anderen griffen an. Schweigend stürzten sie sich auf Ronin. Er ging zu Boden. Jemand versuchte, auf seinen Hals zu treten. Er riß sich herum, bekam den Fuß zu packen und fetzte ihn weg. Beiläufig hörte er den knackenden Laut. Irgend jemand schrie gellend.

Sie bearbeiteten seinen Bauch, traten nach ihm, schlugen ihn, versuchten, ihn umzudrehen. Er wehrte sich, bekam seine Füße hoch, stemmte sich gegen das Gewirr der Leiber, gegen den Druck, schützte seine Leistengegend, und wußte, daß er verdammt schnell hochkommen mußte, wollte er nicht mit seiner Brust auf den kalten Steinboden geheftet werden. Er verteilte Schläge. Und er empfing Schläge. Hageldicht prasselten sie auf ihn nieder. Aber sie konnten seine Füße nicht in den Griff bekommen. Irgendwie schaffte er es, plötzlich wieder aufrecht zu stehen. Er rang nach Luft. Die Männer wichen zurück. Erstaunen flackerte in ihren Augen – und Angst.

Im Grunde genommen waren Korlik und seine Gefährten bedeutungslos.

Irgendwo war ein leises Stöhnen zu hören. Ronin kümmerte sich nicht darum.

Korlik bückte sich und hob sein Schwert auf. Leicht vornübergeneigt, mit schweißglänzendem Oberkörper, kam er näher.

Ronin bewegte sich seitwärts weg. Korlik folgte ihm. Ronin blieb keine Wahl. Es mußte getan werden... Und plötzlich war jedes andere Gefühl in ihm wie ausgeschaltet.

Er federte vorwärts, direkt auf Korlik zu, sah die breite Klinge des Gegners erhoben, übergroß, pfeifend herunterzucken, und gleichsam wußte er doch, daß es gutgehen würde, weil es ein senkrecht geführter Schlag war. Die Schwertspitze verfehlte ihn um Haaresbreite. Ein nebelhafter Schemen... Und dann krachte er auch schon gegen Korlik und donnerte ihm seine Faust gegen die Schläfe. Korlik grunzte und taumelte rückwärts. Bis er sein Gleichgewicht wiedererlangt und sich umgedreht hatte, hielt Ronin sein Schwert in der Faust. Es glänzte, als bestünde es aus purem Silber.

Aber er war zu selbstsicher gewesen, hatte Auftrieb erhalten vom Erfolg seiner Taktik. Das rächte sich jetzt. Korlik erholte sich viel zu schnell. Er stürmte vor, stieß einen irrsinnigen Schrei aus.

Ronin riß seine Klinge hoch – in einem völlig falschen Winkel! Korliks Stahl durchtrennte sie – wie Tuch! Er lachte triumphierend, als er den schräg verlaufenden Klingenstumpf in Ronins Faust sah.

Hätte er genau hingesehen – er wäre zweifellos vorsichtiger gewesen.

Aber der Zorn pulste in ihm, er wollte Ronin töten, allein dieser Gedanke beherrschte ihn – beherrschte ihn wie ein fürchterlicher Dämon!

Ohne auf die zerschlagene Waffe zu achten, die nach wie vor fest in Ronins Hand lag, kam er heran. Ronin zuckte vor, durchbrach Korliks Deckung – und stieß zu! Ein körperloser Schemen... Voller Überraschung spürte Korlik den eiskalten Stahl in seine Brust eindringen...

Die Wucht des Stoßes schleuderte ihn zurück, gegen die Wand. Mühsam hielt er sich auf den Füßen und starrte auf sein Blut, das unaufhaltsam aus der Wunde pulste. Mit einem heiseren Krächzen stieß er sich ab, taumelte einen, zwei Schritte, schrammte mit einer Hand über die Wand... Mit der anderen schwang er sein Schwert, krampfartig, ein letztes Mal. Der Bewegung fehlte jede Koordination.

Korlik fiel. Mit dem Gesicht nach unten blieb er liegen.

Und seine Gefährten ließen ihn liegen. Hilflos standen sie über dem Leichnam und wagten nicht, in seine dunklen Augen zu sehen, die blicklos in die Ewigkeit starrten.

Und jetzt öffnete er seine Augen und sah K'reen, die sich über ihn beugte, ihr Gesicht mit Sorge erfüllt.

»Ich habe davon gehört«, hauchte sie. »Die Nachricht ist wie ein Lauffeuer durch den ganzen Sektor gegangen.« Sie sah ihn an, schob sein Hemd beiseite. »Wenigstens wurdest du nicht verletzt... Und die Wunde hat sich nicht wieder geöffnet.« Sie setzte sich neben ihn. »Was wird jetzt geschehen, Ronin?«

Er zuckte mit den Schultern. »Es ist nicht so ernst.«

»Aber vom Kampf ausgeschlossen –«

Er setzte sich auf. »Wenn das geschieht, über das sich Nirren Sorgen macht, so wird das keine Rolle mehr spielen.«

»Ich verstehe nicht –«

»Die Saardin...«

»O ja. Was sagt Nirren? Ich sehe ihn in letzter Zeit so selten – außer bei Sehna.«

»Eine Konfrontation der beiden Cliquen scheint jetzt sehr nahe gerückt zu sein. – Aber das weißt du ja.«

»Er hält sich also bei Estrille auf.«

»Nein. Er ist mit einem Spezialauftrag unterwegs.«

Sie erhob sich, durchquerte den Raum und blieb vor

dem Spiegel aus poliertem Messing stehen, der in Kopfhöhe über dem Schränkchen an der Wand hing.

»Es ist beinahe Zeit für Sehna«, sagte sie.

Ronin dachte: *Nicht genug Zeit, um nachzusehen, ob Stahlig mit Marcshs Behandlung fertig ist.*

K'reen steckte ihr Haar hoch. Von Zeit zu Zeit blickte sie ihn im Spiegel an.

»Was macht dich so traurig?« fragte sie unvermittelt.

Er setzte sich auf den Bettrand. »Warum stellst du mir solche Fragen?«

»Weil –« Ihre Blicke stahlen sich von seinem Spiegelbild fort, und ihre rechte Hand strich über ihre Wange. »Weil ich dich liebe.«

Er sah das Glitzern der Tränen, die über ihre Wangen perlten. »Was machst du?«

Sie wandte sich ab, blinzelte. »Nichts«, hauchte sie. Nässe bebte und glitzerte auf ihren Wimpern.

Er ging zu ihr, drehte sie zu sich herum. Ihr Haar wirbelte in ihr Gesicht.

»Warum weinst du?« fragte er mit leichter Verärgerung.

Mit ihrer freien Hand wischte sie über ihre Wangen. Und in ihren Augen sah er einen seltsamen Schimmer... Angst? Er verging zu schnell, als daß er sicher sein konnte.

»Ich mag es nicht. Warum weinst du?«

Jetzt loderte Zorn in ihren Augen. »Willst du es mir etwa verbieten?«

Er wandte sich von ihr ab. »Was ist nur los mit dir?«

Die Tränen vergrößerten ihre Augen. »Stört es dich, wenn ich Gefühle zeige? Du kannst das nicht – habe ich recht? Weil ich das akzeptiere. *Ich* tue es. Kannst du das verstehen? Warum mußt du so handeln? Ich verstehe – Fühlst du überhaupt jemals etwas? Wie ist es, wenn du mit mir schläfst? Ist es nur – biologisch?« Abrupt drehte sie sich wieder dem Spiegel zu, starrte hinein.

Wortlos begab sich Ronin in den angrenzenden Raum und zog sich um.

K'reen befeuchtete ihre Finger und wischte die Tränenspuren weg. Dann steckte sie ihr Haar vollends hoch.

Der seiner Unterkunft am nächsten gelegene Treppenschacht war gesperrt. Verwitterter Beton und mit einer spröden Kruste überzogene orangefarbene Stahlträger waren heruntergebrochen. Die Aufräumarbeiten würden lange Zeit dauern.

So mußten sie den Korridor entlangschreiten, zum nächsten Schacht.

Schweigend machten sie sich an den Abstieg zur Ebene der Großen Halle, in der das Sehna eingenommen wurde. Ronin hielt die unruhig flackernde Fackel vor sich. Die Stufen waren rissig und spröde. Dieser Treppenschacht schien wenig benutzt zu werden. Ein- oder zweimal mußten sie zerbröckelte oder gewaltsam entfernte Stufen überspringen.

Plötzlich hörte Ronin ein Geräusch!

Vor ihnen war es laut geworden, sehr leise, kaum hörbar. Es war ein Zufall gewesen, daß er darauf aufmerksam geworden war.

Wie angewachsen blieb Ronin stehen. Seine Linke hielt K'reen zurück. Langsam streckte er die Fackel aus, leuchtete in die kalte Dunkelheit vor ihnen. Die Stufen erstreckten sich vor ihnen, bis zu einem Treppenabsatz. Sie waren leer.

Stille.

Staubfäden tanzten in der flackernden Hitze der Fackel, wanden sich, als sie vom Feuer verzehrt wurden, das sie angezogen hatte.

Langsam stiegen sie tiefer. Da hörte er es wieder. Ein leises Stöhnen, ein schmerzerfülltes Wimmern.

Sie erreichten den nächsten Treppenabsatz.

Ronin bedeutete K'reen, sich hinter ihm zu halten. Mit angehaltenem Atem schob er sich um die Biegung. Nichts. Die Stufen führten in die dunkle Tiefe...

K'reen wollte etwas sagen, aber er winkte ab. Er strengte sich an, etwas zu hören, dachte jetzt nicht an das Wimmern, das in der Tiefe vor ihnen erklungen war, sondern –

Er hörte es wieder, und jetzt war er sich seiner Sache sicher. Anfangs hatte er geglaubt, das leise, scharrende Geräusch, kaum mehr als ein ferner Hauch, das er beiläufig registriert hatte, sei auf die Bewegungen der kleinen Tiere zurückzuführen, die in den Wänden lebten. Jeder konnte sie hören, wenn er sich anstrengte. Aber dieses Geräusch war anders... Und es kam näher. *Schritte!* Ja, Schritte waren es! Und sie kamen von oben!

Ronin ergriff K'reens Hand, und sie flohen die Stufen hinunter, in die Dunkelheit.

Urplötzlich war das Wimmern deutlicher zu hören. Ronin stieß seine fackelbewehrte Faust vor, sah unvermittelt das Chaos!

Die gesamte innere Wand des Treppenschachtes war zusammengebrochen! Ein schwindelerregend düsterer Abgrund klaffte neben den Stufen!

Sie drängten sich gegen die sichere äußere Wandung. Und erblickten die Gestalt, die nur wenige Stufen von ihnen entfernt kauerte. Langes, zerzaustes, schmutziges Haar fiel bis auf die Schultern herunter. Lumpen bedeckten ihre Blößen. Mitleiderregend, zitternd preßte sie sich gegen die feuchte Wand und starrte auf das vor ihr gähnende Loch.

Eine Frau.

Ronin trat näher. Das hektische Licht der Fackel traf sie. Er konnte ihr erschöpftes, bleiches Gesicht erkennen, verkrusteter Dreck und Schweiß klebten darauf. Unruhige Augen starrten ihn voller Angst an. Lichtfunken spiegelten sich in ihren unnatürlich geweiteten Pupillen. Plötzlich wich sie vor Ronin zurück. Langsam bückte er sich, berührte sie sanft. »Wer bist du?« fragte er ruhig. Dann: »Wir werden dir nichts Böses tun...«

Und er hörte die Schritte. Stiefelsohlen, hart, energisch auf den Boden gesetzt... Schritt für Schritt...

Er richtete sich wieder auf, strengte seine Ohren an. K'reen hatte sich ebenfalls auf die Stufen niedergekauert, dicht bei der verängstigten Frau. Sie versuchte, zu ihr zu sprechen. Plötzlich hörte Ronin K'reens ersticktes Aufkeuchen.

»Ronin!«

Er drehte sich um, hob die Fackel. Jetzt sah er, was K'reen so entsetzte. Die Frau hatte keinen rechten Arm mehr. Rissig, mit trockenem Blut und sich neu bildender Haut verklumpt, war der Stumpf. Also war die Wunde keineswegs so frisch, wie er ursprünglich geglaubt hatte. Um sie herum führten die Schatten einen irrsinnigen Tanz auf...

In einer Vertiefung am Hals der Frau glitzerte Metall. Langsam, vorsichtig, um sie nicht zu erschrecken, griff Ronin danach. Es war ein dreck- und blutverkrustetes Quadrat, gehalten von einer schmutzstarrenden Kette. Er rieb mit seinem Daumen darüber und hielt es ins Licht.

»Korabb«, las er. »Neer. Neunundneunzig.«

K'reen sagte: »Eine Neer? Aber wie – Wenn sie der neunundneunzigsten Ebene zugewiesen wurde, was macht sie dann so weit schachtaufwärts?«

»Und obwohl ihr erst kürzlich der Arm amputiert wurde?« Ronin dachte an die Neer, die er in Stahligs Quartier getroffen hatte. »Die größten und kompliziertesten Maschinen arbeiten auf jener Ebene...«

»Die neunundneunzigste Ebene«, hauchte K'reen, »das ist die tiefste Ebene, nicht wahr?«

»Ja, und nur die besten Neer arbeiten dort unten.«

Die Schritte näherten sich. Dumpf und drohend hallten sie von den Wänden wider. Dann verhielten sie abrupt. Ronin glaubte, leises Stimmengemurmel hören zu können.

»Ronin, wer –«

Er legte seinen Zeigefinger an die Lippen, wandte sich an die Neer und flüsterte: »Korabb, kannst du mich verstehen?«

Sie sah von ihm zu K'reen und wieder zurück. Dann nickte sie. Ein dünner Finger kam hoch, ohne Nagel, die Spitze zerrissen, schwarz von Blut.

»Ronin!« donnerte eine brutale Stimme auf. »Ronin, du hast das Ende deines Weges erreicht! Deinetwegen sind wir gekommen!« Metall schrammte gegen Stein, ein einzigartiges Geräusch, unmöglich zu mißverstehen, und K'reen keuchte auf, als ihr klar wurde, was Ronin schon die ganze Zeit über wußte. Es war eine Falle. Und sie waren auf dem Weg in die Große Halle. Zum Sehna. Waffenlos.

Er spürte eine zaghafte Bewegung an seiner Schulter. Die Neer. Sie deutete auf ihn, dann auf K'reen und schließlich auf die in die Dunkelheit führenden Stufen.

Ronin schüttelte den Kopf und sagte: »Wir können dich nicht allein hier zurücklassen... Denn wenn wir das tun, so wirst du sterben. Verstehst du?«

Sie schüttelte ihren Kopf, und ihr Mund öffnete und schloß sich tonlos. Erst jetzt kam er darauf, daß etwas nicht stimmte. K'reen mußte zum gleichen Schluß gekommen sein. Sie war schneller als er. Ihre schmale Hand schoß vor und öffnete behutsam den Mund der Neer. Deren Augen wurden groß und rund und Angst glitzerte darin. Sie wollte ihren Kopf wegziehen, aber K'reen hielt sie fest.

»Oh, Frost!« flüsterte sie und schluckte.

Ronin beugte sich vor. Dort, wo Korabbs Zunge hätte sein sollen, war nur ein dunkles, zuckendes Stück Fleisch.

K'reen ließ die Neer los und wandte Ronin ihr bleiches Gesicht zu. »Was ist nur mit ihr passiert? Wie –«

»Ronin!« gellte erneut die eiskalte Stimme auf. »Ronin, wir wissen, daß die Medo bei dir ist!« ein spöttischer Ton sickerte jetzt in die Stimme ein. »K'reen heißt sie, nicht wahr? K'reen... Ein hübscher Name.« Ein Scharren auf den Stufen über ihnen.

»Gib dich keinen Illusionen hin, Ronin! Glaube nicht, daß du schnell und ehrbar sterben wirst... Nein, ein solcher Tod ist nichts für dich! Für dich gibt es keinen ehrbaren Tod! Keinen Tod als Klingenträger, mein Freund! Wir werden dir die Sehnen deiner Beine durchschneiden, damit du uns nicht weglaufen kannst. Du wirst hübsch bei uns bleiben – und zusehen dürfen, was wir mit der Frau anstellen. Wir werden herausfinden, woraus sie gemacht ist... Und wenn du die Augen schließt, dann werden wir dir die Lider abschneiden... Ja, und wir werden uns abwechseln und deinen Kopf halten, so daß du die allerbeste Sicht hast... Denn schließlich wollen wir nicht, daß du etwas versäumst... Was meinst du – wie viele von uns vermag K'reen zu nehmen? – Gleichzeitig, natürlich!« Er lachte, und das Echo rollte wie ferner Donner durch den Treppenschacht.

K'reen fröstelte.

Und die Schritte waren jetzt ganz nahe. Die stille Luft geriet in wirbelnde Bewegung.

Ronin schleuderte die Fackel von sich, hinab in den Abgrund des Schachtes.

Über ihnen, auf den Stufen, tauchten Schatten auf. Scharrende Geräusche. Bewegungen.

In der Tiefe pulste roter Lichtschein. Hier oben aber herrschte Dunkelheit, hüllte sie ein.

Ungeschlachte Schemen stiegen die Stufen herunter. Die Schatten kamen herbei. Ronin zählte vier Männer und wußte, daß es wenig Hoffnung gab. Sekundenlang blitzte orangefarbenes Licht auf einem erhobenen Schwert. Ronin spannte seine Muskeln an, machte sich bereit. Ein verzweifelter Sturmangriff, die Stufen empor... Vielleicht eine Möglichkeit. Vielleicht konnte er sie überraschen.

Da huschte ein dünner Schatten an ihm vorbei, wie ein

Geschoß, warf sich vorwärts, die Stufen empor – und krachte gegen die Angreifer! Korabb, die Neer!

Schreie gellten auf. Einen schrecklichen Augenblick lang war im Licht der tief unten im Treppenschacht verlöschenden Fackel eine ineinander verkrallte Masse zu sehen... Arme, Beine... Um sich schlagende Menschen... Sie schien in der Luft zu hängen. Sekundenlang. Dann stürzten sie in den klaffenden Abgrund...

Ronin versuchte, einen kurzen Blick auf ein Gesicht zu erhaschen, irgendein Gesicht. Das Gesicht der Neer, vielleicht. Vergebens. Sie fielen...

Dann kam der Aufschlag. Ein Übelkeit erregendes Klatschen, als wären riesig große Beutel zerplatzt... Die bizarr gezackten Wände des Abgrunds warfen das Echo überdeutlich zurück.

K'reen kauerte an der äußeren Wand, schluchzend, ihr Körper zuckte konvulsivisch.

Ronin wandte sich vom Abgrund ab.

K'reen kam auf die Füße, eilte zu ihm, schmiegte sich in seine Arme. Zitternd klammerte sie sich fest. »Ich – ich kann nicht mehr...«, stammelte sie.

Er strich über ihr seidiges Haar, drückte sie an sich, und in diesen Augenblicken lernte er etwas sehr Wichtiges über sich selbst...

Und inmitten dieser zerfallenden Welt des Zwielichts, am Rande eines teuflischen Abgrunds, in einer Falle, die Tod und Zerstörung beinahe hätte triumphieren lassen, standen sie und hielten sich. Sehr, sehr lange...

Die elliptische Steinplatte, gedrungen und unveränderlich, beherrschte die Dunkelheit. Er blieb stehen, ließ sich seine Augen an die Finsternis gewöhnen. Die Daggam standen nach wie vor da draußen, im Korridor...

Und Nirren war nicht zum Sehna erschienen.

Nach dem Abendmahl hatte ihn K'reen verlassen. Sie

mußte ihre Arbeit auf der Medo-Ebene beenden. »Es wird das beste für mich sein«, hatte sie gesagt.

Die Dunkelheit war allgegenwärtig. Er mußte sehr vorsichtig sein. Stahligs Behandlungsraum schien unverändert. Das hinten angrenzende Gemach war verlassen.

Ronin tastete sich vorwärts.

Seine Erinnerung holte ihn ein...

G'fand war ihm nachgelaufen, hatte ihn eingeholt. »Du gehst schachtaufwärts?« hatte er wissen wollen.

Er nickte. »Zurück in mein Quartier.«

»Macht es dir etwas aus, wenn ich dich ein Stück deines Wegs begleite?«

»Meinetwegen.« Er dachte nur an Borros. Zeit war plötzlich sehr kostbar.

Sie kamen am Durchgang zu einem Treppenschacht vorbei, und sekundenlang glaubte Ronin, das Tropfen einer zähen Flüssigkeit zu hören.

Sie traten in den nächsten Treppenschacht hinaus. Schweigend stiegen sie die Stufen hinauf. Feine Staubpartikel schwebten in der Luft. Hin und wieder drangen Geräusche aus den Wänden.

G'fand räusperte sich. »Du wirst dich gewundert haben, warum keiner von ihnen das Thema angeschnitten hat...«

»Ich habe an andere Dinge gedacht.«

»O ja, natürlich. Trotzdem... Du sollst wissen, daß jeder ein bißchen besorgt war... Weil – nun, weil du aus der Gemeinschaft ausgestoßen wurdest, und –«

»Ich bin dankbar für deine Besorgnis.«

»Wir sind *alle* besorgt«, sagte G'fand vorsichtig.

Ronin warf ihm einen knappen Seitenblick zu und lächelte dünn.

»Ja. Du kannst ihnen sagen, daß sie sich nicht zu sorgen brauchen.«

»Aber der Kampf ist dein Leben. Ich wäre untröstlich!«

»Du sprichst darüber, als wäre es eine Schande«,

meinte Ronin. »Ich habe ehrbar gehandelt. Andere haben den Kodex gebrochen.«

»Aber schlußendlich kommt es darauf an, was der Ausbilder dazu sagt«, protestierte G'fand. Er hatte ihn falsch verstanden.

»Nur einigen Leuten kommt es darauf an.«

»Ja«, räumte er ein. »Jene, die von Bedeutung sind.«

Ein weiterer Schatten. Ronin glitt geschmeidig und schnell durch den düsteren Raum, dann berührte er die Wand. Die geheime Tür öffnete sich, und er trat hindurch.

Der kleine Raum war unverändert. Die beiden schmalen Betten, die schwach brennenden Lampen. Borros.

Er saß auf dem Bettrand und starrte auf seine Handrücken. Der haarlose, gelbhäutige Schädel fuhr herum. Die grauen Augen waren stumpf, ausdruckslos. Er starrte wieder auf seine Hände hinunter.

Ronin setzte sich neben ihn. »Borros –«

»Geh!« sagte der Zaubermann. Seine Stimme klang müde. »Geh und sag deinem Saardin, daß die Antwort nach wie vor *nein* lautet! Sie kann nur nein lauten!« Die langen Finger irrten hoch, an seine Stirn, und berührten die schwindenden Dehn-Flecken. »Sag ihm, daß nichts übrig geblieben ist, das zu besitzen sich lohnt. Er hat alles versucht – und versagt. All die glänzenden Stückchen Erinnerung – fort. Ich weiß nichts mehr – nichts! Also mag sein Versuch, mich an sich zu ketten, ebenfalls fehlschlagen. Ich kann ihm nicht helfen – jetzt nicht mehr, selbst wenn ich es wollte.« Er machte eine wegwerfende Geste. »Und nun geh und berichte ihm, was der Zaubermann gesagt hat. Vielleicht glaubt er dir... Mir jedenfalls glaubt er nicht.«

»Borros – du mußt mich anhören!« flüsterte Ronin. »Ich bin kein Daggam, und Freidal ist nicht mein Saardin! Frost, sieh mich an! Während des letzten Zyklus war ich hier! Du warst sehr krank!«

Die grauen Augen richteten sich auf ihn, trübgolden in

den Tiefen. Grimmig lachte er. »Krank? – So nennen sie es jetzt also?« Kurz leuchteten die Augen auf. »Du hältst mich nicht zum Narren. Falschheit ohne Ende... Nun, ich erwarte es von ihm. Aber deine Zeit ist um. Laß ihn den nächsten Kerl hereinschicken... Aber du kannst es ihm sagen, wenn du gehst: Es wird nicht klappen. Er hat versagt!«

Dies klang nicht mehr nach dem Mann, mit dem er vor nur einem Zyklus zu sprechen versucht hatte; dem Mann, dessen Leben er gerettet hatte.

Ronin sorgte sich, sorgte sich, weil sich Borros nicht mehr wie ein Irrer anhörte.

Auch Freidal würde es bemerken, natürlich. Vielleicht hatte er es schon bemerkt. Der Zaubermann hatte sehr lange durchgehalten, jetzt aber war es absehbar, daß er Freidal schließlich doch noch alles sagen würde, was er wissen wollte... Er mußte es nur nachdrücklich genug fordern. Freidal konnte es schaffen. Ronin wußte es.

»Was kann ich tun, um dich zu überzeugen?«

Borros horchte auf. Die Dringlichkeit in Ronins Stimme verwunderte ihn offenbar, machte ihn hellhörig. Dünn, verschlossen lächelte er.

»Also gut«, nickte er. »Ich bestimme es. Ich stelle dir eine Frage, du antwortest. Jedes Zögern – jeder Hinweis darauf, daß du dir deine Antworten zurechtgelegt hast – und es ist vorbei.«

»Wir haben keine Zeit dafür.« Ronin blickte zu der Tür hinüber, die auf den Korridor hinausführte.

Borros zuckte die Schultern, schürzte seine Lippen. »Es ist deine einzige Chance.«

Ronin machte eine Handbewegung. »Dann fang an damit, wenn es dich befriedigt.«

Die grauen Augen blickten kalt und aufmerksam, vollkommen klar. »Daß es mich befriedigt – das habe ich nicht behauptet.«

Ronin stieß die Luft aus. Erbost funkelte er den Zaubermann an.

»Was für eine Stellung bekleidest du?« fragte Borros knapp.

»Ich bin ein Klingenträger.«

»Wer ist dein Saardin?«

»Ich habe keinen.«

Die Augen des Zaubermannes wurden schmal. »Was?«

»Ich bin ohne Anschluß.«

Seine Hände waren auf der dunklen Decke wie weiße Blumen.

»Eine interessante Antwort.« Sein Kopf neigte sich. »Auf welcher Seite wirst du stehen...?«

»Freidal ist mein Feind!«

»Ach? Ist er das tatsächlich?«

»Er hat bereits zweimal versucht, mich durch seine Männer umbringen zu lassen.«

»Und du erwartest wirklich, daß ich dir das glaube?«

Es gab Grenzen! Ronin zuckte vor, packte sein Hemd und riß ihn zu sich heran, bis ihre Gesichter ganz dicht beieinander waren. »Hör mir jetzt gut zu, Borros! Ich hätte dich sterben lassen können, und ich habe es nicht getan! Aber es scheint der Mühe nicht wert gewesen zu sein!«

»Laß mich los!«

Ronin setzte sich zurück, und der Zaubermann zerrte sein Hemd zurecht.

»Erzähl mir, was geschehen ist«, bat er dann unvermittelt.

Ronin berichtete von dem Kampf gegen Marcsh. Ein versonnenes Lächeln erschien plötzlich auf dem Gesicht des Zaubermannes und knitterte es.

»Du hast ihm das Rückgrat gebrochen?« fragte er ungläubig. »Bist du sicher?«

Ronin zuckte mit den Schultern.

Einen Augenblick lang schloß der Zaubermann seine Augen. »Oh, wenn es so wäre?« Er sah Ronin wieder an. »Weiter... Was geschah dann?«

Ronin erzählte ihm von der Falle im Treppenschacht,

von der Neer. »Auf ihrer Kennmarke war die neunundneunzigste Ebene angegeben«, meinte er. »Aber ich kann mir nicht vorstellen, was sie so weit schachtaufwärts tat. Sie war – verstümmelt. Der Verlust ihres Arms mag vielleicht einem Unfall zuzuschreiben sein – die Zunge jedoch... Sie –«

Goldene Tupfen tanzten in den grauen Augen, wieder fuhr der Schädel des Zaubermannes hoch. Er fröstelte.

»Wir konnten sie nicht zurücklassen, und schlußendlich...«

Borros schüttelte den Kopf, verzweifelt, wie es schien. »Ich denke, ich –«

»Sie nahm sie mit sich. Alle, ausnahmslos...«

»Es kann nicht sein...«

»Sie stürzten in die Tiefe.«

»Nein, es kann nicht sein! Ihre Kennmarke – du hast ihre Marke gesehen. Wie lautete ihr Name?«

»Ich verstehe nicht, was –«

»Sag's mir!« Kaltes Grau bohrte sich in seine Augen.

»Korabb. Sie hieß Korabb«, sagte Ronin.

Und ganz plötzlich erweichten Borros' Augen. Er wandte sein Gesicht ab. »Die Kälte soll sie holen... Was haben sie getan?«

Ronin schüttelte den Kopf. »Ich verstehe dich nicht...«, flüsterte er.

»Ja«, hauchte der Zaubermann. »Ja, das glaube ich dir.«

»Ich nehme an, daß sie anfangs bezweifelten, daß ich tatsächlich so weit kommen würde... Daß ich eines Tages tatsächlich in der Lage sein würde, es zu bauen.« Borros' Stimme klang unnatürlich ruhig. »Schließlich gab es da Mastaad, und er berichtete ihnen von jedem Schritt, den ich machte. Am Anfang beachtete ich ihn nicht sonderlich, gleichwohl gewährte ich ihm jedoch so wenig Einblick wie möglich, denn so bin ich nun einmal. Aber er war ungeduldig, und seine Zielstrebigkeit machte mich argwöhnisch. Er wollte zu viel wissen, war zu neugierig.

Es gibt eine Menge Geschichten, die davon zu berichten wissen, daß die Sicherheit auf den Fersen der Zaubermänner klebt, weißt du, – aber –« Er hob seine Hände. »Aber man kann sich nie sicher sein, was man glauben soll. Sobald ich sicher sein konnte, daß der Bau möglich war, argwöhnte ich – gegen jeden. Dann erwischte ich Mastaad, wie er in meinen Aufzeichnungen herumschnüffelte, und ich hatte die Gewißheit, die ich brauchte. Ich warf ihn hinaus und verbrannte meine Notizen.

Natürlich hatte er sie nicht lesen können. Aber er wußte bereits genug, so daß er ihnen berichten konnte, daß ich es bauen würde. Es dauerte nicht lange, da kamen sie...«

»Aber du sagtest, daß diese – Maschine, die du entworfen hast, in der Lage wäre, Temperatur und Luftströmungen auf der Erdoberfläche aufzuspüren. Warum –«

»Du fragst dich, warum sie trotzdem solche Angst davor haben? – Weil es beweisen würde, daß es da oben Leben gibt! Menschliches Leben! Und diesen Beweis wollen sie nicht!«

Er seufzte. »Die alte Ordnung hat sich hinter ihrer Macht verschanzt. Mach dir nichts aus der Konfrontation, die bevorsteht. Wenn es zum Kampf kommt, dann wird es keine Rolle mehr spielen, wer der Sieger ist. Die Saardin können sicher sein, auf jeden Fall. Die alten Muster sind festgefroren, unveränderlich. Der Kampf wird Verluste fordern, natürlich. Menschenleben. Vieles wird zerstört werden. Aber dann wird die Stabilisierungsphase kommen – und die alte Struktur wird überleben.«

Er starrte auf Ronin. »Stell dir vor, was geschehen würde, wenn die Menschen wüßten, daß es auf der Oberfläche Menschen gibt... Daß dieser Planet Leben tragen kann! Man würde den Freibesitz öffnen... Würde hinaufsteigen, an die Oberfläche, würde versuchen, dort oben zu leben. Damit wäre die Macht der Mächtigen zerschlagen. Hier unten eingeschlossen, bleibt uns keine andere Wahl...«

»Hier unten aber sterben wir. Langsam, aber sicher«, sagte Ronin. »Das muß ihnen doch klar sein.«

Borros nickte. »Oh, das ist ihnen klar. Aber es ist ein langsamer Tod... Die Abnützung schreitet nur sehr gemächlich voran. Sie mögen sich sicher fühlen, noch. Vielleicht dauert es noch ein Jahrhundert, vielleicht sogar noch zwei. Bis es so weit ist jedoch –« Er zuckte mit den Schultern. »Sie leben in einer ewigen Gegenwart.« Die Hände strichen über die dunkle Decke.

»Ich habe die Oberfläche gesehen«, sagte Ronin.

»Aha.«

»Durch eine Maschine, die *Linse* genannt wird. Die Erde ist mit Eis und Schnee bedeckt. Überall.«

Der Zaubermann lächelte freudlos. »Über uns ist sie das wirklich, ja. Die Eisschicht ist massiv, einen Kilometer dick, vielleicht sogar noch dicker. Es gibt keine Möglichkeit, dies zuverlässig festzustellen. Aber ich habe in Erfahrung gebracht, daß der Freibesitz nahe einer Polkappe des Planeten gelegen ist...« Er gestikulierte aufgeregt. »So, und wir sind hier, am Pol, wie gesagt... Das Eis bedeckt den Planeten hier und hier... Soviel ich weiß, war es vor Jahrtausenden begrenzter, aber das ist unwichtig. Es hat sich ausgedehnt, ja – aber es bedeckt nicht die gesamte Oberfläche! Sieh her... In dieser Gegend ist es wärmer... Das Land ist braun, die Sonne scheint aus einem klaren Himmel herunter und wärmt die Erde und die Menschen.«

»Woher weißt du das?«

Borros zuckte mit den Schultern. »Es ist wertlos, dieses Wissen, denn in Kürze werden wir alle – sowohl die Bewohner des Freibesitzes als auch die Oberflächenbewohner – vernichtet werden.«

»Davon hast du bereits gesprochen, als du –«

»Ja, du warst bei mir, hast gesehen, in was für einem Zustand ich war. Da war ich empfänglicher für die Ausstrahlungen...«

»Es war – Ich fühlte eine Art *Anwesenheit*...«

Der Zaubermann nickte. »Durchaus möglich. Erst kürzlich gab es Zyklen, da war es gewiß stark genug.«

»Aber was ist es?«

»Diese Frage kann ich dir nicht beantworten. Mir fehlt das nötige Wissen.«

»Aber es ist real.«

»O ja. Nur, glaube ich, weit entfernt.«

»Und jetzt –?«

»Jetzt haben wir beide eine Entscheidung zu treffen. Ich muß an die Oberfläche gelangen, zu den Menschen, die dort oben leben. Es gibt eine sehr geringe Chance, diese – diese *Kraft* aufzuhalten... Ich muß es zumindest versuchen. Und das, glaube ich, mußt du ebenfalls.« Er sagte es ziemlich selbstgefällig. In diesem Augenblick mochte ihn Ronin nicht, vertraute ihm nicht – und doch wußte er, daß er recht hatte. Es war ärgerlich.

Das dünne, frostige Lächeln erschien wieder auf seinem Gesicht, unangenehm, unvermeidlich. »Ich sehe, daß ich richtig liege. Also gut... Damit mag diese Angelegenheit erledigt sein. Nun zum zweiten Teil. Bevor wir beide versuchen, zur Erdoberfläche hinaufzugelangen, mußt du dich schachtabwärts begeben...«

Sein Lächeln löste sich auf – wie Eis in der Gluthitze eines Herdes. »Du mußt«, sagte er gedehnt, »in die Welt unter der neunundneunzigsten Ebene gelangen.«

»Ich habe keine Tinte zur Verfügung«, kommentierte er, als er hineinstach. »Dennoch gedenke ich dir die beste Wegbeschreibung mitzugeben, der ich fähig bin... Trotzdem – ich befürchte, daß mein Wissen viel zu begrenzt ist.«

Er drückte die kleine Wunde auf seiner Fingerspitze zusammen, und Blut sickerte heraus. »Doch es ist besser als gar nichts«, meinte er. Dann begann er, eine Karte auf den Stoff zu zeichnen.

Ronin hatte eingewandt: »Aber die neunundneunzigste Ebene – das ist die Sohle des Freibesitzes. Darunter gibt es nur mehr das Felsenfundament...«

»Eine weitere Irreführung«, versetzte Borros schulmeisterhaft. »Diesbezüglich sind sie sehr geschickt. Die Reste einer anderen Zivilisation... der Zivilisation unserer Ahnen – sie sind es, die unter dem Freibesitz liegen. Ich bin mir ganz sicher. Ich weiß es, weil Korabb den Weg hinunter fand...

Sie war meine Frau. Man hat mir gesagt, sie sei tot, umgekommen, als sie an einem der gigantischen Energiekonverter arbeitete. Hoffnungslos zerfetzt, sagte man. Das war vor sechs Signen, und ich habe tatsächlich geglaubt –« Er unterbrach sich, schüttelte seinen Kopf. »Ich weiß nicht, was ich glaubte.«

»Aber was ist passiert?«

»Das werde ich wohl nie erfahren. Aber ich bin der Ansicht –« Wieder unterbrach er sich, dachte kurz nach. Dann sprach er weiter. »Du mußt wissen: Zehn Zyklen, bevor man mir ihren Tod meldete, sagte mir Korabb, sie habe ein Portal entdeckt, von dem sie glaube, es sei der Eingang zu einer Welt unter dem Freibesitz – unter der neunundneunzigsten Ebene.

Ich war außer mir vor Erregung. Allein die Geheimnisse, das Wissen, das eine solche Welt enthalten konnte! Es ist unmöglich, daß sie alles verbrannt haben. Ein paar Bücher und Pläne, die geborgen worden waren – sicher, die waren vernichtet worden. Nicht jedoch die eigentlichen Maschinen selbst.

Ich wußte, daß es mir nie vergönnt sein würde, in diese neue Welt vorzudringen, daher drängte ich meine Frau, auf eigene Faust nachzuforschen. Und sie tat es. Sie schaffte es, hinunterzukommen, und da wußte ich, daß ich recht gehabt hatte.

Jetzt glaube ich, daß sie Korabb überrascht haben, als sie ein zweites Mal hinuntersteigen wollte. Möglicherweise waren sie neugierig... Wollten sie erfahren, was sie dort unten entdeckt hatte. Das wäre verständlicherweise sehr in Freidals Interesse. Du hast ja gesehen, wie sehr ihm an mir gelegen ist. Vielleicht ließ man sie gehen... Später.«

Eine Weile herrschte Stille. Ronin beobachtete die Hand des Zaubermannes, die eifrig Zeichen auf den Stoffetzen kritzelte.

»Die Antwort auf alles – sie liegt dort unten begraben«, erklärte Borros. »Ich weiß es. Diese Antwort mußt du finden – und mir bringen. Nur wenn wir sie kennen, ist es uns gegeben, den Freibesitz zu verlassen.« Er zeichnete weiter. »Die Antwort muß auf einer Schriftrolle geschrieben stehen; verfaßt in eigenartigen Zeichen. Hier, ich schreibe Zeichen dieser Art, damit du sie erkennen kannst. Die Schriftrolle wird einen Titel tragen. Schau hier, dies ist er.

Leider ist das alles, was ich weiß. Aber diese Schriftrolle wird uns viel über das sagen, was kommt, vielleicht gar eine Methode der Abwehr... Wer weiß?« Wieder zuckte er mit seinen Schultern. Ein letztes Mal sah er zu Ronin auf.

»Es ist unsere einzige Hoffnung.«

Mit diesen Worten reichte er ihm den Fetzen Stoff; das trocknende Blut des Zaubermannes machte ihn steif.

»Und noch etwas, Ronin«, sagte er sanft. »Versuche zurückzukommen, bevor man mich in Stücke reißt.«

Die Tafel schien leicht genug zu verstehen. Wenn sie nur funktionierte!

Sie hörten Schritte, Schritte von schweren Stiefeln, leises Stimmengewirr, undeutlich, jedoch hinter der Biegung des Korridors näherkommend.

Ronin drückte den Knopf erneut, und die massiven Metalltüren der Aufzugskabine glitten zu, versiegelten sie in samtiger Schwärze und völliger Stille.

»Wir – wir bewegen uns nicht!«

Er tastete in der Finsternis herum und drückte auf eine Halbkugel, die mit FÜNFUNDNEUNZIG bezeichnet war. Nahe genug. Sie glühte in kaltem Blau. Im nächsten Augenblick begann die Kabine zu sinken.

Er stand nicht das erste Mal in einer solchen Kabine, und deshalb wußte er sofort, daß etwas nicht so war, wie es hätte sein sollen. Dieses Mal gab es kein von gleichmäßigem Summen begleitetes Abwärtssinken... Die Kabine ruckte und stieß... Ein schrilles Kreischen gellte in ihren Ohren. Die beiden Männer hatten Mühe, aufrecht stehen bleiben zu können, waren gezwungen, sich gegen die Wände zu stemmen.

Die Fallgeschwindigkeit vergrößerte sich! Schrille Vibrationen waren zu hören, die Liftkabine schwang hin und her! Krachte gegen die Wände des Aufzugsschachts, schlingerte, torkelte... Und die Mägen der Männer schienen nach außen gekrempelt zu werden. Sie fühlten sich federleicht. Der Lärm schwoll an.

Das Kabel ist gerissen! durchzuckte es Ronin. Eisiger Schrecken breitete sich in ihm aus. Die Kabine stürzte mit enormer Geschwindigkeit in die Tiefe des Aufzugsschachtes hinunter!

Ein bestialisches Brausen erfüllte seinen Schädel, drohte ihn zu sprengen. Er hörte ein Stöhnen neben sich.

Es gab eine Zeit, da hätte er es nicht definieren können. Gewisse Ur-Fähigkeiten mußten entdeckt und geschult und schließlich Teil der Persönlichkeit werden. Und dann war es Sache der Schärfung der Instinkte. Es brauchte Zeit.

Er stand auf der Schwelle eines Quartiers und *wußte*, daß er erwartet wurde. Irgend jemand hielt sich in einem seiner beiden Räume auf. Er bemerkte es, als er nach der Taste für das Oberlicht griff. Er ließ seine ausgestreckte Hand sinken, beließ den Raum in Dunkelheit, und sich bewußt, daß er gegen den hellen Korridor-Hintergrund eine scharf umrissene Silhouette darstellte, trat er geschmeidig ein und schloß die Tür hinter sich.

Auf der gegenüberliegenden Seite des Raumes mußte sein in der Scheide steckendes Schwert hängen. Scheinbar unendlich weit entfernt.

Er durchquerte den Raum, und niemand hielt ihn auf. Langsam, ohne ein Geräusch zu verursachen, zog er die Klinge blank. Er hielt den Durchgang zum hinteren Raum seines Quartiers im Auge.

Nichts geschah.

Das Schwert in der Faust, setzte er sich in Bewegung. Er erreichte den Durchgang. Seine Linke zuckte zur Lichttaste, gleichzeitig mit dem Aufflammen der Helligkeit federte er vorwärts, seinen Schwertarm über die Augen haltend, so daß er nicht geblendet werden konnte.

G'fand blinzelte ihm entgegen. Er trug eine dunkle Hose sowie ein helles Hemd aus schwerem Stoff.

»Was machst du denn hier?« fragte Ronin leicht verärgert – und verbarg damit seine Erleichterung.

Das Gesicht des Gelehrten wirkte bleich und angespannt, als habe er seit längerem nicht mehr geschlafen.

»Ich bin gekommen, um mit dir zu sprechen, Ronin. Ich – ich muß dir etwas anvertrauen...« Trotz seiner offensichtlichen Müdigkeit schien er ungewöhnlich entschlossen zu sein. Allein die Art, wie er vor ihm stand, signalisierte dies. So hatte ihn Ronin noch nie erlebt.

»Warum versteckst du dich dann hier hinten?«

»Ich hörte deine Schritte... Ich war der Meinung, es sei K'reen.«

Ronin mußte lächeln. »Ich bin ganz sicher, daß sie verstanden hätte...«

Eine leichte Röte breitete sich auf G'fands Wangen aus. »Ich... Nun, es hätte peinlich sein können.«

Ronin drehte sich um und ging in den größeren Raum seines Quartiers zurück. G'fand folgte ihm.

Jetzt erst schaltete Ronin die Oberlichter ein, nahm die Scheide von der Wandhalterung und schnallte sie an seinen Gürtel.

»Nun, sag mir, was so wichtig ist.«

G'fands Finger pflügten durch sein langes Haar. »Ich kann nicht mehr ertragen, hier unten zu leben. Keinen Atemzug länger kann ich es ertragen... Ich muß fort von hier. Ich weiß, was du jetzt denken mußt... Aber zumindest dürftest du meine Beweggründe verstehen! Wenn weggehen heißt, auf der Oberfläche zu erfrieren, dann sage ich dir, daß ich dies dem lebendigen Begrabensein im Freibesitz vorziehe! Wenigstens werde ich eine Zeitlang frei sein, mein eigener Herr sein. Hier bin ich eingeschlossen, unfähig, zu atmen.«

Ronin ertappte sich dabei, daß er an die gewaltige Bibliothek des Salamanders dachte. Buchrücken an Buchrücken, eine schier endlose Reihe... Regal für Regal prall gefüllt. Bücher, die zu lesen G'fand niemals Gelegenheit bekommen würde.

»Beruhige dich«, sagte er. »Ich glaube nicht, daß du das wirklich so meinst, wie du es gesagt hast.«

»Aber doch!« Jetzt vibrierte Traurigkeit in der Stimme des Gelehrten. »Du bist wie alle anderen. Du akzeptierst mich nicht als Mann. Aber inzwischen erlangte ich eine gewisse Fertigkeit im Umgang mit Waffen... Ich vermag Schwert und Dolch zu gebrauchen –«

»Und was wirst du essen?« unterbrach ihn Ronin, während er in den hohen Kleiderschrank griff und einen leicht gepanzerten Harnisch herausnahm.

»Das hier«, sagte G'fand stolz. Er zog zwei Streifen unter seinem Hemd hervor, die groß genug waren, um bequem den Oberarm eines Mannes zu umhüllen.

Ronin hielt inne. »Verpflegungsstreifen. Woher hast du die denn bekommen?«

»Ich habe sie gestohlen. Und mach dir keine Sorgen... Man wird sie nicht vermissen.«

Ronin legte den Harnisch an. »So ist es dir also wirklich ernst.«

G'fand nickte. »Ja.«

Und plötzlich schwebten jene Worte, die der Gelehrte erst kürzlich gesagt hatte, aus den Tiefen seiner Erinnerung empor... *Es ist mir gelungen, die Relief-Zeichnungen jener alten Schrift zu entziffern...*

Damals hatten sie ihm nichts bedeutet, aber jetzt –

Ronin räusperte sich. »Eine Reise – das ist es, was du brauchst. Ist das richtig so?«

G'fand warf ihm einen verwunderten Blick zu. »Ronin, – ich muß es jetzt schaffen, hinauszukommen, noch in diesem Zeitabschnitt!«

Ronin nahm etwas aus dem Kleiderschrank und hielt es G'fand hin. »Du könntest mich begleiten.«

»Dich? – Aber was –« Der Gelehrte starrte auf den Verpflegungsstreifen in Ronins Hand. Fasziniert sah er zu, wie Ronin ihn auf seinem Arm befestigte.

»Also? Wie lautet deine Antwort. Ich gehe jetzt.«

»Aber wohin, Ronin, wohin? Ich verst –«

»Wenn wir Glück haben – zur Oberfläche hinauf. Ich werde es dir unterwegs erklären. Hol deine Waffen.« Er griff nach seinem Dolch.

Die stickige Luft im Innern der Kabine vibrierte, war von hohem, schrillen Wehklagen erfüllt, dessen Ton schwankte, jedoch nichts an Intensität einbüßte. Die Kabine bebte – und fiel tiefer und tiefer und tiefer.

In fliegender Hast drückte Ronin auf die anderen Etagenkugeln der Bedienungstafel. Zu zweit und dritt leuchteten sie auf, doch darüber hinaus geschah nichts. Überhaupt nichts. Die Kabine setzte ihren Wahnsinnssturz fort. Das kalte, blaue Leuchten der Halbkugel war wie beißender Spott.

Dann erinnerte er sich. Die rote Kugel – ganz oben auf der Schalttafel. Er hieb seine Faust darauf.

Ein kreischender Knall. Die Kabine kam schlagartig zum Stillstand. Ronin krachte auf den Boden. G'fand ebenfalls. Draußen war die Hölle losgebrochen. Ein ekelhaftes, schleifendes Bersten... Dann: Stille. Die Kabine hing, zitternd hin- und herpendelnd, im Schacht. Das gerissene Kabel pfiff heran, krachte auf das Kabinendach. Ronin verlor keine Zeit. Er rappelte sich hoch, pumpte Luft in seine schmerzenden Lungen. G'fand kauerte noch immer auf dem Boden. Sein Atem ging rasselnd.

»Ronin – wir...«

»Keine Zeit. Wir müssen verdammt schnell aus diesem Mistding herauskommen... Los, komm hoch. Ich habe keine Ahnung, wie lange diese Notbremse halten wird.«

Seine Hände berührten die Öffnungstaste. Aber die Türen blieben geschlossen.

»Teufel!«

Ronin wandte sich den Türen zu. Seine Finger krallten sich in den Spalt.

»Komm her! Wir müssen sie aufbekommen!«

G'fand kniete auf dem Kabinenboden. Er legte seine Hände auf die Oberschenkel, hob seinen Kopf. Schweiß klebte sein langes Haar gegen Stirn und Wangen. Es sah aus, als sei er auf dem Boden festgenagelt.

»Wir – wir sind beinahe ums Leben gekommen...«

»G'fand – die Türen!«

»Zerschmettert wie Ungeziefer... Die Knochen zu Brei

zermalmt...« Seine Augen waren blank vor Entsetzen. Er war geschockt.

Ronin drehte sich um und riß ihn auf die Füße.

»Wir sind nicht tot, G'fand!« sagte er eindringlich und versuchte, zuversichtlich zu wirken. Ihre Gesichter waren ganz nahe beieinander. »Hast du mich verstanden? – Wir leben! Aber wenn wir hier nicht schnellstens herauskommen, dann... Ich brauche deine Hilfe!«

G'fand nickte plötzlich. Seine Augen tränten. »Ja, ja. Wir werden die Türen öffnen. Wir öffnen sie... Wir beide öffnen sie.«

Und sie gruben ihre Finger in den Spalt, zerrten am linken Türflügel. Zerrten, bis sie meinten, ihre Schädel würden zerspringen, zerrten, bis ihre Finger, ihre Hände, ihre Arme so fürchterlich schmerzten, daß es kaum mehr auszuhalten war. In Strömen perlte der Schweiß über ihre Gesichter, ihre Rücken, brannte in den Augen, trübte ihren Blick. Ihre Muskeln traten hervor – wie dicke Seile, verhärteten sich. Aber sie bissen ihre Zähne zusammen. Und zerrten – zerrten...!

Und dann bemerkten sie, daß sich die Tür bewegte.

Die Männer keuchten – keuchten wie wilde Tiere, aber Worte wären zu viel gewesen, eine zusätzliche Anstrengung.

Mit neuer Entschlossenheit stemmten sie sich gegen die Tür.

Langsam, viel zu langsam, glitt sie zurück.

»Weiter!« ächzte Ronin.

Die Tür knirschte. Aber sie öffnete sich. Öffnete sich immer weiter!

Ein schmaler Spalt! Gerade breit genug, um einen Mann sich hindurchzwängen zu lassen!

Ronin trat einen Schritt zurück. G'fand lehnte sich gegen die Kabinenwand. Beide ließen sie ihre Arme hängen. Schwer wie Bleigewichte hingen sie hinunter. Krampfhaft rangen die Gefährten nach Luft. Ronins Mund war völlig ausgetrocknet. Seine Zunge klebte wie ein fremder Gegenstand am Gaumen. Aber darauf durfte er jetzt keine Rücksicht nehmen. Er trat an den Spalt, sah hinaus. Die Kabine hing zwischen zwei Ebenen! Gemächlich, kaum merklich, pendelte sie hin und her.

Trotzdem hatten sie Glück im Unglück. Knapp ein Meter über ihren Köpfen sah Ronin den offenen Eingang zu einer Ebene. Die Schutztüren mußten schon vor langer Zeit weggefetzt worden sein. Lediglich bizarr gezackte Reste hingen in den Laufschienen – wie verfaulte Zähne.

Ein unheilvolles Stöhnen! Metall verzerrte sich. Die Kabine pendelte, Übelkeit erregend.

Ronin steckte seine Finger zusammen. G'fand stieg darauf. Ronin richtete sich auf, stieß seinen Gefährten in die Höhe, bis er die Kante des Eingangs zu fassen bekam.

Metall knirschte... Unheilverkündend. Drohend. Zur Eile gemahnend.

G'fand strengte sich an, krallte sich fest. Zog sich in Sicherheit.

Ronin stieß sich ab und schnellte empor. Seine Finger fanden Halt, packten zu. Ein schmerzhafter Ruck durchlief Ronins Körper.

Die Liftkabine schwankte. Metallisches Kreischen gellte in Ronins Ohren. Die Kabine zitterte, rutschte ab... Und er sah die Schachtwände ansteigen... Die Bremse gab nach. Die Kabine schwankte seitlich weg, fand Halt an einem Mauervorsprung. Ein harter Schlag... Irgend etwas schlug tief unten auf.

Er hatte eine Gnadenfrist bekommen.

Seine Hände waren schweißnaß. Er rutschte ab... Einen Augenblick lang hing sein gesamtes Körpergewicht an einer Hand. Er pendelte hin und her, versuchte krampfhaft, wieder Halt zu bekommen. Der Atem wurde ihm aus den Lungen gepreßt.

Plötzlich war G'fands Hand da, griff nach ihm – zerrte ihn hoch.

Ronin fühlte, wie die Kabine erneut erbebte. Irrsinnig schnell sauste sie tiefer – irrsinnig schnell wischte die obere Türkante heran... Wenn er es jetzt nicht verdammt schnell schaffte, aus dem Schacht zu kommen, dann würde er halbiert werden...

G'fand keuchte. Ronin katapultierte sich hoch, irgendwie schaffte er dies... Hebelte sich über die Kante, rollte in den Korridor hinaus, weg vom Eingang.

Hinter ihm schrammte die Kabine vorbei, in die Tiefe...

Ein fürchterlicher Gestank hing in der Luft.

Gestank von faulenden Abfällen, Exkrementen und unzähligen ungewaschenen Körpern.

Wenn sie an den dunkel gähnenden Türöffnungen vorbeikamen, wurde er intensiver.

G'fand blickte in einen der dahinterliegenden Räume hinein und taumelte würgend zurück. Ronin hielt seinen Atem an und riß den Gefährten zu sich heran. Dabei erhaschte er einen Blick auf bleiche Knochen, faulendes Fleisch... Ein verschleiertes, gebrochenes Auge starrte ihn an. In der Höhle, in der das andere hätte sitzen müssen: Schwärze. Auf dem dreckigen Fußboden: Der Eindruck wimmelnder Bewegungen. Die Geräusche winziger Füße.

»Wo sind wir hier?« flüsterte G'fand.

Ronin zuckte mit den Schultern. »Ziemlich weit schachtabwärts, soviel steht jedenfalls fest.«

»Und jetzt? Was – was machen wir jetzt?«

»Wir suchen uns einen Weg schachtabwärts, zur neunundneunzigsten Ebene.« Er zeigte nach rechts. »Wir werden es hier entlang versuchen.«

Der Korridor krümmte sich vor ihnen fort, düster und schmutzstarrend. Überall Zeichen fortgeschrittenen Verfalls.

Ronin dachte: *Ist es möglich, daß wir bereits auf den Arbeiter-Ebenen sind?*

Die Oberlichter funktionierten. Sie sandten trübes, hin und wieder flackerndes Licht aus. Je weiter Ronin und G'fand kamen, desto miserabler wurde die Beleuchtung. Streckenweise herrschte totale Finsternis, weil die Lichter ausgebrannt waren. Offenbar waren sie das schon seit geraumer Zeit, denn in notdürftigen Wandnischen waren Fackeln befestigt worden. Unruhig flackernd und prasselnd brannten sie. Ihr Licht war bizarr, eine groteske Mischung aus feurigem Orange und eiskaltem Blauweiß.

Hin und wieder blieben die beiden Gefährten stehen, um zu lauschen. Außer dem monotonen Plitschen von der Decke tropfenden Wassers und dem Trippeln winziger, huschender Füße war jedoch nichts zu hören.

Sie gingen weiter, schnell und darauf bedacht, kein unnötiges Geräusch zu verursachen.

Hier unten hatten die Wände jede Farbe verloren. Theoretisch waren sämtliche Ebenen des Freibesitzes farbcodiert, so daß man mit einem Blick feststellen konnte, wo man sich befand. Hier war es unmöglich. Eine dicke Dreckschicht überzog die Wände. Darauf waren obszöne Worte und groteske Bilder geschrieben oder grob eingeritzt worden. Die Seelenpein, die sich darin offenbarte, war erschreckend.

Keine Menschenseele war zu sehen. Hin und wieder klafften tiefe Risse in Decke und Wänden, ausgedehnte Netze – weitere Zeichen der Vernachlässigung, des Verfalls. Ein- oder zweimal waren die Schäden gewaltig. Mächtige Kluften, in denen zwei oder gar drei Männer bequem Platz gefunden hätten.

Dann wieder waren Ronin und G'fand gezwungen, über Schuttberge zu steigen. Hier waren Teile der Decke heruntergebrochen, mächtige Gesteinsbrocken. Das Licht wurde immer spärlicher.

Schließlich blieb Ronin stehen, streckte einen Arm aus

und hielt G'fand zurück. Angestrengt starrte er in die trügerische Düsternis. Etwa sechs Meter weit bewegten sie sich langsam, vorsichtig voran. Dann blieben sie abrupt stehen.

Vor ihnen schien eine gigantische Titanenfaust in den Korridorboden geschmettert worden zu sein. Im Innenschacht mußte etwas mit ungeheuerer Gewalt explodiert sein – die Wand zerfetzt und den Boden auf gut drei Meter aufgerissen haben.

Vorsichtig beugten sie sich vor und starrten in die klaffende Tiefe hinunter.

Tief unten – vermutlich auf der nächsttieferen Ebene – schien ein Feuer zu brennen... Wie ein Höllenauge gloste es in der samtigen Dunkelheit.

G'fand wischte sich über die Stirn. »Frost!« flüsterte er. »Was passiert hier?«

Ronin erwiderte nichts. Er starrte über den Abgrund weg.

»Vielleicht sollten wir sehen, ob wir helfen können.«

»Diese Ebenen scheinen verlassen zu sein«, versetzte Ronin ein wenig zerstreut.

»Doch –«

»Unser Problem ist, wie wir dieses Loch hier überqueren. Es gibt ohnehin nichts, das wir tun könnten.«

G'fand wandte seinen Blick von dem in der Tiefe flakkernden Feuerschein. »Wir könnten den Weg, den wir gekommen sind, zurückgehen – und in die andere Richtung des Korridors vorstoßen.«

»Dabei verlieren wir zu viel Zeit. Außerdem könnte der Korridor in noch schlechterem Zustand sein. Wir gehen hier weiter. Umkehren kommt nicht in Frage.«

Er trat in den finsteren Spalt, der in der Wand klaffte. Einen Augenblick später rief er G'fand. Er hatte einen Metallträger gefunden, der durch den Einsturz aus seiner Verankerung gerissen worden war. Sie machten sich daran, ihn in den Korridor hinauszumanövrieren. Es dauerte eine ganze Weile, bis sie das geschafft hatten. Aufatmend legten sie ihn auf den Boden. Dann schoben sie ihn Zentimeter für Zentimeter über den Abgrund, bis er die gegenüberliegende Seite erreicht hatte.

Ronin stellte sich darauf und prüfte den sicheren Halt des Trägers.

Er ging als erster hinüber.

Der Träger war schmal, kaum sieben Zentimeter breit; die Oberkante war ziemlich glatt und ebenmäßig.

Unter Ronin erblühte der Abgrund. Gespenstisches, orangefarbenes Licht flackerte wie eine aufgeblähte Schlange in der Dunkelheit, lebend und tödlich, tief, tief unten.

Der Träger vibrierte unter jedem von Ronins Schritten. Das Licht kam näher – wich zurück – kam näher – und wich zurück. Unheimliche Muster bildeten sich. Schwindelgefühl keimte in Ronin. Er riß sich zusammen, sah nicht mehr in die Tiefe, sondern konzentrierte sich auf seine Füße, die sich zollweise auf dem Träger voranschoben. Einen Schritt. Dann wieder Zentimeter für Zentimeter, die Arme ausgestreckt, um das Gleichgewicht zu halten. Und endlich erreichte er die andere Seite.

Er drehte sich um und winkte G'fand. Der Gelehrte trat auf den Träger hinaus. Vorsichtig schob er sich vorwärts.

Ronin rief ihm zu: »Konzentriere dich auf deine Bewegungen... Fühle deine Füße auf dem Metall. Das ist richtig... Einen Schritt um den anderen. Langsam jetzt. Vorsichtig. Paß auf dein Gleichgewicht auf. Da! Jetzt...«

G'fand hatte die Hälfte der Strecke hinter sich gebracht, als es passierte!

Er verlagerte sein Gewicht auf den linken Fuß, der noch leicht zurückgesetzt war – und rutschte ab!

Sekundenlang taumelte er, dann kippte er... Unter ihm der gähnende Abgrund!

Er fiel! Verzweifelt wirbelten seine Hände herum, ein

irrwitziger Reflex... Seine Finger trafen den Träger, krallten sich daran fest.

In einem schwindelerregenden kurzen Bogen pendelte er daran, während sich seine andere Hand hob, ebenfalls bemüht, den Halt des Trägers zu finden.

Einen Herzschlag lang dachte Ronin daran, sich auf den Bauch zu werfen und hinauszukriechen, zu versuchen, G'fand irgendwie zu erreichen. Aber er unterließ es. Er wußte nicht, ob der Träger massiv genug war, ihrer beider Gewicht zu tragen. Dies herauszufinden, blieb keine Zeit.

»G'fand«, rief er. »Laß deine Beine hängen, beweg sie nicht mehr. Du mußt mit der Pendelbewegung aufhören. Gut! Jetzt – vorsichtig... greife hinauf. Nein, nach links! Ja, weiter... Jetzt: Ausstrecken!«

G'fand klammerte sich jetzt mit beiden Händen an den Träger. Lang ausgestreckt hing er daran. Seine Augen waren starr auf Ronin gerichtet. Haarsträhnen klebten über seinem Gesicht, und er versuchte, sie wegzuschütteln, seinen Blick freizubekommen. Seine schwitzenden Hände garantierten keinen festen Halt.

Sein Griff lockerte sich. Gerade noch rechtzeitig packte er wieder fester zu.

»Gemach, gemach«, stieß Ronin hervor. »Hör mir zu, G'fand, tu genau das, was ich dir jetzt sage! Lege eine Hand vor die andere... Schau zu mir her, nicht nach unten.«

Die Anstrengung zeigte sich auf dem Gesicht des Gelehrten.

»Gut. Jetzt... weiter! Denk immer nur an die nächste Bewegung. Immer nur eine... Gut. Und weiter!«

Ronin sprach ununterbrochen, beruhigend und doch eindringlich. Und G'fand schaffte seinen harten Weg über den klaffenden Abgrund. Er schaffte es, die andere Seite zu erreichen... Dann streckte er seine Hand aus. Ronin packte sie und zog ihn vollends hoch, in Sicherheit. G'fand zitterte am ganzen Körper. Er wälzte sich herum, wandte sich von Ronin ab und übergab sich würgend.

Und jetzt stiegen dunkle Rauchschwaden und erstickende Dämpfe von der in der Tiefe gelegenen Ebene herauf. Das unstete Flackern leuchtete heller durch den klaffenden Spalt. Das Geräusch hastender Menschen war zu hören. Ein trockenes, prasselndes Geräusch vereinte sich damit, war außergewöhnlich deutlich und klar in der stikkigen Luft zu hören.

Ronin richtete sich auf, hielt sich sekundenlang an der glitschigen Wand fest, dann zog er G'fand ebenfalls hoch und mit sich, weg von den Trümmern, die den Spalt säumten.

Irgendwann stoppte er, wandte sich G'fand zu und sagte: »Es tut mir leid... Aber wir müssen weitergehen. Wir dürfen keine Zeit mehr verlieren.«

G'fand wischte sich über den Mund und nickte. »Schon gut, Ronin«, flüsterte er. »Ich bin in Ordnung.«

So schnell es ihnen möglich war, gingen sie weiter.

Wenige Augenblicke später trafen sie die ersten Menschen dieser Ebene.

Sie waren alle tot. Zahllose Körper lagen überall auf dem Korridorboden verstreut – wie von einer gigantischen Kraft hingeschleudert. Verbrennungen übersäten die Leiber. Manche waren so fürchterlich, daß man sie kaum mehr als menschliche Wesen identifizieren konnte. Verstümmelt, zerschmettert lagen sie inmitten klebrigen Pfützen dunklen, in den Boden sickernden Blutes.

Mit entsetzt geweiteten Augen starrte G'fand auf diese schreckliche Szenerie. »Beim Frost! Was ist hier nur passiert?« keuchte er.

Ronin schwieg. Sie gingen weiter, hinein in die lauernde Düsternis des Korridors, weiter, nur weg von diesem grausigen Ort.

Hier gab es keine Klingenträger, und Ronin wußte, daß er vorhin recht gehabt hatte; sie befanden sich bereits sehr weit schachtabwärts, bei den Arbeitern.

Plötzlich tauchte vor ihm ein huschender Schatten aus der Düsternis auf! Abrupt blieb Ronin stehen – und fing den Schatten auf. Ein kleines Mädchen... Verbissen schlug es um sich, kratzte und biß. Er hielt es, hob es hoch.

»Ganz ruhig, Kleine, ich tu dir nichts«, flüsterte er.

Und er musterte sie. Das erste lebende Wesen, das er hier unten sah.

Sie war dünn und leicht; ihr Gesicht eingefallen, abgehärmt. Das lange, strähnige Haar wirbelte, als sie sich in seinem Griff wand. Sie schluchzte, und in ihren Tränen erkannte Ronin die entsetzliche Qual der Kleinen... Eine Qual, die ihn erschreckte.

»Bist du verletzt?« fragte er sanft.

Aber sie wollte oder konnte nicht antworten.

G'fand berührte Ronins Schulter und deutete nach vorn. Dort taumelte eine Gestalt aus jenem Eingang, aus dem auch das Mädchen gerannt gekommen war.

Eine große, magere Frau mit kurzgeschorenem Haar. Ihre Augen glänzten trübe. Ihr Mund war zu einem hungrigen Grinsen verzogen.

In diesem Augenblick sah sie Ronin und G'fand und das kleine Mädchen.

Schwankend rannte sie heran.

»Was macht ihr mit ihr«, kreischte sie. Wie von Sinnen hetzte sie heran. Das Kind krümmte sich in Ronins Händen und schrie, als die Frau ihre langen, klauenartigen Hände nach ihm ausstreckte. Finger, deren Nägel zersplittert waren...

In eigenartiger Verzweiflung klammerte sich das Kind an Ronin fest.

Die Frau riß es ihm aus den Händen.

Sie hob ihre rechte Hand, in der sie einen langen, gekrümmten Dolch hielt, dessen Klinge blutverkrustet war.

»Tiere! Ihr seid nicht mit mir zufrieden... Sogar sie nehmt ihr! Tiere!«

»Aber sie rannte gegen mich...« versetzte Ronin hitzig. Die Frau schien ihn nicht einmal zu hören.

»Sie in einen dunklen Raum verschleppen... Wolltet ihr das? Haut ab! Verschwindet!« kreischte sie. Dann warf sie sich herum, rannte davon, das Mädchen hinter sich herziehend. Sie verschwand in einer schmalen Türöffnung.

Noch immer fühlte Ronin die Umklammerung des Mädchens... Er mußte an seine Schwester denken. Manchmal hatte sie ihn auch auf diese Art und Weise gehalten. Seine verschwundene Schwester...

»Komm!« rief er G'fand zu.

Sie schritten weiter. Die Zeit verging. Der Korridor war düster, die Luft schwer und bedrückend. Rauch vibrierte darin. Jeder Atemzug fiel schwer. Die vom Korridor abzweigenden Räume waren winzig klein. Viel kleiner als die schachtaufwärts.

Plötzlich ein Schrei! Gellend, fürchterlich, voller Todesangst!

Ronin federte herum, horchte. Stille.

Dann wiederholte sich der Schrei.

Ronin war bereits losgestürmt. Linkerhand, ein schmaler, spaltartiger Durchgang. Dahinter ein Quartier... Drei Räume für ein Quartier, zwei oder drei Familien. Ein Schlachtfeld. Chaos, wohin man blickt. Zerschmetterte Einrichtungsgegenstände. Scherben. Zerfetzter Stoff. Der Boden von einer glitschigen, klebrigen Flüssigkeit überzogen... Ein unbestimmbares Gemisch von Flüssigkeiten. Hier lebte nichts mehr. Schatten nisteten in den Ecken, auf den Trümmern. Es mochte besser so sein. Ronin hetzte weiter, in den nächsten Raum.

Aus einem Haufen Müll ragte ein starrer Arm.

Ronin zog seine Klinge blank. Vorsichtig legte er den Leichnam frei und drehte ihn um.

Es war ein Arbeiter, mit mächtigem Brustkasten, starken muskulösen Armen, gedrungen. Neben seiner ausgestreckten Hand lag ein Hebel, aus einer Maschine gerissen, offenbar als Keule benutzt.

Dann sah Ronin die Wunde. Seine Brust war eine einzige breiige Masse, überall Blut... Unmöglich zu sehen, wieviel Messerstiche ihn getroffen hatten.

»Frost!« murmelte er. »Sind sie denn alle verrückt geworden?«

G'fand wandte sein Gesicht ab.

Sie näherten sich dem dritten Raum. Dort brannte eine Lampe. Sie war an der Decke aufgehängt, schwankte leicht, so daß die Schatten wanderten, die Perspektive gestört war.

Eine Frau kauerte auf einer schmutzstarrenden Bettstatt an der Rückwand des Raumes. Ein Schemel, auf dem eine Schüssel Wasser gestanden hatte, war umgestoßen worden. Die Frau zuckte zusammen. Dann reagierte sie blitzschnell. Sie ergriff das große Messer, das vor ihr auf dem Bett lag. Umklammerte es, daß ihre Knöchel weiß hervortraten.

Ronin erstarrte.

Neben dem Bett lag eine schlaffe Gestalt. Ein kleiner Junge...

Die Augen der Frau waren weit und ausdruckslos. Eine dünne Speichelspur sickerte über ihr Kinn.

Ronin und G'fand blieben auf der Schwelle stehen.

Ronins Gedanken überschlugen sich. Was war hier geschehen?

»Ihr Teufel!« schrie sie. »Noch einen Schritt, und ihr bekommt dasselbe wie euer Freund da draußen!«

G'fand starrte sie an und würgte. »Das hast du getan!«

Sie lachte, ein kehliges, frostiges Lachen, und ihre Augen rollten wie irrsinnig in den Höhlen.

»Jawoll, ich war das. Ich habe ihn umgebracht. Ihr seid überrascht... Oh, das war er auch...« Ihr Blick flackerte unstet.

»Seht es euch nur an! Euer Werk! Teufelswerk!« Und sie kroch vom Bett, berührte die schlaffe Gestalt des Jungen. Er war dünn – so dünn, wie das Mädchen, das sie vorhin gesehen hatten, und kaum wesentlich älter.

»Ihr habt ihn umgebracht. Habt ihm das Leben genommen...« Ihre Stimme wurde schriller, sie preßte den Kopf des Jungen an sich. Irgendwoher schien sie plötzlich Kraft zu beziehen. Trotzig richtete sie sich auf.

»Ihr werdet keine Befriedigung mehr finden! Dieses Mal nicht!«

Zu spät begriff Ronin. Sie hatte sein Schwert gesehen, mußte glauben, daß –

Er ließ die Klinge fallen und warf sich vorwärts. Ein Panthersatz – dennoch vergeblich.

Die Frau war schneller, viel schneller. Ihre messerbewehrte Hand ruckte hoch – und gleich darauf wieder herunter... Ein kurzes Aufblitzen... Dann war es geschehen.

Die Frau brach zusammen.

Ronin erreichte sie, kniete neben ihr nieder. »Wir – wir wollten dir nichts tun...«, flüsterte er hilflos. »Wir –«

Sie konnte ihn nicht mehr hören. Ein letztes Mal spannte sich ihr Körper an, bäumte sich auf, dann erschlaffte er.

Sie war tot.

Ein Lächeln hatte sich in ihr Gesicht gebrannt.

Ronin sah auf sie nieder, preßte seine Lippen zusammen. Gleichzeitig spürte er die Nässe, die sich an seiner Brust ausbreitete. Blut! Ihr Blut...

Ganz behutsam ließ er sie auf den Boden niedersinken und richtete sich dann auf. Eine plötzliche Benommen-

heit drohte ihn zu überwältigen. In einer Reflexbewegung hob er sein Schwert auf. G'fand kam zu ihm.
»Was –«
Ronin winkte schroff ab. »Hinaus!« konnte er ausstoßen. »Hinaus!«
»Aber...«
Er zog G'fand einfach mit sich.
»Hinaus!« brüllte er dann.
Und sie stolperten durch die stinkenden Räume, hinaus in den Korridor – und weiter... Als würden sie von tausend bösen Geistern verfolgt.

Beinahe hätten sie die vertraute Wölbung der Aufzugtüren übersehen. Ronin stoppte, riß die Türen auseinander, trat hinein, G'fand immer noch hinter sich herziehend.
Er drückte eine Taste. Sofort schlossen sich die Türen.
Sie kauerten sich auf dem Boden der Kabine nieder, und ihre keuchenden Atemzüge waren das einzige Geräusch in der klebrigwarmen Düsternis. Irgendwann verlangsamte sich ihr Puls, und ihr Atem normalisierte sich.
Eine Ewigkeit schien vergangen.

Ronin hörte, daß sich G'fand bewegte.
»Da ist es wieder«, flüsterte der Gelehrte. »Dieses fürchterliche Gefühl, eingesperrt zu sein... Die Wände – ich glaube, sie rücken immer näher auf mich zu, immer näher, Ronin! Der Freibesitz stirbt... Alles zerfällt!« Wieder bewegte er sich. »Wie tief sind wir gekommen...? Ich meine, welche Etage...«
Ronin erhob sich, ließ seine Finger über die Bedienungstafel der Kabine gleiten. Er drückte eine Kugel. Die Türen öffneten sich – und glitten gleich darauf wieder zusammen.
»Der Anzeige nach zu urteilen – auf der einundsiebzig-

sten Ebene. Vielleicht können wir ihn bis ganz hinunter, zur fünfundneunzigsten benutzen...«

»Kannst du nur daran denken«, stieß G'fand anklagend hervor. »Nach all dem, was wir gesehen haben. Die Arbeiter ermorden sich gegenseitig... Der Wahnsinn herrscht in den unteren Ebenen! Der totale Wahnsinn!«

Ronin schwieg beharrlich.

»Bei der Kälte, du – du bist wie Eis!« sagte G'fand verbittert. »Es – es berührt dich einfach nicht! Wir haben Dinge gesehen, die mir den Magen umgedreht haben... Was fließt bloß in deinen Adern? Bestimmt kein Blut!«

Ronin sah auf ihn hinunter, seine farblosen Augen kaum wahrnehmbar in der Düsternis, und sagte: »Es steht dir frei, umzukehren, schachtaufwärts zu gehen – ja, gar zu versuchen, die Oberfläche zu erreichen. Ich halte dich nicht...«

G'fand senkte seinen Kopf. Er wollte Ronins Blick nicht begegnen.

Eine Zeitlang war nur ihr beider rauher Atem zu hören.

Irgendwann wußte Ronin, daß G'fand bei ihm bleiben würde. Er drückte die mit FÜNFUNDNEUNZIG bezeichnete Kugel. Sie leuchtete auf. Die Kabine geriet in Bewegung; sanft glitt sie in die Tiefe.

G'fand erhob sich. Mit einem beruhigenden Summen sank die Kabine tiefer.

Ronin zog seinen Dolch.

Die Kabine hielt an. Ein sanftes Seufzen. Geräuschlos öffneten sich die Türen.

Kein Lift beförderte bis in die neunundneunzigste Ebene hinunter; nicht einmal auf der Bedienungstafel verzeichnet war sie. Also hatte Ronin angenommen, die restlichen vier Ebenen über einen Treppenschacht hinter sich bringen zu müssen. Jetzt sah er, daß er sich geirrt hatte.

Auf der fünfundneunzigsten Ebene gab es keinen Korridor, wie er erwartet hatte. Statt dessen traten sie, als sie die Aufzugskabine verließen, auf ein Metallgittergerüst hinaus, das sich zu beiden Seiten von ihnen fortspannte, in scheinbar unendliche Fernen. Milchiger Dunst hing in der Luft. Es war düster.

Raum!

Wo die innere Korridorwand hätte aufragen müssen, erstreckte sich ungeheurer Raum.

Noch niemals in seinem Leben hatte Ronin eine derartige Fläche gesehen. G'fand erging es nicht besser. Mit offenem Mund staunte er.

Langsam schritten sie an das niedere Metallgeländer heran, das am inneren Rand des Gerüstes verlief.

Dann sahen sie in die Tiefe hinunter.

Gewaltige geometrische Gebilde, manche einfach, andere kompliziert aussehend, alle jedoch bestürzend groß, übersäten die riesige Galerie vor ihnen. Und jetzt wußte Ronin, warum die Aufzüge lediglich bis zur fünfundneunzigsten Ebene beförderten. Jener Bereich unter ihnen... Er war mindestens vier Ebenen tief. Möglicherweise waren selbst die Begrenzungen der Galerie Maschinen. *Die Herzen des Freibesitzes*, dachte Ronin. *Ohne sie sterben wir...*

Ein tiefes, allgegenwärtiges Summen erfüllte die Luft, durchdrang sie so intensiv, daß sie vor ihren Augen zu wabern schien. Schwacher, blauer Dunst hing in der Luft, kaum wahrnehmbar vibrierend. Licht quoll aus nicht identifizierbaren Quellen irgendwo über ihren Köpfen. Es war sehr warm, und ein scharfer, durchdringender Geruch, der überhaupt nicht unangenehm war, umgab sie. Ab und zu war trotz des Dröhnens der Maschinen eine menschliche Stimme zu hören. Seltsamerweise munterte sie das auf.

Ronin und G'fand schritten auf dem Gitterboden voran, und schließlich erreichten sie eine quadratische Öffnung. Ronin sah hinunter. Eine senkrechte Leiter führten in dunstige Tiefen. Niemand schien dort unten zu leben...

Sie stiegen hinunter. Ronin trug den Dolch zwischen seinen Zähnen.

In regelmäßigen Abständen passierten sie andere Gitterbodenebenen. Sie waren verlassen.

Ronin zählte sieben Ebenen. Dann erreichten sie die Sohle. Hier unten war das Dröhnen eindringlicher, es schien aus dem Boden zu quellen, durch ihre Stiefelsohlen, hinauf, in die Beine. Die Luft trug den Geruch künstlicher Hitze mit sich und noch etwas... Den Gestank von Schmiermitteln. Er war sich sicher. Oft genug hatte er ihn bei den Neer wahrgenommen.

Ringsum ragten die gigantischen Maschinenblöcke auf, ein üppiger, feuchter Wald, fremdartig und verlockend und faszinierend. Das Licht war schwächer, der blaue Dunst dichter.

Zu ihrer Linken standen drei Neer beieinander und diskutierten. Die allgegenwärtigen Hintergrundgeräusche verwischten ihre Stimme. Die Luft hing wie ein Staubtuch über allem.

Ronin und G'fand kauerten sich an der leise vibrierenden Wand einer riesigen Maschine nieder, spürten die Wärme, die davon ausstrahlte, und Ronin faltete die grobe Karte auseinander, die ihm der Zaubermann gezeichnet hatte. G'fand nahm einige Bissen von seinen Nahrungsstreifen von sich. Ronin studierte das Tuch.

Das Problem lag darin, daß die Karte in der Annahme gezeichnet worden war, sie kämen mit der vorbestimmten Aufzugskabine auf die neunundneunzigste Ebene hinunter, also mit jenem Aufzug, der versagt hatte. Sicher, er wußte genau, welche Richtung sie oben, auf der einundsiebzigsten Ebene eingeschlagen hatten, – aber welche Entfernung sie zurückgelegt hatten, bis sie auf den funktionierenden Aufzug gestoßen waren, das konnte er nur schätzen. Borros' Karte enthüllte nicht sonderlich viel von der Geographie der neunundneunzigsten Ebene. Also war er darauf angewiesen, ziemlich genau zu schätzen ... Ein gefährliches, aber notwendiges Tun.

G'fand, noch immer kauend, wischte sich mit einer fettverschmierten Hand über die Lippen. Dann rieb er die Hand an seiner Hose sauber. »Weißt du, wohin wir jetzt gehen müssen?« fragte er.

Ronin zeigte von der Gruppe gestikulierender Neer fort. »Dort hinüber ... Und – keinen Laut!«

Sie standen auf und nahmen ihre Wanderschaft wieder auf. Wie körperlose Schemen huschten sie von Maschine zu Maschine. Die ungeschlachten Gebilde ragten aus dem Dunst empor, als wären sie geschaffen worden, um vorübergehende Deckung und Schutz zu bieten. Ronin führte seinen Gefährten in einem Zick-Zack-Kurs immer tiefer in die unwirkliche Maschinenlandschaft hinein.

Beängstigend rasch wichen die Wände aus ihrem Blickfeld, und als G'fand in die Höhe blickte, stellte er sich vor, sie würden in einer vergänglichen, abweisenden Welt schweben ...

Ohne die Sicherheit versprechende Nähe der Wände fühlte er ein seltsames Unbehagen in seinen Eingeweiden.

Sie hatten beinahe einen Kilometer zurückgelegt. Die feuchte Hitze, die hier unten herrschte, ließ sie schwitzen.

Unvermittelt hielt Ronin an.

Im Schatten eines gedrungenen Maschinenkomplexes blieben sie stehen. Mit angehaltenem Atem lauschten sie den Stimmen, die irgendwo vor ihnen in der Düsternis laut wurden.

»Es ist sinnlos. Es – hilft nichts!«

»Als ob ich's nicht wüßte! Wir sind jetzt schon länger als einen Zeitabschnitt hier. Bist du ganz sicher, daß du den Generator in Block 12 überprüft hast?«

»Geprüft und wieder geprüft. Gäbe es da eine Verbindung, so würde es meinen Verstand übersteigen!«

»Unser aller Verstand, fürchte ich.«

Metall schrammte über Metall. Ein leichtes Kratzen. Dann ein Seufzer.

»Ich weiß es nicht. Was haltet ihr davon, wenn wir die zweite Ebene mit voller Energie eingeschaltet probieren?«

»Hmmm, es könnte klappen. Man müßte sichergehen können –«

Ronin zog G'fand mit sich weiter. Die Unterhaltung verwischte.

Nach dem kurzen Umweg nahmen die Gefährten ihren ursprünglichen Weg wieder auf.

Die gigantische, kreisrunde Maschine erhob sich am Ende einer ausgedehnten Ebene, von den anderen schwerfälligen Blöcken ziemlich weit entfernt.

Ronin und G'fand wagten nicht, sich ihr auf direktem Weg zu nähern. Immerhin mußten sie stets damit rechnen, von Neers oder Daggam entdeckt zu werden.

Vorsichtig huschten sie einen schmalen Mittelgang entlang, der parallel zu jenem verlief, der direkt zu der Maschine hinführte. Die Hitze nahm zu. Jeder Atemzug fiel unsagbar schwer.

Zweimal waren die Gefährten gezwungen, stehenzubleiben, sich in den Schlagschatten eines Maschinenblocks zu drücken und zu hoffen, nicht gesehen zu werden. Patrouillen der Sicherheit marschierten unweit an ihnen vorbei – ohne auf sie aufmerksam zu werden. Ihre Schritte verklangen. Dennoch wartete Ronin jedes Mal lange Minuten, bevor er weiterging.

Einmal rannten sie fast gegen einen Daggam, der – ihnen den Rücken zugewandt – in den Gang trat. In letzter Sekunde wichen die Gefährten zurück in die Schatten und warteten atemlos, bis der Daggam verschwunden war.

Sie umrundeten die Maschine, begutachteten sie von allen Seiten, und schließlich kam Ronin zu dem Schluß, daß der Weg frei war. Ein letztes Mal konsultierte er die Karte des Zaubermannes, um sicher zu sein, daß sie sich der richtigen Seite näherten, dann hetzten sie los.

Die Maschine warf einen gewaltigen Schatten, das Versprechen einer Zuflucht, eine turmhohe Konstruktion von unverständlicher Funktion, sich nach oben hin verjüngend, übersät mit scharfen Kanten und Auszackungen. An ihrer höchsten Stelle blitzten Lichter, rauchig im Dunst. Von dieser Maschine schienen keine Vibrationen auszustrahlen.

Im dürftigen Schatten einer verhältnismäßig kleinen Maschine hielten sie an, im Begriff, die letzte Annäherung zu machen. Ronin hielt G'fand zurück. Er fühlte plötzlich, daß irgend etwas nicht stimmte. Sie schwitzten.

Und da sah er die Daggam. Drei waren es. Sie hielten genau auf jene Maschine zu, die auch ihr Ziel war. Ihre Unterhaltung war nicht zu verstehen. Gleich darauf teilten sie sich. Jeder ging in eine andere Richtung davon. Noch immer wartete Ronin ab.

Linker Hand, in jener Richtung, aus der sie gekommen waren, erblühte eine schwarze Wolke!

Donnergrollen zerfetzte die Stille! Der Boden unter ihren Füßen zitterte. Menschen rannten davon – überlaut hallten ihre Schritte.

Ronin und G'fand riskierten einen Blick. Die Wolke hatte sich ausgebreitet, den Dunst beschmutzt. Zitronengelbes Feuer züngelte auf.

»Was ist passiert?« flüsterte G'fand.

Ronin lächelte dünn. »Ich glaube fast, die beiden Neers, die wir passiert haben, wußten noch weniger über die Maschine, als sie dachten.«

Daggam-Schergen rannten zum Explosionsherd. Tumult brach aus. Schreie gellten.

Ronin gab G'fand einen Wink.

Seite an Seite hetzten sie über die freie Fläche und in den Schatten der turmhohen Maschine, die auf Borros' Karte mit einem Kreuz gekennzeichnet war. Ronin legte eine Hand flach auf das Metall der Wandung. *Keine Vibrationen...*, stellte er fest. Vielleicht war es gerade diese Tatsache gewesen, die Korabb neugierig hatte werden lassen... So hatte sie das große Geheimnis entdeckt – und zu erforschen begonnen.

Ronin setzte sich wieder in Bewegung. G'fand blieb – dicht gegen die Wandung gepreßt gehend – hinter ihm.

Sie erreichten die Stelle, die Borros' Karte bestimmte. Nichts deutete darauf hin, daß es hier einen Durchgang gab. Überall nur glatte Wand...

Das Rad! Ronins Augen leuchteten auf. Mit einem schnellen Schritt erreichte er es. Seine Hände legten sich darauf. Es war so einfach... Ronin drehte das Rad im Uhrzeigersinn, drehte, so weit es sich drehen ließ. Eine Metallscheibe von annähernd eineinhalb Metern Durchmesser hob sich von der Maschine ab. Die Gefährten ergriffen die rechte Kante und zogen daran. Eine Öffnung gähnte vor ihnen auf.

Ohne Zögern glitt Ronin hinein. G'fand folgte dichtauf. Sobald sie die Schwelle überschritten hatten, schloß sich das stählerne Rund.

Undurchdringliche Schwärze umfing die Gefährten.

Ein schwindelerregendes Gefühl von Raum. Nahezu vollkommene Stille herrschte. Ein feuchter, intensiver Geruch. Weit entfernt – ein Geräusch: beständig, jedoch in so weiter Ferne, daß es momentan unmöglich definitiv bestimmbar war. Eine Art – Brodeln...

G'fand kramte seine Zunderbüchse hervor und entzündete eine Fackel, die er in seinem Gürtel bei sich getragen hatte.

Die Helligkeit tanzte gegen die Wände eines ovalen Tunnels, die vom Alter geschwärzt waren. Der Boden neigte sich leicht abwärts.

Die Gefährten sahen sich kurz an, dann gingen sie los – in die vor ihnen wabernde Dunkelheit hinein. Nur wenig später registrierten sie einen kühlen Luftzug, der in ihre Gesichter fächelte. G'fand war gezwungen, die nervös zuckende Flamme der Fackel mit der hohlen Hand vor dem Erlöschen zu bewahren.

Wasserperlen klebten an den Wänden des Stollens. Kegelförmige Gebilde wuchsen von der Decke herunter. Manche von ihnen waren grau marmoriert, anderen wiederum enthielten Streifen von Orange und hellem Grün, Magenta und tiefem Blau. Immer zahlreicher gediehen sie, je tiefer die Gefährten in die unwirkliche Unterwelt vordrangen. Und irgendwann beschlich Ronin und G'fand das unbehagliche Gefühl, umgedreht worden zu sein... Als bewegten sie sich an der Decke anstatt auf dem Boden.

Anfangs waren sie immer wieder stehengeblieben, um zu lauschen, zu hören, ob sie verfolgt wurden. Aber, wie es den Anschein hatte, war dies nicht der Fall. Niemand hatte sie beim Betreten des Geheimtunnels beobachtet.

Nachdem sie länger als einen halben Zeitabschnitt unterwegs waren, neigte sich der Tunnel steiler in die Tiefe. Der Boden wurde glitschiger. Die Gefährten mußten aufpassen. Jeder Schritt war trügerisch.

Auch an den Wänden gedieh die Nässe, und ihre Strukturierung veränderte sich. Ronin ließ G'fand das Licht näher daran halten. Ein graublauer Flechtenteppich wucherte daran, seltsam glitzernd unter der Berührung des Lichts.

Ronin sagte G'fand, er sollte die Fackel löschen. Sofort waren sie in ein unheimliches bläuliches Licht gehüllt.

»Die Flechte... Sie ist phosphoreszierend«, rief G'fand aus. »Ich – ich habe diese Dinger in den Bottichen gesehen, in denen die Nahrung gezüchtet wird. Man wirft sie weg.«

Es dauerte einige Zeit, bis sie sich an das neue Licht gewöhnt hatten. Helle Farben – G'fands Hemd, beispielsweise – stachen beunruhigend grell hervor, während dunkle Farben völlig untergingen und nur sichtbar wurden, wenn man ganz nahe davor stand.

Das leise Brodeln, das ihnen gleich zu Beginn ihrer Exkursion aufgefallen war, schien deutlicher zu werden... Aber nach wie vor sahen sie sich außerstande, es zu lokalisieren oder gar zu deuten.

Irgendwann legten sie eine Pause ein, kauerten sich nieder, aßen einige Bissen von den Verpflegungsstreifen und ruhten sich aus. Ihre Rücken lehnten an der kissenweichen Wand, ihre Füße waren ausgestreckt. Es tat gut, so zu sitzen. Die Erschöpfung hatte sich in ihre Körper gewühlt.

Sie unterhielten sich, sprachen von belanglosen Dingen, mieden absichtlich all jene Themen, die momentan so hektisch in ihren Köpfen herumwirbelten.

Dann nahmen sie ihren Marsch wieder auf, und kurz darauf nahm das Brodeln derart plötzlich an Lautstärke zu, daß sie unwillkürlich glaubten, eine unsichtbare Barriere durchschritten zu haben. Brodeln und Brausen und Tosen – es umspülte sie förmlich, hallte durch den Tunnel, allgewaltig, alles beherrschend. Ronin und G'fand bemerkten, daß sich die Lichtverhältnisse verändert hatten.

Unmittelbar vor sich, rechter Hand, fanden sie eine gigantische Öffnung.

Helligkeit. Farbige Lichtpunkte wirbelten durcheinander. Hügeliges Gelände erstreckte sich vor ihnen.

Und Ronin und G'fand sahen in die Höhle hinaus, in eine Höhle, die so riesig war, daß es schien, als sei sie unendlich groß. Pastellfarbene Lichtstreifen zogen sich durch die Luft, und in dieser unbeständigen Helligkeit vermochten Ronin und G'fand den ungeheuerlichen Wasserfall zu erkennen. Er entstand auf einem hohen Felsenwall und donnerte in irrwitzigen Silberkaskaden und trüben und hellen Sprühnebeln in die Tiefe – ins Bett eines sich davonwindenden Flusses. Tief, tief unten glitzerte er. Das widerhallende Dröhnen des ungestümen Wassers reflektierte zu ihnen herauf wie eine physische Erscheinung, die sie zu umhüllen gedachte. Wie versteinert standen die beiden Gefährten und genossen diesen Anblick.

G'fand sagte etwas, aber Ronin konnte ihn nicht verstehen. Das Donnern der Wasser übertönte alles. Er lehnte sich zu ihm hinüber, und G'fand wiederholte: »Nie hätte ich gedacht, daß so etwas noch existiert... Ich – ich habe davon gelesen – es ist etwas aus der Legende...«

Ronin wandte sich ihm jetzt vollends zu. »Zeit zu gehen«, schrie er über das Tosen hinweg.

Offenbar benötigte die Leuchtflechte eine ganze Menge Feuchtigkeit, um am Leben zu bleiben, denn nachdem sie den Wasserfall passiert und hinter sich gelassen hatten, stellten sie fest, daß die Luftfeuchtigkeit spürbar nachgelassen hatte. Dementsprechend schwächer war die Helligkeit geworden. Immer öfter gewahrten sie kahle Flecken an der Wand. Und schließlich war G'fand gezwungen, seine Fackel neu zu entzünden.

Insgeheim schätzte Ronin, daß sie inzwischen weit mehr als einen Kilometer in die Unterwelt vorgedrungen waren – in Wirklichkeit war es ein Vielfaches seiner Schätzung –, als er es sah... Die Dunkelheit lichtete sich. Kaum merklich zwar, aber immerhin. Er täuschte sich nicht. Vorsichtig, jedoch mit einer rasch anwachsenden Vorahnung, gingen sie weiter. Immer näher an jenen Punkt heran, an dem die Dunkelheit irgendwie weniger dunkel schien...

Und dann hatten sie das Ende des Tunnels erreicht...

Vor ihnen mündete eine weite Rampe, die sich zu einer breiten Allee hinunterschwang, zu einer Allee, die annähernd die Mittellinie eines schwindelerregenden Durcheinanders von Gebäuden darstellte. Nach allen Seiten hin dehnte sich dieses Durcheinander aus... Scheinbar endlos.

Die Bauten waren verwirrend in ihrer Vielfalt, jedes einzelne Gebäude ein Komplex von Stilarten und Formen, offenbar nach Belieben vereint. Große Fenster gruppierten sich um kleinere. Es gab große Balkone, kleine, mittlere. Rechteckige Öffnungen, die sie für Türen hielten, gähnten fünf oder sechs Stockwerke hoch über der Straßenfläche.

G'fand riß staunend seinen Mund auf. Eine Sekunde lang verspürte Ronin ein derart starkes Schwindelgefühl, daß er beinahe fiel. Er blinzelte, atmete langsam und tief, atmete mehr aus denn ein, um seine Atemwege völlig zu entleeren und wieder aufzufüllen.

Und an seiner Seite flüsterte G'fand ehrfürchtig: »Das ist sie. Sie muß es sein... Die Stadt der zehntausend Pfade.«

Ronin blickte in das verklärte Gesicht seines Gefährten. Er bemerkte es nicht einmal.

»Die Stadt unserer Ahnen«, fuhr er fort. »Die Stadt, in der alles möglich war. Ronin, hier hätte ich alles sein können, was ich nur wollte. Sie wußten so viel – so furchtbar viel...« Er schüttelte seinen Kopf und ergriff Ronins Arm. »Du weißt nicht, was dies hier für mich bedeutet! Es ist wie ein Traum – alles, wonach ich mich sehnte, und doch niemals wirklich zu finden hoffte... Es ist alles hier!«

Ronin lächelte knapp. »Erinnerst du dich noch? – Damals, als wir noch Kinder waren, hat man uns mit Geschichten von der Stadt der zehntausend Pfade Angst eingejagt, wenn wir unartig waren...«

G'fand konnte seine Augen nicht vom Anblick der gewaltigen Stadtlandschaft losreißen. »Ja«, hauchte er und nickte. »Sie versuchten, mich zu ängstigen, aber ich zollte ihnen wenig Beachtung. Als Kind fürchtete ich überhaupt nichts...«

»Und heute?«

Sein Atem wurde schneller. Seine Stimme war nur ein Flüstern: »Und heute... heute fürchte ich mich vor einer ganzen Menge!«

Der süßliche Duft des alten Zerfalls schwebte in der Luft, ebenso die leichte Ahnung von Äonen winziger Staubpartikel, die in der Kehle kitzelten und wie trächtige Sporen durch die Luft wirbelten, sie übersättigend. Es schien, als hätten sie einen mit welkenden Blumen erfüllten Garten betreten.

Und sie schritten die breite Rampe hinunter, hinein in dichtes, erschreckendes Schweigen. Das Knarren ihrer ledernen Stiefel, ihre behutsam gesetzten Schritte – alles schien in dieser riesigen Schale der Stille zu versickern.

Sie versuchten, auf die zentrale Straße zu gelangen, stellten jedoch fest, daß es auf den ihnen zugewandten Gebäudeseiten unerklärlicherweise weder Türen noch Fenster gab.

So waren sie notgedrungen gezwungen, eine jener schmalen, gewundenen Straßen zu benutzen, von denen verwirrend viele kreuz und quer durch die Stadt führten.

Über ihnen ragten Balkone aller Größe, mit dekorativem Stuckwerk verziert, aus dem Mauerwerk. Nur spärliches Licht fand seinen Weg durch das architektonische Gewirr auf die Straße hernieder. Dennoch war es hell genug, so daß sie auch ohne Fackellicht zufriedenstellend genug sahen.

Und die Stadt war nicht ohne eine Aura des Geheimnisvollen, des Versprechens... Wie der tief eingeatmete Duft eines exotischen Gewürzes: mächtig, schwer faßbar.

Die Straßen waren mit auf der Oberfläche leicht gerundeten Steinen gepflastert, die im diffusen Licht matt schimmerten. Hier draußen gab es nirgends eine Spur von Müll oder Zerfall. Gleichwohl waren die Pflastersteine so dunkel, daß es den Anschein hatte, als wäre der Dreck jahrhundertelang auf ihnen festgetreten worden, bis er schließlich ein Teil von ihnen geworden war.

Sie hörten es gleichzeitig.

Abrupt rissen sie ihre Köpfe hoch.

Ein Knurren...

Ronin und G'fand blieben stehen und lauschten. Aber die Stille hatte sich wieder um sie herum geschlossen, so daß ihnen selbst ihre Atemzüge gedämpft und eigenartig erschienen. Sie zogen ihre Schwerter blank. Licht glitzerte auf poliertem Stahl.

Ronin deutete mit der Spitze seiner Klinge auf eine kleine, hölzerne Tür, die in ein zweistöckig aufragendes Gebäude eingesetzt war. Vorsichtig, das ungewohnte Pflaster unter ihren Schuhsohlen spürend, glitten sie darauf zu. G'fand preßte sich neben der Tür gegen die Wand. Ronin öffnete sie, stieß sie mit der Stiefelspitze auf und trat zurück.

Nichts geschah.

Dunkelheit gähnte ihnen entgegen. Kein Laut war zu hören.

Ronin gab G'fand ein Zeichen, und dieser nickte. Sie stürmten vorwärts... Blitzschnell und völlig lautlos huschten sie ins Innere des Gebäudes. Ronin warf sich zur Seite, um zu verhindern, daß sich seine Silhouette länger als unbedingt notwendig gegen den hellen Hintergrund abzeichnete. Er drehte sich um und schob G'fand beiseite, in die Schatten hinein.

Der Raum schien wesentlich größer, als er vermutet hätte. Tief erstreckte er sich in den Bauch des Gebäudes hinein. Ronin kniff seine Augen zusammen. Er konnte mächtige Holzbalken erkennen, die in Abständen in die niedere Decke eingelassen waren, des weiteren die geduckten Schatten wuchtiger Einrichtungsgegenstände. Nichts bewegte sich.

Dann erklang in einer Ecke ein leises Husten...

Im gleichen Augenblick sahen sie die beiden roten Lichter... Dicht über dem Fußboden, glühend, unheimlich. Draußen, vor der Tür, flirrte das goldene Licht, und das Schweigen hing wie ein dickes, winterliches Leinentuch über allem. Die Lichter bewegten sich... Erneut wurde das Husten laut, diesmal drohender. Ohne zu blinzeln starrten die rotglühenden Augen zu ihnen herüber. Die schwarzen Pupillen in ihrem Zentrum waren winzig klein.

Ronins Muskeln spannten sich an.

Die Augen kamen auf ihn zu...

Draußen war die Stille ein Schutz gegen Gefahr, wie Honig ergoß sich das Licht hernieder. Licht, Helligkeit – das war gleichbedeutend Sicherheit. Teil einer anderen Welt, momentan so fern und unerreichbar wie das Atrium des Salamanders.

Ronin beugte sich leicht vornüber. Mit gespreizten Beinen, sein Schwert beidhändig haltend, erwartete er den Angriff!

Klauen kratzten über den Boden.

Die Augen, knapp einen halben Meter über dem Boden schwebend, waren nicht menschlich, dessen war er sicher. Er starrte in ihre Richtung und veränderte behutsam seinen Standort, nach links hinüber. Zentimeter für Zentimeter bewegte er sich. Vielleicht gelang es ihm, das Ding ins Licht zu locken... Geduld. Er brauchte Geduld...

Ronin blieb stehen. Wieder war das kratzende Geräusch zu hören gewesen. Aber das Wesen hielt sich beharrlich im Dunkel. Ronin stand jetzt fast Schulter an Schulter mit G'fand.

Da bewegte sich das Wesen! Außer den unheilvollen, rotglühenden Augen war nun auch das schwache Leuchten langer, gelblicher Reißzähne zu sehen! Ein leises Knacken. Dann erneut das Husten.

Ronin bewegte sich vorwärts, dem Ding entgegen.

»Komm zurück –«, flüsterte G'fand, aber er wurde von einem klaren, trockenen Lachen unterbrochen.

Licht flammte vor ihnen auf, erhellte den Raum: eine Fackel.

»Frost!« hauchte G'fand.

Ronin sah zuerst zu dem kleinen Mann hinüber, denn er war es, der die brennende Fackel hielt. Er stand auf einem Treppenaufgang, rechter Hand, den sie in der Dunkelheit nicht hatten sehen können. Jetzt kam er gemächlich die Stufen heruntergestiegen. Den Blick unablässig auf die Gefährten gerichtet, begab er sich zu dem Wesen hinüber, das knapp zwei Meter von ihnen entfernt am Boden hockte, und berührte dessen Rücken mit seiner Rechten. Der Mann hatte einen seltsamen Gang.

»Ahahaha! Hynd bewacht das Haus«, versetzte der kleine Mann mit eigenartig rauher Stimme. Dabei lächelte er unbefangen.

Der Bursche war kaum mehr als einen Meter groß. Sein hageres Gesicht strafte die mächtig vorgewölbte, wuchtige Brust Lügen. Langes, weißes Haar wallte auf seine Schultern nieder, das von einem dunklen, ledernen Stirnband gehalten wurde. Von seinem Gesicht war nicht allzu viel zu erkennen: ein langer, grauer Vollbart wucherte darin. Eine hohe Stirn, ausgeprägte Wangenknochen, eine lange, dünne Nase, dunkle, grüne Augen, weit auseinanderstehend. Ronin war sicher, daß die Haut eine gelbliche Färbung hatte. Sein Mund teilte sich wieder, als er lachte.

Das Ding, das er nun hinter den Ohren kraulte, wirkte beängstigend. Ronin musterte es – und war dabei auf der Hut. Eine lange Schnauze, mit kurzem, braunem Fell bewachsen. Große, rote Augen leuchteten aus einem kläglich geformten, spitz zulaufenden Schädel heraus. Der Körper mochte gut zwei Meter lang sein; die vier Füße endeten in krallenbewehrten Zehen. Ein langer, dünner Schwanz peitschte unruhig hin und her. Der gesamte Körper war mit einer schuppigen Haut bedeckt und wirkte wie gelackt. Die Barthaare an der Schnauze zuckten.

Dieses Biest ähnelt den Nagetieren, dachte Ronin, *die in den Wänden des Freibesitzes wohnen. – Bis auf die Größe...*

»Erlaubt mir, daß ich mich vorstelle«, ergriff der kleine Mann das Wort. »Ich bin Bonneduce der Letzte.« Er verbeugte sich, dann warf er seinen Kopf in einer seltsam anmutenden Geste hoch. »Und ihr...? Wer seid ihr?«

Ronin sagte es ihm.

»Und natürlich seid ihr bereits Hynd begegnet«, lachte er daraufhin. »Meinem Freund und Beschützer.«

Das Tier hustete erneut, und Ronin sah die scharfen Reißzähne einen Augenblick lang sehr deutlich. Der kleine Mann kratzte sich am rechten Ohr. »Freunde!« stieß er impulsiv aus. »Freunde!«

»Du nimmst eine ganze Menge als selbstverständlich an«, meinte G'fand. Ronin steckte sein Schwert in die Scheide zurück.

Bonneduce der Letzte hob seine buschigen Augenbrauen. »Ist das so? Ihr kommt von da oben.« Er machte eine Handbewegung. »Ihr habt keinen Grund, mir Böses zu wollen. Ganz im Gegenteil.«

»Huh!« knurrte G'fand. »Man sieht, daß du bisher nicht das zweifelhafte Vergnügen hattest, unseren Sicherheits-Daggam zu begegnen.«

»Woher weißt du, daß wir aus dem Freibesitz kommen?« fragte Ronin sanft.

»Die Knochen haben es mir gesagt«, antwortete der kleine Mann, den Kopf leicht geneigt haltend.

»Die – *was?*« Auch G'fand steckte nun seine Klinge in die Scheide.

Bonneduce der Letzte schien ihn nicht gehört zu haben. Er hob beide Hände, eine bedauernde Geste. »Ah, ich habe meine Manieren vergessen«, meinte er. »Ihr müßt verzeihen, daß ich euch von Hynd empfangen ließ. Aber – man kann nicht vorsichtig genug sein... Nicht in diesen Tagen.« Er seufzte, schritt zur Wand hinüber und rammte die Fackel in eine dafür vorgesehene Halterung in einer geschwärzten metallbeschlagenen Nische.

Ronin registrierte, daß ein Bein des Kleinen kürzer war als das andere. Daher sein seltsam wankender Gang.

»Früher war das anders«, fuhre Bonneduce fort. »Meine Güte, ja. Da konnte man auf den Pfaden gehen, ohne einen Schutz zu benötigen.« Er drehte sich ihnen wieder zu. »Aber das ist lange her... Sehr lange.« Er schüttelte den Kopf. »Vor den Dunklen Zonen. Aber jetzt –« Resigniert hob er seine Schultern. »Nun, die Zeiten ändern sich und bringen ihr eigenes Geschick.«

Er winkte ihnen. »Aber kommt näher, Freunde. Macht es euch bequem. Ich weiß, daß ihr einen weiten, beschwerlichen Weg hinter euch gebracht habt. Und bitte – sorgt euch nicht wegen Hynd.« Er tätschelte die Schnauze des Tieres, und es legte sich mit einem zufriedenen Grollen nieder. »Seht ihr... Jetzt kennt er euch – euren Geruch – und er wird euch nichts tun.«

Während Bonneduce die Eingangstür schloß, setzten sich Ronin und G'fand in weite, bequeme Sessel.

»Ich werde euch etwas zu essen bringen. Und Wein.« Bonneduce lachte und humpelte davon.

Ronin sah sich um. Die dunkel getäfelten Wände, die hohen, mit kunstvollem Schnitzwerk versehenen Schränke, der große, steinerne Kamin, in dem wohlriechendes schwarzes Holz aufgetürmt war, umgeben von weißer Asche, die massiven Plüschsessel, in denen sie sich zurücklehnten – alles strömte Alter aus und eine einmalige Art von... Würde.

Hynd hatte seinen langen Schwanz auf die Vorderpfoten niedergelegt und schien eingeschlafen zu sein.

Irgendwo in den Tiefen des Gebäudes kam leises, exaktes Ticken.

G'fand erhob sich und schritt unruhig ab und ab, hierhin und dorthin, berührte Gegenstände aus nicht reflektierendem Metall und poliertem Stein, begutachtete und bestaunte sie. Sein Gesicht war finster. Besorgnis zeichnete sich darin ab.

Ronin sah ihn an. »Was bedrückt dich?«

Zerstreut strich G'fand über das Holz der Wand.

»Ich schäme mich, es dir zu sagen. Ich – ich weiß nicht. Du hast mir davon erzählt, was der Zaubermann sagte... Davon, daß es auf der Oberfläche Menschen gibt, Menschen, die auf dem Planeten leben, nicht im Freibesitz. Weißt du, wenn man das ganze Leben lang gesagt bekommt, daß eine ganz bestimmte Sache wahr sei, wenn man daran glaubt, obwohl man nicht glauben will... Oh, verdammt, es ergibt keinen Sinn.« Er wandte sich Ronin zu. »Aber jetzt, da wir tatsächlich ein anderes Lebewesen getroffen haben, ich –« Rasch blickte er zu dem schlafenden Tier hinüber. »Können wir ihm vertrauen? Was meinst du?«

»Zieh den Sessel näher zu mir heran, und setz dich!« sagte Ronin leise. »So, und jetzt hör mir genau zu. Alles, was wir hier unten entdeckt haben, ist – unglaublich, fantastisch, aber es gibt zu viele Verästelungen, als daß ich in der Lage wäre, schockiert zu sein. Es stimmt: Wir wissen buchstäblich nichts über diesen Mann... Wir wissen nicht, wer er ist, woher er kommt. Obwohl feststehen dürfte, daß er nicht von hier stammt. Allerdings scheint er mit der Stadt vertraut. Aber das hat nichts zu sagen.

Ich bin hier, weil ich eine ganz bestimmte Schriftrolle finden muß. Der Zaubermann prophezeit mir, daß es nicht einfach sein würde, doch die Kälte soll ihn holen. Er hat mir nicht gesagt, wie schwierig es werden würde. Ich glaube, daß er ganz genau wußte, wieviel er mir sagen durfte, um mein Interesse zu treffen. Diese Stadt hier ist so riesig... Zahllose Zyklen könnten wir hier zubringen, und die Schriftrolle dennoch nicht finden.« Kurz wandte er seinen Kopf, um sicherzugehen, daß sie noch allein waren. »Diese Begegnung mit Bonneduce... Sie kann unbezahlbar sein. Ich weiß, wonach zu suchen ist, wo die Rolle liegt... Vielleicht kann er uns sagen, wie man dorthin kommt. Er –«

Sie hörten ein leises Scharren, und Bonneduce der Letzte kam zurück, ein gewaltiges, an den Rändern fein ziseliertes Silbertablett vor sich tragend, das mit Tellern aus gebranntem Ton, glasiert und glänzend, hölzernen Schalen – allesamt gut beladen – und zwei Weinschläuchen vollgestellt war.

»Das dürfte reichen, euren Hunger zu stillen«, meinte er. »Und wenn nicht – nun, ich habe noch genügend Vorräte da drinnen.« Er stellte das Tablett auf einem niederen Tisch vor ihnen ab.

Während sie hungrig aßen, redete der kleine Mann. Er wandte sich an G'fand. »Ich stelle fest, daß du Hynd gegenüber noch immer argwöhnisch bist. Das möchte ich nicht, daher mag vielleicht eine Erklärung angebracht sein. Siehst du –« Er klopfte auf sein kürzeres Bein. »Ich kann mich nicht so schnell bewegen, – nicht mehr.« Er lachte in sich hinein. »Ich hatte eine Auseinandersetzung mit einem – Wesen, das mich fressen wollte.« Er zog einen Schemel heran und ließ sich darauf nieder. Sein kürzeres Bein pendelte hin und her. »Er hat mir das Leben gerettet.«

»Was war das für ein Wesen?« unterbrach ihn G'fand.

Das Gesicht des kleinen Mannes verfinsterte sich. »Wenn ich euch das sagen würde – ihr würdet es mir nicht glauben.«

»Oh, ich wäre höchst interessiert –«

»Wißt ihr, was er für ein Tier ist?« Er deutete zu Hynd hinüber.

»Zum Teil ein Nagetier«, meinte Ronin.

Bonneduce der Letzte nickte, offenbar erfreut. »Ja, wirklich. Ganz genau. Aber, wie ihr sehen könnt, ist er ein Hybride, eine Kreuzung –«

»– zwischen zwei unterschiedlichen Tierarten«, führte G'fand zu Ende.

Der kleine Mann hob seine Augenbrauen. »Aha, wir haben einen Gelehrten in unserer Mitte«, rief er erfreut aus. »O ja, Hynd ist teilweise Krokodil, ein Wasserlebewesen, das, soviel ich weiß, bereits vor Jahrhunderten ausgestorben ist. Vor euch seht ihr das Ergebnis einer jahrtausendewährenden Veränderung.« Er beugte sich hinab und streichelte sanft über den hornigen Rücken. Hynd bewegte sich leicht. Ein zufriedenes Schnurren quoll über die Kiefer.

»Einst glaubten viele Völker, Krokodile seien Götter«, erklärte er.

G'fand wischte seine Hand ab. »Wirst du uns helfen, Bonneduce? Wir kamen hierher, um —«

»Bitte!« Bonneduce der Letzte richtete sich auf und erhob beide Hände. »Was auch immer der Zweck eures Kommens sei – es wird warten können. Ihr seid müde. Erholt euch. Ruht euch aus. Dann werden wir reden.«

»Aber wir haben wenig Zeit«, wandte G'fand ein.

Bonneduce glitt von seinem Schemel und humpelte zur Eingangstür. »Zeit...«, sagte er gedehnt. »In dieser Stadt beeilt man sich nicht.« Er schob einen dicken Riegel vor die Tür. »Die Dunkelheit ist gekommen. Sie bringt Dinge in ihren Spuren mit sich – Dinge, denen ihr besser nicht begegnet.« Er drehte sich um und begab sich zur Feuerstelle. »Deshalb seid ihr zuerst Hynd begegnet. Ich wußte von eurem Kommen... Nur, wann genau ihr eintreffen würdet, das lag im Dunkel.« Er kniete sich nieder und entzündete das Feuer. »Die Nacht senkte sich über die Stadt, als ihr ankamt, und ich gehe keine Risiken ein. Nicht in diesen Tagen, jedenfalls. Wenn ihr früher gekommen wärt – dann wärt ihr zuerst mir begegnet.« Die Flammen züngelten hoch, leckten gierig über die Holzscheite, und der Raum erstrahlte in Licht und Wärme.

Ronin spürte, wie er sich entspannte. Eine angenehme Schläfrigkeit ergriff Besitz von ihm.

»Aber die Zeiten haben sich geändert, und Alpträume gehen um in der Welt...«

Ronin, am Rande des Schlafes, wurde wieder wach. »Was meinst du damit?«

Bonneduce stand auf, wandte dem Feuer den Rücken zu und streckte sich. »Bald werde ich euch mehr sagen... Jetzt aber müßt ihr schlafen. Dort drüben, im Schrank, liegen Decken, und hier steht ein Krug Wasser und eine Schüssel. Diese Sessel sind groß und bequem genug, und Hynd bleibt bei euch...« Damit wankte er zur Treppe hinüber. Dann drehte er sich doch noch einmal um. »Am Morgen werden wir über den Grund eures Besuches in dieser Stadt sprechen, und ich werde euch behilflich sein, so gut ich kann.« Er nickte ihnen zu.

Ronin sah ihm nach, bis er im oberen Stockwerk des Hauses verschwunden war.

»Was meinst du?« fragte G'fand, während er den Schrank öffnete und zwei feingewebte Decken herauszog.

Ronin beugte sich über die Schüssel und begann, sich zu waschen. »Es bleibt uns kaum eine Wahl«, meinte er und zuckte seine Schultern. »Dies hier scheint jedenfalls ein sicherer Ort zu sein. Vielleicht hätten wir auf – auf uns selbst gestellt – keinen gefunden.«

Er zog Hemd und Harnisch aus. Dann versuchte er, das Hemd von dem eingetrockneten Blut zu säubern.

»Ich glaube nicht, daß er uns Böses will. Gleichwohl, was man von dem Tier denken könnte. Er hat recht: am besten, wir versuchen, zu schlafen. Der Morgen wird auf jeden Fall auch ohne unser Zutun kommen.«

Irgend etwas griff hinab in das Dunkel des Schlafes und zerrte ihn in die Wirklichkeit zurück. Zuerst glaubte er, ein Geräusch gehört zu haben, und er ruckte hoch, völlig wach. Das ruhige, klangvolle Ticken, das sanfte Zusammenbrechen zu Asche gewordener Scheite im Kamin. Nichts weiter.

G'fand schlief friedlich weiter. Ronin sah nach Hynd. Das Tier starrte aufmerksam zur Eingangstür, als könne es hindurchsehen. Ein leises Grollen stieg aus den Tiefen seines Körpers.

Ronin wischte die Decke von sich. Mit einem kaum wahrnehmbaren Laut glitt sie zu Boden. Hynds Ohren spielten, aber er wandte seinen Blick nicht von der Tür. Ronin umfaßte seinen Schwertgriff und stand bewegungslos neben der Tür. Er strengte seine Ohren an, konnte jedoch nichts hören.

Nach einer Weile entspannte sich Hynd, seine Ohren zuckten zweimal, dann senkte er seinen unheimlichen Schädel, schloß die Augen – und schien wieder eingeschlafen. Ronin stieß seinen Atem aus.

Sein Hemd war noch feucht, aber er legte den Harnisch an und ging zurück in die Tiefen des Raumes. Das Ticken interessierte ihn, und er suchte nach seinem Ursprung. Als er jedoch am Fuß der Treppe vorbeikam, hörte er oben ein winziges Geräusch. Er blieb stehen. Seltsamerweise war es deutlich zu hören gewesen. Er machte kehrt und stieg leise die Stufen hinauf.

Oben schlossen sich zwei Räume an, beide von etwa gleicher Größe, beide über den quadratischen Flur erreichbar. Licht tanzte in dem Raum zu Ronins Linker, und er näherte sich, blickte hinein.

Bonneduce der Letzte kniete auf einem mit komplizierten und eigentümlichen Mustern übersäten Teppich und wandte ihm den Rücken zu. »Komm herein, Ronin, komm herein«, sagte er, ohne sich umzudrehen.

Ronin folgte der Aufforderung und kniete neben ihm auf dem Boden nieder. Der kleine Mann hielt mehrere kleine, längliche Gegenstände in seinen Händen und schüttelte sie leicht.

»Du hast mich gehört?« erkundigte sich Ronin.

»Ich wußte, daß du die Geräusche hören würdest.«

Und er öffnete seine Hände, und die weißen Formen purzelten auf den nackten Boden. Es waren Knochen. Insgesamt sieben. Schriftzeichen waren eingeritzt. Bonneduce begutachtete sie aufmerksam. Dann sammelte er sie wieder ein und schüttelte sie ein zweites Mal. Ronin hörte, wie sie gegeneinander klapperten.

»Ich glaube, vorhin war etwas unten, an der Tür«, meinte er leise. »Hynd wurde aufmerksam.«

Der kleine Mann nickte. »Ich zweifle nicht daran. Sein Gehör ist recht scharf.« Erneut schleuderte er die Stücke über den Boden.

»Das sind die Knochen«, flüsterte Ronin.

Bonneduce der Letzte betrachtete sie mit seinen grünen Augen, sagte jedoch nichts, bis er sie wieder aufgesammelt hatte.

»Die Knochen, ja«, meinte er gedankenabwesend. »Ich werfe die Knochen«, Traurigkeit verschleierte seine Augen, und gleichzeitig erschien in ihren Tiefen ein furchtbares Licht, ein Licht, das die Qual zahlloser Generationen signalisierte.

»Es ist meine Bestimmung, weißt du«, sagte er leise. Wieder rollten die Knochen über den Boden. Ihr leises Klappern schien jetzt von quälenden Andeutungen widerzuhallen. Er sammelte sie zusammen.

»Sie sind so alt, daß es nicht einmal mir selbst möglich war, ihre Herkunft sicher festzustellen. Sie wurden benutzt und von Generation zu Generation weitergegeben. Man sagt, sie seien aus Elfenbeinzähnen des Riesenkrokodils geschnitten worden... Eines gottähnlichen Wesens, von dem man glaubte, es habe in einem bestimmten Tal gelebt, an den Ufern eines breiten, schlammigen Flusses.« Er zuckte mit den Schultern. »Es könnte stimmen. Sie sind tatsächlich aus einem einzigen Stück Elfenbein geschnitten.«

Sehr leise sagte Ronin: »Und was sagen sie dir?«

Bonneduce der Letzte schüttelte sie in seiner Faust, während er Ronin einen raschen Seitenblick zuwarf. »Nun, ich sollte meinen, das wäre offensichtlich«, antwortete er. »Ich sehe, was kommen wird...«

Die Knochen rasselten in seiner Hand.

»Natürlich können sie mir nicht alles sagen, und häufig ist mir der Ausgang jener Ereignisse, die mich am meisten interessieren, zu sehen versagt. Manche Ereignisse sind klar, deutlich, andere wiederum lediglich vage Schatten... Aber ich werfe sie trotzdem immer wieder. Wie gesagt: es ist meine Bestimmung.«

Bedrückend langes Schweigen senkte sich zwischen sie, nachdem er die Knochen erneut geworfen hatte. Und dann sprach Bonneduce das erste Mal, während sie noch auf dem Boden ausgebreitet lagen.

»Sie sprechen über dich«, sagte er langsam.

Einen Augenblick lang spürte Ronin ein irrationales Frösteln. »Unsinn«, sagte er. »Es ist Unsinn. Ich will es nicht hören.«

Der kleine Mann starrte auf die Elfenbeinstückchen. »Du fürchtest es nicht«, sagte er einfach. »Warum also?«

Er stellte die Frage derart unschuldig, daß Ronin einen Moment lang verblüfft war. Dann kribbelte es wieder in ihm. »Ich weiß es nicht.« Seine Hand fuhr an den glänzenden Griff seines Schwertes.

»Du fürchtest den Tod nicht«, stellte Bonneduce mit eigenartiger Stimme fest. »Das ist gut, Ronin, denn bald wirst du seine Unbeständigkeit begreifen... Doch tief in deinem Herzen schwelt eine Furcht, die du –«

»Genug!« rief Ronin, taumelte auf die Füße und trat nach den Elfenbeinstückchen. Sie wirbelten über den Boden.

Bonneduce der Letzte bewegte sich nicht. Schweigend starrte er zu Boden.

Ronin verließ den Raum. Ärger pulste in ihm.

Bonneduce verharrte in seiner knienden Stellung,

drehte sich nicht nach Ronin um. Er hörte ihn, wie er die Treppe hinunterstieg.

Schließlich entrang sich ein tiefer Seufzer seiner Brust, und er erhob sich, um die überall liegenden Knochenstückchen einzusammeln. Stück für Stück hob er sie auf, bis er sie alle in seiner Handfläche liegen hatte. Noch nie hatten sie sich so schwer angefühlt, und er umklammerte sie, bis seine Knöchel so weiß hervortraten und glänzten wie das Elfenbein.

Dann blieb er bewegungslos stehen, nachdenklich, zögernd, als hoffe er, eine Wahl treffen zu dürfen. Er schüttelte den Kopf. Langsam kehrte er zu seinem Teppich mit den komplizierten und eigenartigen Mustern zurück. Er kniete darauf nieder. Sehr langsam und konzentriert warf er die Knochen aus und las in ihrer Konfiguration. Er wischte den klebrigen Schweiß von seiner Handfläche, sammelte die Knochen auf, hastig, als wolle er nun keine Zeit mehr verlieren, und warf sie noch sechsmal.

Das Ergebnis blieb das gleiche. Es gab keinen Zweifel. Siebenmal hatte er die Knochen geworfen, und siebenmal hatten sie ihm die gleichen Ereignisse gezeigt...

Unwillkürlich fröstelte er.

Goldenes Licht strömte zu Boden, die schräg einfallenden Strahlenbündel von den ringsum aufragenden, reich geschmückten Bauwerken unterbrochen, zerrissen, gestreut. Die Gasse war schmal und beengt und geheimnisvoll, wie sie ihren Mäanderweg durch das verwirrende Labyrinth der Stadt der tausend Pfade schlängelte.

Staubpartikelchen tanzten im bleichen Licht, und das Schweigen war von einer Dichte, das er jetzt dankbar genoß. Er hatte Bonneduces Haus verlassen. Er hatte G'fand nicht geweckt. Ohne Hynds neugierige Blicke zu beachten, hatte er die Tür entriegelt und geöffnet. Tief durchatmend war er ins Freie getreten und rasch und ziellos davongegangen. Jetzt konnte er das Gebäude nicht mehr sehen, und er hielt an und setzte sich auf ein altes, staubbedecktes Holzfaß, das vor dem geöffneten Eingang eines Ladengeschäftes aufgestellt war. Über ihm schwang ein Schild an einer schwarzen Stange. Die Schriftzeichen waren abgeblättert.

Ronin zog ein Bein bis zu seiner Brust hoch, während er das andere hängen ließ. Leise schlug der Absatz gegen das Holz. Ein dumpfes Geräusch. Ronin schloß seine Augen und lehnte seinen Kopf zurück, gegen das Ladenfenster, das in viele kleine Scheiben unterteilt war. Er versuchte, zu ergründen, warum er Bonneduce davon abgehalten hatte zu sprechen, aber er fand keine gute Antwort darauf.

Er dachte: *Wenigstens sollte ich neugierig sein. Er war es. Aber –*

»Wo steckt er?«

G'fand sah auf und warf den Knochen von der gestrigen Mahlzeit, den er abgenagt hatte, zu den anderen Essensresten. Sie waren nicht abgeräumt worden. Er wischte sich die Lippen am Ärmelrücken ab und zuckte mit den Schultern. »Ich bin gerade erst aufgewacht. Ich dachte, er wäre oben.«

Bonneduce stieg die Stufen hinunter und sah, daß der Riegel von der Tür entfernt war. »Also hält er sich draußen auf«, meinte er halblaut. Dann machte er sich daran, die Teller einzusammeln.

»Bist du dir sicher?« fragte G'fand. Er erhob sich, legte die Hände ins Kreuz und streckte sich.

»Oh, vollkommen. Hynd wird auf ihn aufpassen.«

G'fand runzelte die Stirn. »Was heißt das?«

Die Stimme des kleinen Mannes kam aus den hinteren Räumlichkeiten des Hauses. »Ich denke, daß er unterwegs ist, sich ein Frühstück zu fangen. Und er wird deinen Freund im Auge behalten.«

G'fand schritt ruhelos im Raum umher, bis der kleine Mann zurückkehrte und einen neuen Weinbeutel brachte.

»Du scheinst recht vertraut mit dieser Stadt.« Mit seiner Handkante deutete er zum Fenster hin und drehte sich um. »Es ist die Stadt der zehntausend Pfade, wie Ronin sagte.«

Bonneduce der Letzte schenkte G'fands Becher voll. »In der Tat«, sagte er, ohne zu zögern.

Der Gelehrte durchquerte den Raum und blickte aus dem Fenster. Staub trübte seine Sicht. Er wischte eine der vielen kleinen Bleiglasscheiben mit seinem Ärmel sauber, aber das half wenig. Das Glas schien mit Schmutz *durchsetzt*, wie die Pflastersteine.

»Sie ist alt.« Seine Stimme war fast ein Flüstern, so leise wie eine fallende Träne. »Und doch weißt du alles über sie.«

Bonneduce der Letzte legte den Weinschlauch auf den niederen Tisch vor sich. »Ich weiß *vieles*«, berichtigte er. *Vielleicht zu viel*, dachte er.

»Dann sag mir«, verlangte G'fand mit großer Bitterkeit, »sag mir, wie wir uns aus diesem Volk entwickeln konnten? Aus einem Volk, das diese Wunder zu schaffen imstande war!«

»Du bist ein Gelehrter, nicht wahr?«

G'fands Augen flammten kurz auf, aber in seiner Stimme schwang ein Hauch von Verzweiflung. »Jetzt machst du dich über mich lustig.«

Der kleine Mann kam mit seiner eigenartigen Gangart zu ihm herüber. Er schien echt bekümmert. »Nein, nein, mein Junge, das darfst du nicht denken«, beteuerte er. Er berührte G'fands Schulter und bedeutete ihm, sich zu setzen. Sie gingen zu den Sesseln zurück, die im Zentrum des Raumes standen, und ließen sich nieder. Mechanisch griff G'fand nach dem Weinbecher.

»Nein, weißt du, ich wollte sicher sein.«

Der Gelehrte sah auf. »Wessen?«

»Ob du es wirklich nicht weißt.«

»Ich hätte lügen können«, meinte G'fand mit leichtem Unwillen.

Das Gesicht des kleinen Mannes bekam Falten, als er lachte. »Ich glaube nicht.«

Schließlich erlaubte sich G'fand, einen Moment lang zu lächeln. »Du wirst es mir also sagen?«

Bloß ein Junge, dachte Bonneduce der Letzte. Und laut sagte er: »Ja.«

Er setzte sich G'fand gegenüber in den Sessel. Die hohe Lehne überragte ihn. Ein ulkiger Anblick. Er legte seine Knöchel übereinander und rieb sich den Oberschenkel seines verstümmelten Beines.

»Als die Zeit gekommen war«, begann er ruhig, »die Erdoberfläche zu verlassen, als es keine andere Möglichkeit mehr gab – außer unterzugehen, was übrigens das Schicksal vieler war –, hießen die Befehlshaber jener Staaten- und Nationenüberbleibsel die führenden Persönlichkeiten ihrer Kulturen an die Arbeit zu gehen, sich dem gewaltigen Projekt zu widmen, im Bauch des Planeten eine neue Heimat zu schaffen.«

Die Stimme des kleinen Mannes, die trotz ihrer Sanftheit eine gewaltige Kraft innehatte, schien G'fand förmlich zu lähmen. Er erschrak, als sie unvermittelt schwieg. Bonneduce der Letzte neigte seinen Kopf, als lausche er einem fernen Geräusch. G'fand lauschte ebenfalls, aber er konnte nur das dunkle, klangvolle Ticken aus den Tiefen des Hauses hören.

Nach einer Weile fuhr der kleine Mann fort. »Die Weisen und die Männer der Wissenschaft – Zaubermänner nennt ihr sie, soviel ich weiß – waren zu jener Zeit in steter Fehde gegeneinander, da sich – wie ich annehme – die

Grundlagen ihrer Arbeit diametral gegenüberstanden. Zur Zeit der Stadtgründung hielten die Weisen die Oberhand, und so schufen sie mit der erzwungenen Hilfe der Männer der Wissenschaft das gewaltige Projekt. Die Stadt der zehntausend Pfade.« Bonneduce seufzte, und seine außergewöhnlichen Smaragdaugen schienen vorübergehend nach innen zu blicken. »Es hätte der Anfang von fantastischen Träumen sein können. Hier unten gab es Platz genug für alle. Vielleicht bemühten sie sich nicht darum, wer weiß?«

Er stand plötzlich auf und ging zu einer Glasvitrine hinüber, die an der gegenüberliegenden Wand stand, und öffnete sie. Als er zurückkam, hielt er zwei Stücke aus stumpfem Metall in seinen Händen. Lässig warf er sie zu G'fand hinüber, der sie instinktiv auffing.

»Drücke sie zusammen«, wies Bonneduce an.

Und obwohl die Stücke identisch schienen, vermochte sie der Gelehrte nur gewaltsam zusammenzuhalten. Sie stießen sich auf natürliche Art und Weise ab.

Bonneduce der Letzte setzte sich wieder. »So wie dieses Metall, genauso stießen sich die verschiedenen Cliquen ab. Nach und nach verloren die Weisen die Kontrolle über die Stadt. Dementsprechend gewannen die Männer der Wissenschaft an Einfluß. Schlußendlich wollten sie mit der Stadt, die ihre Vorväter zwangsweise zu errichten geholfen hatten, nichts mehr zu schaffen haben, und so führten sie jene, die ihnen zu folgen bereit waren – eine beträchtliche Zahl – hinauf in den jungfräulichen Fels über der Stadt, denn er war sagenhaft reich an Erzen und Metallen, die sie brauchten, und weil es leichter war, die Stadt von oben her abzuriegeln. So entstand der Freibesitz. Und jetzt, nach all diesen Jahren...« Er zuckte vielsagend mit den Schultern.

Lange Zeit herrschte gedämpftes Schweigen zwischen ihnen, schwer und glanzlos, beladen mit den Gedanken an versunkene Geschichte und vergessene Gesichter.

Unwillkürlich fröstelte G'fand und stand auf. Er ließ die Metallstücke auf dem Tisch zurück. Mehrmals schien er etwas sagen zu wollen, und jedesmal überlegte er es sich anders. Schließlich sprach er doch, mit erstickt klingender Stimme, als fiele es ihm unsagbar schwer: »Man lehrt uns, daß auf der Erdoberfläche niemand leben kann. Sie sagen, die Elemente ließen es nicht zu.«

Der kleine Mann, der ihn beobachtet hatte, lächelte freudlos. »So, so, sagen sie das. Nun, es kommt darauf an, wo man lebt.« Er durchquerte den Raum, und legte die Metallstücke in die Vitrine zurück. »Jeden Tag dringt das Eis weiter vor...«

G'fand starrte ihn an, sein Herz hämmerte. »Dann ist es also wahr. Es gibt wirklich Menschen auf der Oberfläche!«

»Natürlich. Hast du etwa gedacht, ich lebe hier unten? Ich muß von Zeit zu Zeit runterkommen –«

»Und warum bist du dieses Mal gekommen?«

»Um gewisse Leute zu treffen.«

G'fand lehnte sich vor. »Wen?«

Bonneduce der Letzte schwieg.

Der Gelehrte stieß einen winzigen Laut aus, als hätte ihn ein Schlag in den Magen getroffen, und er ließ sich in seinen Sessel zurücksinken. »Ich will es nicht wissen«, versicherte er plötzlich. Seine Lippen bewegten sich kaum, es schien, als spreche er zu sich selbst.

Bonneduce hielt sich unbeweglich wie eine Statue, seine Augen im Schatten unter den buschigen Brauen verloren.

»Wie sieht es da oben aus?« Wie wattiger Rauch schwebte diese Frage in der Luft, und ganz plötzlich war ihm die Antwort darauf unsagbar wichtig.

»Vielleicht wirst du es dir bald selbst ansehen können«, erwiderte der kleine Mann, und er wußte, daß diese Antwort nicht genügte.

G'fand wirbelte herum, baute sich vor ihm auf, und sagte voll Schmerz: »Ich muß es *jetzt* wissen!«

»Dies ist eine schlimme Zeit«, meinte Bonneduce. »Ich bin schon lange nicht mehr in der Stadt der zehntausend Pfade gewesen. Während meiner Abwesenheit sind viele Dinge gestorben, und viele neu erstanden. Böse Dinge.« Er wiegte seinen Kopf.

G'fand kniete sich vor ihm nieder. »Versteh doch! Ich will ein paar Antworten von dir. Ist das wirklich zuviel verlangt?«

Bonneduce starrte ihn eine Zeitlang an, und es schimmerte eine Traurigkeit in seinen Augen, die der Gelehrte nicht verstand. Er sah plötzlich älter aus. Um sie herum – das Ticken... wie eine ständige Ermahnung.

Schließlich sagte der kleine Mann: »Ich werde dir deine Fragen beantworten, wenn ich kann.«

G'fand nickte. »Was machst du also hier?«

Er spreizte seine Finger. »Das werde ich erst erfahren, nachdem es getan ist.«

Das Gesicht des Gelehrten verzerrte sich. »Du hältst mich zum Narren!«

»Glaube mir – das tue ich nicht. Ich sage dir die Wahrheit.«

»Schon gut. Angenommen, ich könnte das glauben... Vielleicht ist alles möglich. Ich fange an, das zu glauben. Sag mir – wer bist du?«

»Das willst du nicht wissen.«

G'fands Verärgerung wuchs. »Gerade habe ich dich gefragt, oder nicht?«

Die Traurigkeit verschleierte wieder Bonneduces Blick. »Ja«, murmelte er sehr leise, »ja, du hast mich gefragt.«

Ronin riß seine Augen auf. Er saß sehr still, atmete noch einmal ein, um sich der Richtung zu vergewissern. Der scharfe Geruch kam von hinten... Aus dem Innern des Ladengeschäftes!

Langsam senkte sich sein Bein zu Boden. Jetzt war eine Bewegung zu hören, verstohlen und schwer auszumachen.

Ronin glitt vom Faß, zog sein Schwert und federte auf die Tür zu. Schlurfen. Dann Kratzen und unterdrücktes Keuchen. Ronin stürmte hinein.

Es war kühl und dunkel. Er brauchte einen Moment, sich daran zu gewöhnen, und er wußte, daß er einen Fehler gemacht hatte. Es war dumm gewesen, einfach hineinzustürmen. Weil jede Kreatur, die schlau genug war, sofort angegriffen hätte.

Aber es geschah nichts.

Ein schweres Knacken zerfetzte die Stille, wie von einem Holzbrett, das gespalten worden war, und dann ein kurzer, unmenschlicher Schrei. Ronin bewegte sich vorsichtig zwischen großen Holzfässern hindurch. Wein? Er wischte Spinnweben von seinem Gesicht.

Direkt vor sich hörte er ein Grollen. Er duckte sich, die Klinge stoßbereit in der Faust.

Da sah er die rotglühenden Augen, die lange Schnauze. Das Maul klaffte plötzlich auf, einem absurden Grinsen seltsam ähnlich. Die langen Reißzähne schimmerten dunkel, naß.

Hynd trottete zu ihm heran und hustete wieder, leise. Hinter ihm, in der Düsternis, lag die verdrehte Masse eines aufgerissenen Kadavers. Ronin streckte eine Hand aus, berührte versuchsweise das weiche Fell auf Hynds Schnauze.

Dann begaben sie sich auf die Gasse hinaus und ins Licht, und Ronin sah das Blut, das aus der langen Schnauze tropfte.

»Nun«, sagte er lakonisch, als er neben der Kreatur über die licht- und schattengesprenkelten Pflastersteine ging, »ich nehme an, du hast dich sattgefressen.«

Mehr als einen Zeitabschnitt lang folgten sie der kleinen Gasse, die sich durch die Stadt schlängelte. Hin und wieder dunkel, dann wieder von Helligkeit überflutet, führten links und rechts schmale Wege ab – oft in eigentümlichen Winkeln. Dann säumten plötzlich massive Mauern ihren Weg, ununterbrochen, fenster- und türenlos. Lange, schmale Balkone, das Mauerwerk mit geriffelten Schnörkeln versehen, wuchsen hoch oben hervor, und folglich war das spärliche Licht dünn und blaß.

Das Mauerwerk war nachlässig vergipst worden, hier und da war der Belag abgeblättert, nahe dem Boden farblos geworden.

Die Gasse verlief nun ziemlich gerade, was das Unbehagen der beiden Gefährten nur steigerte. Sollten sie feindseligem Leben begegnen – und Bonneduce der Letzte hatte ihnen ja mehrmals versichert, daß diese Stadt davon förmlich überquoll –, so bot sich hier kaum eine Deckung und lediglich ein Rückzugsweg.

Doch nichts und niemand näherte sich ihnen. Unbehelligt gingen sie ihres Weges. Dann kamen sie wieder an mündenden Seitenstraßen vorbei. Irgendwann erreichten sie die Stelle, an der sich die Gasse gabelte.

»Schriftrollen?« hatte Bonneduce gesagt, nachdem sie ihm den Grund ihres Hierseins dargelegt hatten. »In den verschiedenen Bezirken der Stadt sind unzählige Schriftrollen untergebracht.«

Ronin hatte den Stoffetzen hervorgeholt. »Ja, das ist mir klar. Aber vielleicht mag uns dies hier helfen...« Er reichte ihn dem kleinen Mann und wies mit einem Finger auf die Zeichen, die der Zaubermann geschrieben hatte.

Bonneduce nickte, wie zu sich selbst, und Ronin glaubte fast, ihn sagen zu hören: »Jetzt ist es klar, ja.« Aber er konnte sich nicht sicher sein.

»Mir wurde gesagt«, meinte er, »daß es ein Privatgebäude sei. Keine Bibliothek.«

»Ganz recht«, nickte Bonneduce.

»Du kennst die Rolle?« fragte G'fand.

»Nein, nein. Aber ich erkenne die Art der Zeichen. Sie kann eigentlich nur von Ama-no-mori stammen, einem Eiland, über das ich sehr wenig weiß. Ich bezweifle, daß überhaupt jemand etwas davon weiß...«

»Dann stammt sie nicht von hier«, räumte Ronin ein.

»Tja... Ja und nein. Die Stadt der zehntausend Pfade lockte dereinst Abgesandte aus vielen Ländern und Städten an. Ama-no-mori, die schwimmende Welt, entsandte einen großen Magus, dor-Sefrith, der in einem ganz bestimmten Teil der Stadt ein Haus aus glasierten, grünen Ziegelsteinen bauen ließ. In diesem Haus, glaube ich, werdet ihr die Schriftrolle finden. Wenn ihr dorthin gelangen könnt...«

Das dreieckige Gebäude direkt vor ihnen machte die Gabelung des Weges nötig. Rechter Hand gewahrten die Gefährten eine breite Straße, die jedoch ziemlich unpassierbar schien. Schutt und Trümmer häuften sich dort.

Staubiges Licht sprenkelte die uralten Pflastersteine, und in dem so entstehenden Nebel schienen die Schatten zu schwanken und zu wanken.

Linker Hand warfen hohe, mit Arabesken reich verzierte Gebäudefassaden tiefe Schatten, soweit man sehen konnte.

Ronin und G'fand wandten sich nach links, und in diesem Augenblick erinnerte sich Ronin daran, was ihnen der kleine Mann zum Abschied gesagt hatte: »Ich werde euch den Weg beschreiben, und ich muß euch warnen. Ihr werdet eine Dunkle Zone durchqueren müssen... Sie kann nicht umgangen werden, wenn ihr bis zum Einbruch der Nacht zurückgekehrt sein wollt. Und – ihr *müßt* bis zum Einbruch der Nacht zurückkehren, ist das klar? Zu viele Dinge schleichen nachts durch die Straßen der Stadt, zu viele! Haltet euch an den von mir beschriebenen Weg – und verliert keine unnötige Zeit. Denkt daran: Schnelligkeit ist das Wichtigste... Schnelligkeit deshalb, weil sich die Stadt unablässig verändert. Ich hoffe, daß ihr damit durchkommt...«

Die Pflastersteine waren kühl. Ronin und G'fand fröstelten. Steinerne Wesenheiten, grotesk und fantastisch anzusehen, schielten lüstern von Simsen und Vorsprüngen auf sie herunter.

»Ach, wie ich mir wünsche, mehr Zeit zur Verfügung zu haben«, jammerte G'fand, während er sich nicht sattsehen konnte, seine Umwelt förmlich in sich hineintrank. »Es gibt so viel zu sehen, so viel zu lernen...«

»Du weißt, daß wir uns nicht aufhalten können.«

»Ja, ich weiß es.« Traurig nickte er. »Bonneduce hat recht. Überall lauert Gefahr...«

Ronin sah ihn an, kurz davor, zu sagen, was seine Meinung über den kleinen Mann geändert hatte, als er das Raunen vernahm. Er versteifte sich, lauschte.

Noch vor einem Sekundenbruchteil war das Schweigen schwerfällig an den Wänden der hohen Gebäude entlang zu Boden geronnen, hatte das leise Knarren ihrer ledernen Ausrüstung gedämpft, das helle Klirren von Metall auf Metall... Und jetzt – jetzt war es, als hörten sie durch irgendeinen düsteren Zauber die vereinten Stimmen einer Menschenmenge...

Das Gemurmel brandete gegen sie, wie Wellen, die sich an einem einsamen Strand brachen, die einzelnen Worte waren unverständlich, unbestimmbar... Einzelne Obertöne waren deutlich hörbar. Dennoch – eine seltsame Überwirklichkeit schien sie zu umfangen. Sie sahen sich nach allen Richtungen um, doch nirgends in der Dunkelheit war eine Bewegung auszumachen. Nirgends war eine Tür, ein Fenster. Die schmalen Balkone waren leer.

»Was – was ist das?« fragte G'fand.

Ronin sagte: »Wir sind in eine Dunkle Zone geraten.« Seine Hand legte sich auf den Griff der Klinge.

Sie gingen weiter, und nach wie vor glotzten Steinstatuen auf sie herunter, die Lippen zurückgezogen, scharfe Zähne entblößt, und das Meer des Raunens brodelte um sie herum, an Lautstärke zunehmend.

Gebäude lehnte sich an Gebäude, die Fassaden überreich mit Schnitzwerk verziert – und doch schienen sie irgendwie porös, als würden sie jeden Augenblick nachgeben, ihre nackten Skelette den Menschen preisgeben.

Je weiter sie kamen, desto mehr Fensteröffnungen gähnten in den Mauern. In ihrer Anordnung gab es keinerlei Regelmäßigkeit. In einer chaotischen Überfülle drängten sie sich zueinander, manche nur Zentimeter voneinander getrennt, andere in willkürlicher Wucherung überlagernd.

Oft glaubten Ronin und G'fand am äußersten Rand ihres Blickfelds Bewegungen wahrzunehmen, doch jedesmal, wenn sie konzentriert hinsahen, waren sie verschwunden, wie weggezaubert. G'fand wurde nervös.

Und das Murmeln und Raunen setzte sich rings um sie her fort. Das Gefühl, beobachtet zu werden, wurde bedrückender. Dann fiel Ronin auf, daß es in der Klangfolge einen Rhythmus gab und, darüber hinaus, eine Melodie.

Sie eilten weiter, nun fast im Trab, das Klirren von Metall auf Metall ging im rhythmisch peitschenden Geräuschchaos beinahe unter. *Ein Choral*, dachte Ronin. *Es hört sich an wie ein Choral.*

Er sagte es G'fand. Trotz seines zunehmenden Unbehagens hielt er sich tapfer. Er nickte beipflichtend zu Ronins Worten. Aber, so erklärte er, über einen derartigen Singsang habe er niemals etwas gelesen.

Die Worte, lange, scheinbar bedeutungslose Silben, ließen sie frösteln. Und, als wäre eines die Ursache des anderen – wurden die Schatten tiefer, und ein kalter Wind fauchte durch die Straße.

Der Singsang war lauter geworden – schwoll beständig an, wie eine mächtige Flutwelle, und Ronin erhöhte seine Laufgeschwindigkeit noch mehr, bis er, dicht gefolgt von G'fand, blindlings die Gasse entlanghetzte.

Der Klingenträger in ihm verabscheute diese Flucht. Er war gelehrt worden zu kämpfen, und die logische diesbezügliche Reaktion wäre gewesen, sich umzudrehen und – wie auch immer – zu versuchen, die Quelle des Gesangs ausfindig zu machen, der ihre Sinne zu beeinträchtigen schien.

Sie rannten langsam, zu langsam. Die dunklen Fensterscheiben schienen an ihnen vorbeizukriechen. Die Luft wirkte schwer und zähflüssig und drohte, an ihnen festzukleben. Sie mußten sich ihren Weg durch sie hindurch bahnen. Und während der ganzen Zeit nahte der Gesang, das Geräuschchaos... Nahe – und überrollte sie.

Doch durch die Dunkelheit hindurch, die sich in seinem Geist ausbreitete, erkannte er, daß jedweder Kampf sinnlos war. Zeit, die vergeudet wurde, nichts weiter... In der Tiefe seines Schädels wurde eine Stimme laut, und sie schrie: *»Weiter! Hinaus!«*

Doch sie wurde immer leiser, rapide, bis er sich anstrengen mußte, sie zu hören, sich der Worte zu erinnern, die sie schrie.

Ein- oder zweimal stoppte G'fand keuchend, taumelte auf einen düster gähnenden Hauseingang zu, und Ronin, ohne richtig zu wissen warum, zerrte ihn zurück und brachte ihn dazu, weiterzulaufen.

Aber es war schwer, unheimlich schwer, zu laufen. Die Pflastersteine wurden unvermittelt glitschig, substanzlos... Der Atem hämmerte aus den Lungen der beiden Gefährten. Laufen. Laufen! Schneller! wummerte es in ihnen. Und die Straße erwachte zum Leben, hob und senkte sich, wie ein atmendes Wesen! Hinter ihnen wurde lautes, bösartiges Knurren und Grollen laut, hin und wieder zerfetzt von einem überirdischen Stöhnen. Eine Gänsehaut kroch über die Rücken der beiden Männer. G'fands Augen schienen tränenverschleiert. Die Straße wölbte sich ringsum auf, schloß sie ein. Die Steinkreaturen an den Wänden vermehrten sich, kicherten, geiferten, spuckten, sammelten sich in Scharen auf den überhängenden Simsen.

Und immer noch rannten Ronin und G'fand, jetzt mit verbissener Zielstrebigkeit.

Schreie gellten hinter ihnen her, kamen näher, und der rituelle, fast liturgische Singsang erreichte seinen Höhepunkt. Die Steinwände verwandelten sich, wurden zu einer gummiartigen Masse...

Beide sahen sie das Licht zur gleichen Zeit. Eine Querstraße! Ronin blinzelte, suchte die Verbindung zur Realität im Auge zu behalten, damit seine Füße wußten, wohin es ging. G'fand begann zu schwanken, langsamer zu werden, und Ronin griff blindlings nach ihm, zog ihn vorwärts, dem Licht entgegen. *Warum?* dachte er. Lärmwellen überspülten ihn, und vorübergehend schwand seine Sicht. Dann sagte jemand, der sehr weit entfernt sein mußte, in einem fernen, hellen Land: »Hinaus!«

Und er riß sich vorwärts, ein letzter gewaltiger Sprung, während das Schreien heranbrandete und –

Du mußt es ignorieren! Weiter! Über die zuckenden, bebenden Steine, zum Licht, und...

Plötzlich standen sie auf einer breiten Straße, eine Art Hauptstraße. Licht strömte staubig und golden in ihre Augen. G'fand ließ sich einfach zu Boden fallen. Seine Brust schwoll auf und ab. Ronin drehte sich um, starrte zurück, zu den tiefen Schatten der schmalen Gasse. Nichts schälte sich aus ihnen heraus, und – sein Kopf hob sich – ja, süße Stille senkte sich auf seine schmerzenden Ohren nieder.

Alte Ladengeschäfte säumten beide Seiten der Hauptstraße, die Eingänge offen, die kleinen Fensterscheiben staubig und trübe. Darüber knarrten die Schilder aus verschrammtem Holz und gehämmertem Messing in der warmen Brise. Noch höher, dort, wo man eigentlich Fenster zu sehen erwartete, ragte festes Mauerwerk aus gebrannten Ziegeln und Mörteln auf, in regelmäßigen Abständen von geschickt behauenem Steinwerk unterbrochen.

»Sie sind nicht nur Dekoration.«

»Was?«

Der Gelehrte zeigte hinauf. »Die Reliefs an diesen Wänden. Das ... das sind Schriftzeichen, sehr alt, aber doch –«

»Botschaften?«

»Ihre Geschichte, möglicherweise. Wenn ich nur Zeit hätte –«

Die Hauptstraße bog nach links, und sie folgten ihrem Verlauf in schnellem Tempo. Unvermittelt befanden sie sich am Rande einer weitläufigen Plaza. Hier fiel das Licht ungehindert zu Boden, und G'fands Blicke suchten die Gewölbedecke hoch über ihnen ab, um dessen Quellen zu entdecken. In ihrer unmittelbaren Nähe erhoben sich ausschließlich niedere Gebäude, aber in der Ferne ragten wieder hohe Bauten empor, ihre Silhouetten verschwommen im Dunst.

Als sie auf die Plaza hinaustraten, stellten sie fest, daß sie mit sich abwechselnden Segmenten von tiefbraunem und hellem gelbbraunem Stein gepflastert war. Ersterer war mit Splittern eines Minerals besetzt, das das Licht einfing und in blendenden Pünktchen reflektierte. Die Steine waren in exakt dreieckige Formen geschnitten, deren Spitzen abgetrennt waren, so daß sie eine vierseitige Form bildeten, die an einem Ende breiter war. Am Rande der Plaza waren sie größer. Je weiter Ronin und G'fand jedoch zur Mitte hin kamen, desto kleiner wurden sie.

Mehrere niedrige, breite Bänke aus strukturiertem, sandigem Stein, deren Oberfläche poliert war, waren im Halbkreis um ein gedrungenes, ovales Gebilde gruppiert.

Dankbar ließen sich die Gefährten darauf nieder und ruhten sich eine Zeitlang im schweren, wie geschmolzen wirkenden Licht aus.

Ronin trank einen großen Schluck aus dem Wasserschlauch und nahm etwas zu essen zu sich, ohne es wirklich zu schmecken.

G'fand inspizierte das Oval vor ihnen. Es mochte vielleicht einen Meter hoch sein, ohne Deckel, hohl. G'fand bückte sich, fand ein kleines Schotterstück und ließ es in die Tiefe fallen. Nach langer Zeit hallte ein schwaches Klatschen zu ihm herauf. Ronin erhob sich und ging zu ihm.

»Ein Brunnen«, sagte G'fand. »Aber dem Wasserspiegel nach zu urteilen, war er in letzter Zeit nicht von großem Nutzen.«

In die Brunnenwände – sie bestanden aus demselben sandigen Stein wie die Bänke – waren die gleichen Reliefzeichen eingemeißelt, wie sie sie vorhin an den Häuserfassaden der Hauptstraße gesehen hatten. G'fand setzte sich, um sie besser begutachten zu können.

»Kannst du dir darunter irgend etwas vorstellen?«

Der Gelehrte runzelte die Stirn und starrte konzentriert auf die Zeichen. »Hmm, tja, es ist eine ziemlich komplizierte Sprache – komplizierter als unsere.« Er deutete mit einem Zeigefinger darauf. »Du siehst hier anhand der relativ seltenen Zeichen-Wiederholungen, daß es ungeheuer viele geben muß.« Er schüttelte traurig den Kopf. »Gib mir – sagen wir – zwölf oder vierzehn Signen und die richtigen Texte – obwohl ich annehme, daß ich es auch ohne dieselben schaffen könnte... Wenn ich nur mehr Zeit hätte. Und – ich wäre in der Lage, dies alles hier zu lesen. Jetzt –« Er war nervös, wollte den Brunnenrand nicht verlassen, bis ihn Ronin, der entschied, daß es Zeit war weiterzugehen, ansprach.

Zögernd sah er auf. Er schien etwas sagen zu wollen,

als eine Bewegung hinter Ronin seine Aufmerksamkeit fand. Er winkte Ronin.

Tierartige Gestalten zwischen einer anderen Gruppe von Bänken!

Zuerst glaubte Ronin, die Bestien würden sich in die andere Richtung entfernen, aber im gleichen Augenblick frischte die Brise auf, und er wußte, daß ihnen nun ihre Witterung zugetragen wurde. Wenn die Bestien sie bis jetzt noch nicht bemerkt hatten – bald würden sie es.

Die unheimlichen Wesen glitten unter den Bänken hervor. Zuerst zögernd, dann immer schneller werdend, hechelten sie los... Direkt auf Ronin und G'fand zu.

Es waren fünf, vierbeinig, mit langen Schnauzen, schmutziggelbem Fell, verfilzt und dreckig. Sie krochen näher, und jetzt konnte er Einzelheiten erkennen: lange Vorderläufe, die Hinterläufe kurz und dick, mit gebündelten Muskeln, so daß sie sich hockend vorwärts zu bewegen schienen. Gedrungene Hälse mündeten in breiten, kräftig aussehenden Schulterpartien. Ihre Schnauzen waren nur Maul.

Sie schwärmten zu einem Halbkreis aus. G'fand erhob sich. Jetzt konnte er ihre Augen sehen, heiße, zitronengelbe Kreise, mit winzigen schwarzen Pupillen.

Ronin zog sein Schwert aus der Scheide. »Du übernimmst die rechte Seite.«

Im gleichen Moment lösten sie sich aus der Deckung des Brunnens.

Schwarze Lefzen zogen sich von blutroten Kiefern zurück, enthüllten lange, gekrümmte Reißzähne, geschwärzt, naß von Geifer, in dreifachen Reihen angeordnet. Das Ronin nächste Tier gähnte nervös, wobei seine Kiefer zu einem unmöglichen Winkel aufklappten. Mit einem knackenden Laut schlossen sie sich wieder. Die Bestie glitt näher. Die Augen fixierten ihn in fiebernder Gier.

Ronin machte einen Schritt nach links, zog seinen

Dolch, schnellte ihn mit der Linken vor sich und wandte dem Tier seine Seite zu.

Da griff die Bestie an! Wurde vor seinen Augen zum Schemen – sprang! Aber sie krachte mit ihrer linken Flanke gegen ihn, statt mit den Vorderpranken! Unmöglich! Er stieß mit dem Dolch zu... Jedoch zu spät! Die Bestie war schneller gewesen. Noch bevor Ronin reagieren konnte, sprang ihn ein zweites Tier von vorn an. Es war ein Fehler gewesen, sie als dumme Tiere einzustufen! Spätestens jetzt berichtigte Ronin diesen Denkfehler, und im Augenblick des zweifachen Angriffs spreizte er seine Beine, die Knie leicht gebeugt, um die Wucht des Aufpralls abzufangen. Die seitliche Stellung war bereits ein ungeheurer Vorteil! Seine Linke riß den Dolch nach oben, während die Rechte das doppelschneidige Schwert schwang. Die lange Klinge zertrümmerte den Schädel der ersten Bestie! Beinahe gleichzeitig war das zweite Tier über ihm, größer und massiger als das andere. Vergeblich versuchte er, es von sich zu schleudern! Die Kombination von Körpermasse und Schwung war zuviel! Es landete auf seiner linken Schulter, den Dolch im Leib, heulte und bebte. Ein gewaltiger Schwall heißen, schwarzen Blutes pulste aus der Wunde. Atemlos wirbelte Ronin herum. Unter dem Ansturm taumelnd, versuchte er, den langen, sehnigen Vorderpranken auszuweichen, die nach seinen Augen droschen, sensenähnliche Krallen fetzten durch die Luft, mächtige Kiefer knackten zusammen, Augen rollten.

Ronin riß den Kadaver von seiner Schulter. Da krachte etwas gegen seine Seite. Sein Atem wurde aus dem Körper gedroschen. Fleischfetzen flogen, und er stürzte!

Rechts vom Brunnen stand G'fand zwei Bestien gegenüber. Der Gelehrte war nervös. Beidhändig hielt er sein Schwert. Er täuschte nach rechts, schwang nach links herum und erwischte eine Bestie mitten im Sprung, fetzte deren Brust auf und lenkte so ihren Körper ab. Dann mußte er sein Bestes geben, dem zweiten Tier aus dem Weg zu kommen.

Ronin hatte den Dolch instinktiv losgelassen. Ausgestreckt lag er im schwarzen Blut des verendeten Tieres. Schmerz peitschte durch seine Seite. Wie hatte der Schlag den Harnisch durchdringen können? Er wälzte sich auf den Rücken und sah die Bestie – die dritte – im Begriff, ihn erneut anzufallen! Er mühte sich, auf die Füße zu kommen. Das Tier duckte sich... Ronin erkannte, daß ihm keine Zeit mehr blieb und bündelte seine gesamte Energie in einem mächtigen, zweihändig geführten Hieb. Er hatte nicht die Hebelkraft, die er auf den Füßen stehend gehabt hätte, aber es war ein einziges Abpassen und Schwert- und Armeschwingen, wobei er den Drehpunkt seiner breiten Schultern als Basis der Kraft benutzte. Die Bestie sprang ihn an, kam so nahe heran, daß er – als die gewaltigen Kiefer aufklappten – den warmen Stoß stinkenden Atems spürte... Er hörte das dünne Winseln der Krallen, die vor seinem Kopf durch die Luft fuhren. Er warf sich herum, die Klinge beschrieb einen Bogen... Dann traf sie auf Haut, Fleisch, Knochen...

Ronin beugte den Rumpf nach rechts, nutzte die zusätzliche Hebelwirkung, als die Klinge der Bestie das Rückgrat zerschmetterte. Der Kadaver wirbelte davon. Schwarzes Blut spritzte. Das Tier blieb – zu einem verdrehten Haufen geworden – auf dem Pflaster liegen.

G'fand war seinen beiden Gegnern nicht gewachsen. Gezwungenermaßen ignorierte er die verwundete Bestie und griff die zweite an. Er begriff, daß es ein Fehler gewesen war, als er das Gewicht der ersten auf seinen Rücken krachen fühlte. Er taumelte, ging in die Knie, sein Blick verschwamm.

Aber plötzlich – wie durch ein Wunder – war das Gewicht verschwunden, und er fühlte sich leichter als Luft, federte hoch und zerfetzte mit seiner blutigen Klinge den Hals der vordringenden zweiten Bestie, ohne die Wucht des Prankenschlags gegen seine Schulter zu beachten. Immer und immer wieder schlug er zu. Auch dann noch, als die Kreatur längst aufgehört hatte zu zucken.

Irgendwann gewahrte er den schwachen Druck der Hand auf seiner Schulter. Er drehte sich leicht taumelnd um, sah Ronin über dem Tier stehen, das er verwundet und vergessen hatte... Das Tier, das ihn beinahe getötet hätte.

Ronin lächelte, und G'fand wußte, daß er dieses Lächeln trotz seiner Müdigkeit, trotz seiner verbrauchten Heiterkeit, erwiderte.

Sie wischten ihre blutigen Waffen an den verfilzten Pelzen der Kadaver sauber und überquerten die Plaza. Die Leichen ließen sie liegen, wo sie gefallen waren.

Dann war es wieder so weit. Wieder mußten sie sich in die beengten Straßen hineinwagen, in die Tiefen dieser rätselhaften Stadt.

Sie schritten eine gewundene Gasse hinunter, bogen rechts ab, dann wieder rechts. Nun befanden sie sich in einem Teil der Stadt, in dem es niedrige, ineinander verschachtelte Häuser gab, die von genügend großen Zwischenräumen getrennt waren.

Es war heller hier, wenn auch nicht so hell wie auf der Plaza, und ausnahmsweise schienen die Straßen ganz gerade zu verlaufen.

Sie sahen kleine Tiere, von denen manche den Nagetieren des Freibesitzes ähnlich sahen, andere wiederum keine Ähnlichkeit zu irgendeinem ihnen bekannten Wesen hatten. Aber alle waren sie klein und ungefährlich.

Gelegentlich entdeckten sie große, geschlitzte Augen, die sie aus dunklen Eingängen oder Hintergassen heraus anstarrten, aber darin schien keine Aggressivität zu liegen, nur Furcht.

G'fand machte eine entsprechende Bemerkung. Er war

guter Laune, während Ronin eigentümlich beunruhigt war von dem, was in diesen Augen lauerte. Er versuchte, dieses Gefühl abzuschütteln, hielt sich vor, daß sie dem Haus aus grünglasierten Ziegeln ganz nahe waren. Doch seine Unruhe wuchs.

Vor ihnen lagen die letzten Windungen der Straße. Es war totenstill. Das leise Trippeln kleiner Füße und das gelegentliche Schwatzen der Tiere war verstummt. In der abrupt einsetzenden Stille glaubte er, den Gesang aus der Dunklen Zone hören zu können. Aber kein Laut vibrierte in der Luft.

Sie bogen um eine Ecke und erblickten endlich das Haus aus glasierten Ziegeln, dessen schräges Kupferdach im späten Licht leuchtete. Einen langen Moment tranken sie den Anblick in sich hinein. G'fand stieß einen kurzen Jubelschrei aus, und Ronin lächelte. Dann gingen sie die Straße entlang, Ronin voraus.

Ganz auf ihr greifbar nahes Ziel konzentriert, passierten sie eine übergroße, leer gähnende Türöffnung.

Da geschah es!

Ronin registrierte den üblen, feuchten Gestank, gleichzeitig spürte er die Kälte in seinen Genick!

Er riß seine Klinge aus der Scheide, fuhr herum... Licht fing sich auf der Spitze. G'fand wurde gegen die Türrahmung gerammt... Ein schattenhaftes Etwas hatte ihn ergriffen und suchte ihn nun ins Innere des Gebäudes zu zerren. Sein Schrei gellte in Ronins Ohren.

G'fand hatte nicht einmal mehr Zeit gefunden, sein Schwert zu ziehen. Die Arme waren an seinen Körper gepreßt. Glitschige schwarze Schattententakel schlangen sich um ihn. Ein gigantischer schwarzer Körper war andeutungsweise zu erkennen. Der blitzartige Eindruck von verhüllten, orangenen Augen, einem schwarzen, seltsam vorstehenden Schnabel...

Dann fuhr Ronins Schwert in den Leib der Schattenkreatur! Er verzog das Gesicht! Ein Wahnsinnsschmerz tobte in seiner Hand, seinem Arm! Feuernadeln schienen ihn zu durchfluten. Seine Finger wurden taub...

Halb von Sinnen riß er seine Klinge zurück, schaffte es, sie freizubekommen. Sofort verklang der Schmerz.

Ronin keuchte, wischte sich den Schweiß aus den Augen, starrte in die Dunkelheit. Der Schatten nahm Gestalt an. Er war mindestens drei Meter hoch, mit muskulösen Stummelbeinen, die in einer Art Krallenpfote oder Huf endeten. Die Lichtverhältnisse waren zu miserabel, als daß Ronin sicher hätte sein können. Ein dicker, biegsamer Schweif peitschte den Boden. Die Umrisse des Schattenwesens veränderten sich ständig, pulsierten wie ein Herzschlag. Dann drehte sich der Schädel herum, und er sah die fürchterliche Fratze. Sein Atem war ein scharfes Zischen durch zusammengebissene Zähne. Seine Haut kribbelte.

Lange Sichelaugen mit unmenschlichen, senkrecht stehenden geschlitzten Pupillen. Auch sie pulsierten, pulsierten im Gleichklang mit den Wandlungen des Körpers. Zwei unregelmäßig wirkende Vertiefungen im Fleisch dienten offenbar als Nüstern. Darunter gähnte ein gesprenkelter, schrecklicher Schnabel, bösartig gekrümmt und höllisch scharf. Eine verkümmerte, starre Zunge pochte grotesk in dem aufgerissenen Rachen.

G'fand bewegte sich nur noch schwach in der schrecklichen Umklammerung.

Ronin biß die Zähne zusammen und sprang vor. Wieder zuckte seine Klinge vor und grub sich in das schuppige Fleisch... Wieder tobte der ekelhafte Schmerz in ihm. Vor seinen aufgerissenen Augen zerplatzten Sonnen. Atemlos zuckte er zurück, fetzte seine Klinge frei und schlug wieder und wieder zu. Und aus dem furchtbaren Rachen kam ein fürchterlicher Schrei, ein schrilles Kreischen. Ronin erkannte, daß er dieser Bestie nichts hatte anhaben können. Lediglich ihren Zorn hatte er erweckt. G'fand hing schlaff im Griff des Monsters. Kalter

Schweiß perlte auf Ronins Gesicht. Ohne auf die Lähmung zu achten, die seinen Arm schwächte, griff er erneut an.

Die fürchterlichen orangefarbenen Augen lohten in der Düsternis... Wieder kreischte das Ding auf! Die Luft wurde schwer und bedrückend. Ekelhafter Gestank wirbelte hoch, verklumpte sich in Ronins Kehle. Sein Magen verkrampfte sich. Seine Lungen pumpten sich voll Luft. Seine ganze Kraft legte sich in die blitzende Klinge, die immer wieder durch die Luft sirrte, hinein in den monströsen Schattenkörper... Immer wieder, unaufhörlich... Und jetzt war Ronin eine Maschine, eine Maschine des Todes und der Vernichtung. Wild pochte das Adrenalin in seinen Adern, spülte den Schmerz davon. Ronins Zähne knirschten aufeinander. Seine Muskeln drohten zu zerreißen, so angespannt waren sie. Er forderte sich bis über jedwede Grenze hinaus. Und noch immer stand das Monster aufrecht! Noch immer hielt es G'fand in seiner tödlichen Umklammerung! Der Schnabel stieß nach Ronin. In letzter Sekunde wich er aus – und schlug zu.

Die Klinge fuhr seitlich in den Schädel! Ein Tentakel ringelte sich auf, schlug vorwärts, mit verheerender Wucht. Ronin wurde zu Boden geschleudert. Sein Blick verschleierte sich. Undeutlich war er sich dessen bewußt... Seine Reflexe ließen ihn im Stich. Etwas Dickes, Schweres glitt auf ihn zu... Er fühlte den heißen Wind, der diese Bewegung begleitete, aber seine Nervenfasern verweigerten den Dienst, er konnte sich nicht bewegen! Erneut peitschte ein Schlag gegen ihn, rauh und schuppig schrammte etwas über ihn. Er wurde herumgewirbelt, nach vorn... In die Düsternis hinein. Verzweifelt versuchte er, hochzukommen... Er schaffte es nicht. Brutal krachte er gegen eine Wand. Etwas Schwarzes explodierte in seinem Kopf, breitete sich aus. Rasend schnell griff die Bewußtlosigkeit nach ihm... Sein letzter Gedanke galt dem Monster. *Es kommt!* dachte er. *Es kommt näher...*

Dann stürzte er ins Nichts, in pechschwarze Dunkelheit...

Wie schön es war, dort oben...

Durch die Entfernung losgelöst scheinend, warm und sicher schwebend.

Als er das blasse, bernsteinfarbene Licht sah, das hoch über ihm einfiel – schräge Lichtbündel, in denen Staubpartikelchen tanzten –, war seine Freiheit vollkommen. Die getupften Muster schwankten im unbeständigen Licht. Wie schön es doch war, hier auf der Sohle des Schachts zu liegen, die Welt träumerisch, schwebend durch das ferne ovale Fenster zu betrachten. Träge dachte er daran, sich zu erheben, zu der rauchigen Helligkeit hinaufzusteigen, aber er fühlte sich müde – zu müde. Allein. Treibend.

Und dann blinzelte er, und alles brach auseinander, wie eine Luftblase, die durch ruhiges Wasser an die Oberfläche stieg. Verblüfft starrte er auf den Kreis bernsteinfarbenen Lichts, der an die Decke geworfen wurde. Er blinzelte wieder. Seine Erinnerung holte ihn ein, überflutete ihn.

Er versuchte, sich aufzusetzen. Zu schnell! Halb schaffte er es, dann pochte glühender Schmerz in seinem Schädel. Er kroch über den Boden, bis er sich gegen eine Wand lehnen konnte.

Er kauerte sich dagegen, preßte beide Hände auf die hämmernden Schläfen, entspannte seine Muskeln... ließ den Schmerz aus ihnen herausströmen.

Dann blickte er sich suchend um. G'fand! Knapp zwei Meter von ihm entfernt lag er auf dem Boden ausgestreckt, totenbleich. Langsam zog er den Körper zu sich her. Kilometerweit schien er ihn zu schleifen. Die Anstrengung brachte ihn schier um. Aber er schaffte es, und dann registrierte er die schwachen Atemzüge, die G'fands Brust bewegten. In fliehender Hast schnallte er den Wasserschlauch los, flößte dem Gefährten etwas davon ein. G'fand würgte, aber seine Brust hob und senkte sich unter kräftigeren Atemzügen. Jetzt erst trank Ronin. Das Wasser schmeckte schal, ekelhaft – dennoch erfrischte es herrlich. Ronin spürte, wie seine Kräfte zurückkehrten. Er erhob sich, holte sein Schwert, das ein paar Meter entfernt am Boden lag.

Als er zurückkehrte, saß G'fand aufrecht gegen die Wand gelehnt. Er rieb sich mit den Handflächen übers Gesicht. »Frost! Ich fühle mich wie zermalmt«, flüsterte er. »Ist das Monster verschwunden?«

Ronin half ihm vollends auf die Füße. »Ja. Kannst du stehen?«

G'fand nickte. »Es – es geht schon wieder«, meinte er. Steifbeinig wankte er zur Tür und lehnte sich gegen den Rahmen. »Das Ende unserer Wanderschaft. Nach alldem bin ich sicher, daß die Schriftrolle dort drüben aufbewahrt liegt.« Er deutete auf das Haus mit dem Kupferdach.

Es lockte in träger Ruhe. Ein außergewöhnliches Haus... Außergewöhnlich sowohl in Architektur als auch in den zum Bau verwandten Materialien. Die grünglasierten Ziegelsteine schimmerten sanft. Ein Haus, ungewöhnlich genug, in dieser Stadt der ungewöhnlichen Architektur aufzufallen, die ganze Umgegend zu beherrschen.

Einerseits schien es viele Seiten zu haben. Andererseits neigten sich diese Seiten – je höher sie anstiegen – nach innen, so daß die Räumlichkeiten im zweiten Stockwerk kleiner sein mußten als jene im ersten. Die glänzenden Ziegelsteine waren von einzigartiger Machart: sie zeigten keinerlei Spuren von Alter. Überhaupt erweckte das gesamte Bauwerk den Eindruck, als wäre es erst im letzten Zyklus erbaut worden... Und dies trotz der an reihum aufragenden Bauten deutlich sichtbaren Abnutzungserscheinungen.

In den ihnen zugewandten Seiten gab es keine Fensteröffnungen. Ein gewaltiges, hölzernes Portal, mit schweren Metallspangen beschlagen, beherrschte die Vorderfront. Breite, schwarze Steinstufen, hier und da mit rosa und goldenen Adern durchzogen, auf Hochglanz poliert, führten zu diesem Portal empor.

Als Ronin und G'fand davor standen, sahen sie, daß es keine hölzerne Tür – sondern eine aus Kupfer war. Eine Posse des schräg einfallenden Lichts mochte die Täuschung verursacht haben.

Ein Ring aus schwarzem Eisen bildete den Türgriff. Ronin ergriff ihn fest und drückte das mächtige Portal nach innen.

Ein leises, trockenes Klicken. So ausgeprägt wie das Summen eines Insekts in einem hochstehenden Feld an einem stillen Sommertag. Die Tür schwang auf.

Der Duft zahlloser Gewürze wehte ihnen entgegen, beißend, beharrlich in der Luft schwingend, so, als hätte jemand irgendwo in den Tiefen des Hauses ein Feuer aus aromatischen Blättern und grünen Zweigen entzündet und viele Signen lang in Brand gehalten.

Ronin und G'fand traten ein. Sie schritten einen langen, hohen Gang entlang. Über ihnen wölbte sich die Decke. In der Mitte des Bodens verlief ein schmaler Streifen aus dunklen, polierten Holzplanken. Beidseits dieses Streifens klafften tiefe, düstere Löcher, und die Gefährten konnten sich des Gefühls nicht erwehren, im Raum zu schweben.

Der Gang endete vor drei Türen aus eigenartig gemasertem Holz. Jede war in gehämmertem Messing gerahmt. Schriftzeichen waren ins Holz eingraviert. Ronin wandte sich an G'fand. »Kannst du sie deuten?«

G'fand betrachtete die Zeichen jeder Tür sehr lange, sehr genau.

»Mir fehlt das nötige Wissen, um mir meiner Sache ganz sicher sein zu können«, meinte er nachdenklich. »Aber –« Er sah wieder auf die Zeichen. »Öffnen wir die dritte Tür.«

Ronin legte seine Hand auf den polierten Messinggriff und drückte ihn nieder. Die Tür ließ sich verblüffend leicht öffnen.

Das Parterre des Gebäudes wurde von sechs Räumen gebildet. Dünne, vorzüglich gewebte Teppiche bedeckten die Böden, an den Wänden standen kleine Schränke aus dunklem Holz. Viele dieser Wände waren mit einzigartig schönen Wandteppichen bespannt, auf denen Jagdszenen abgebildet waren. Männer und Frauen in fantastischer, reichverzierter Aufmachung, die an die Saardin des Freibesitzes erinnerten, kämpften gegen fremdartige, groteske Kreaturen. Auf den Bodenteppichen standen zahlreiche niedere Tische aus Glas oder Messing, auf denen unzählige kleine Schätze aufgehäuft ruhten. Juwelen, geschliffen und ungeschliffen, Elfenbein und Fayencen. Nirgends eine Spur von Alter. Nirgends Staub.

Im vierten Raum entdeckte Ronin eine Treppe mit reich verzierten Stufen, die zum ersten Stock emporführte. G'fand eilte von einem Glastisch zum anderen, von den dort zur Schau gestellten Kunstgegenständen fasziniert. Ronin drehte sich um. »Schau dich hier unten um«, rief er ihm zu, »dann folge mir nach, ins obere Stockwerk.« Mit diesen Worten stieg er die Stufen hinauf.

Es waren drei Räume. Einer ganz offenbar ein Schlafgemach, ein anderer – seiner Ausstattung nach zu urteilen – ein Raum für alchemistische Studien. Der dritte Raum... Ronin atmete aus. Hiernach hatte er gesucht. Bücher säumten zwei Wände vom Boden bis zur Decke hoch. Überrascht stellte Ronin fest, daß der Raum sechseckig war. Auf einer anderen Wand gab es einen ebenfalls sechsseitigen Spiegel aus getriebenem und poliertem Silber, der Rahmen aus tiefgrünem, schwarz geädertem Onyx, glänzend, durchscheinend. Auf der Wand daneben... Zahllose Regale mit Hunderten, Tausenden von Schriftrollen, von denen manche auf polierte Holzstäbe gewickelt waren. Ronin setzte sich in Bewegung, ging direkt darauf zu.

Ein gewaltiger, quecksilberner Blitz! Kaum wahrnehmbar und doch real... Ronin zuckte herum. Er schien aus dem Spiegel gekommen zu sein... Aber was konnte diese Reflexion verursacht haben?

Vorsichtig näherte er sich dem Spiegel, starrte hinein – auf sein eigenes Gesicht. Und der Blitz lohte wieder auf, wie Licht auf fließendem Wasser, grell, blendend...

Alles veränderte sich...

Sein Spiegelbild verschwindet. Er sieht nicht mehr sich selbst, sondern eine formlose Masse aus Licht und Farben, sich verzehrend, unendlich. Bewegung. Durch die Muster rasen, vorwärts, immer weiter, blindlings. Er verspürt eine leichte Empfindung von Schwindel, die Heiterkeit des Fliegens, dann hört er leises Rascheln... Wie ein Wald von Blättern, vor einem wütender werdenden Wind fliehend.

Ganz plötzlich befindet er sich an einem kühlen Ort. Ein Ort, gänzlich aus geädertem Marmor bestehend, warm, aber schwach erleuchtet. Und riesig, denn er kann Echos vernehmen... Möglicherweise Stimmen. Das leise Klappern von Sandalen auf poliertem Marmor. Das Rascheln von Stoff auf nackter Haut. Klänge von Zwietracht und Harmonie.

Es schwebt aus großer Höhe herunter... Durch Säulenhallen und kleine Gemächer, durch große Räumlichkeiten, winzige Kammern... hohe Gewölbe. Und ganz allmählich gewahrt er das ineinander verschmolzene Pochen verschiedener, ihm unbekannter Instrumente... Dazwischen Trommelschlag – gedämpft. Träge, dunkle Akkorde in einer wiederkehrenden Melodie... Er hört die ungestüme Musik sich entfalten, quälend, elektrisierend.

Ein großer, nachtschwarzer Vogel stürzt sich auf ihn herunter. Weite Schwingen peitschen die klare Luft. In einer Reflexbewegung sucht er sein Gesicht zu schützen... Da entdeckt er, daß er keinen Körper mehr hat! Er schwebt dahin, substanzlos, ein Geist. Und doch starrt der langgefiederte, schwarzglänzende Vogel ihn mit stumpfen, scharlachroten Augen an... Seine Klauen sind gewaltig. In einer trägt er eine sich windende Eidechse. Die Krallen ziehen sich zurück. Die Eidechse fällt, tiefer, tiefer – (in ein grell loderndes Höllenfeuer. Der Vogel öffnet seinen Schnabel, und menschliches Lachen dröhnt hervor.

Dann sieht er K'reen. Sie wendet ihm den Rücken zu, da sie mit irgend jemandem spricht, mit einer dunklen Gestalt, die sie überragt, aber er erkennt sie dennoch. K'reen... Ihr weiches, seidiges Haar... Ihren geschmeidigen, biegsamen Körper, ihre weiche Haut. Das Spiel ihrer Muskeln... Ihre Bewegungen.

Die dunkle Gestalt schreit sie an, stumm, kein Laut ist zu hören. Dann schlägt sie sie. Immer wieder. K'reens Kopf wird hin- und hergeworfen. Unvermittelt wirbelt sie herum – sieht zu ihm herauf, und er zuckt schreckerfüllt zusammen. Sie hat sein Gesicht, voller Tränen und Trauer.

Er findet sich in einem anderen Raum des Marmorbauwerkes wieder. Vielleicht ist es auch ein gänzlich anderes Gebäude, ebenfalls aus Marmor. Eine lange Halle. Weit entfernt – ihm gegenüber, am anderen Ende – eine schlanke Gestalt, in eine schwarz lackierte Rüstung gekleidet. Seegrüne Jade – und dämmerblaue Lapislazulistreifen darauf. Er scheint einen Helm zu tragen, denn sein Schädel ist eigenartig geformt, zugleich frostig und vertraut, obwohl er zu weit entfernt steht und das Licht zu trügerisch ist, um Einzelheiten erkennen zu lassen. Zwei Schwerter von ungleicher Länge stecken in Scheiden, die von seinem Gürtel gehalten werden. Sie berühren beinahe den Marmorboden. Die Hände des Kriegers glitzern, als er sich suchend umsieht. Dann schreitet er davon, aus der Halle hinaus.

Etwas Kaltes nähert sich.

Die mit Räucherwerk gefüllten Schalen erbeben an ihren Bronzeketten. Wind erhebt sich. Er verspürt eine Gegenwart... Wessen Gegenwart? Ein kalter Hauch... Eine suchend herumtastende Ranke... Eine Ranke – von was? Windend nähert sie sich... berührt seinen Geist.

Er weicht zurück, als wäre er von einer wie Eis brennenden Klinge versengt worden. Weicht zurück... Weiter! Schneller! Voller Entsetzen.

Unten, in der Halle aus ewigem Marmor, toben kalte Feuer, fahl und unersättlich. Er kann nicht atmen. Er keucht und würgt an der Furcht, die sich in ihn hineingeschlichen hat und jede Entschlossenheit fortspült. Er fühlt sich schwach und kraftlos wie ein sturmgepeitschtes, einsames Kind.

Ganz plötzlich, im Chaos seines Seins, durch Furcht und Verzweiflung hindurch, spürt er das Wasser in seinem Gesicht, auf seinem Körper, und er hebt seinen Schädel... Sieht auf zu den purpurnen Wolken, die über ihm dahinjagen. Ein elektrisierendes Klirren gellt in seinen Ohren. Der Boden, auf dem er steht, zittert. Weißes Licht umschließt den aufbrechenden Himmel. Er greift nach der bleichen Hand.

Erneut zuckt der Blitz auf, wie Licht auf fließendem Wasser, grell, blendend.

»– nicht unten«, sagte G'fand direkt hinter ihm.

Er schrak zusammen.

»Sag – was ist los mit dir? Die Schriftrollen sind dort drüben aufbewahrt...«

Ronin blinzelte, leckte sich über die trockenen Lippen und sah G'fand an. »Ich dachte... Ich meinte, etwas in dem Spiegel gesehen zu haben«, sagte er mit belegter Stimme.

G'fand trat näher. »Was für ein Spiegel?«

Ronin riß sich zusammen, starrte auf die Stelle, an der er den Spiegel gesehen hatte... Er war verschwunden. Eine

Eisenplatte, sechsseitig, vollkommen kahl, stumpf, reflexionslos, das war alles, was er sah. Der Onyx-Rand schien ihm unter der Berührung der Lichtstrahlen zuzublinzeln. Ronin schüttelte den Kopf. Das Haus eines Magus.

Dann zuckte er mit den Schultern und drehte sich um. »Komm«, sagte er.

Sie durchwühlten sie systematisch, reihenweise. Einmal, ohne seine Arbeit zu unterbrechen, sah Ronin auf das sechsseitige Ding an der Wand. Und dachte daran, was er erlebt hatte. Was es bedeuten mochte. Er war sich jetzt sicher, daß Borros die Wahrheit sprach ... Es gab eine bewohnbare Welt über ihnen, über dem Freibesitz. Aber warum zog es der Salamander vor, ihn zu belügen? Diese Frage konnte er sich nicht beantworten.

Aber es war ihm klar, daß er sich im Zentrum eines Dramas von gewaltigen Ausmaßen befand. Er verstand es nicht, aber das war auch nicht nötig. Er war in Gefahr, bedroht ... Er wäre ein Narr, würde er diese Tatsache mißachten.

Bisher hatten ihn Langeweile und Neugier und eine seltsame Halsstarrigkeit, die er immer wieder bei sich registrierte, seine Stärke, Geschicklichkeit und, wie er sich schlußendlich eingestand, sein Ausschluß aus der Gemeinschaft der Kämpfer, hierher, an diesen seltsamen Ort geführt. Warum sonst mochte er hier sein? Er schob die Frage beiseite und suchte weiter nach jener für Borros so wichtigen Schriftrolle.

Aber sie war unauffindbar.

Es schien den Gefährten undenkbar, so weit gekommen zu sein, so vielen Gefahren getrotzt zu haben – für nichts und wieder nichts. Undenkbar, mit leeren Händen zurückzukehren. Keinen Gedanken verschwendete Ronin an diese Möglichkeit. Die Rolle mußte zu finden sein. Es war keine Sache des Wertes der Rolle. Für ihn nicht.

Er wies G'fand an, die anderen Räumlichkeiten dieses

Stockwerkes zu durchsuchen. Er durchquerte diesen Raum. Der Boden war nicht mit Teppichen bedeckt. Auf Hochglanz gebohnerte Dielen machten dies überflüssig. Auch hier: nirgends Staub, nirgends Spuren von Abnützung, Verfall. Vor den beiden Bücherwänden standen zwei Schemel, die anders geformt waren als alle, die er bisher in diesem Haus gesehen hatte. Sie bestanden aus glänzendem Leder, steif, jedoch abgenutzt scheinend unter der Politur. Sie waren nach außen gewölbt, zwei Seiten abgesenkt, die schmaleren Enden hochgebogen und mit einem schweren Ledergurt mit verstellbarer Messingschnalle an gekreuzten Holzbeinen befestigt.

An jener Wand, die der Tür am ehesten gegenüberlag, glänzten mehrere Glasvitrinen matt im Licht. Ronin schritt zu ihnen hinüber, es waren drei. Die erste war leer. Zwei Eindrücke auf dem grünen Bodenfilz zeugten davon, daß irgendwann einmal zwei Gegenstände von der Größe einer Männerhand darin aufbewahrt worden waren. Die zweite Vitrine enthielt ein übergroßes Buch, allem Anschein nach ziemlich alt, in der Mitte aufgeschlagen. Ein blaues Stofflesezeichen war über eine Seite gespannt. Beide Seiten waren – leer. Ronin trat an die dritte Vitrine. Die Nachbildung einer Halle wurde darin aufbewahrt, ein winziges Modell, ohne Dach, so daß man leicht ins Innere sehen konnte. Sie schien ganz aus Marmor zu bestehen... Zwölf Säulen säumten die Halle, winzige Metalligel waren in unregelmäßigen Abständen aufgehängt. Das Modell war außergewöhnlich genau, die Ausführung hervorragend. Ronin beugte sich vor. Der Schock des Wiedererkennens war groß, überspülte ihn, lähmte ihn sekundenlang. Er stand vor einer Nachbildung jener Halle, die er in dem Spiegel gesehen hatte... In dem Spiegel, der kein Spiegel war! Noch einmal blickte er zu dem sechseckigen Gebilde hinüber...

Nichts hatte sich verändert. Er starrte auf stumpfes Metall. Ronin wandte sich wieder um, sein Blick glitt über die

Miniatur. Hier war der Krieger mit der schwarzen Rüstung gestanden... Dort der Eingang, durch die die schreckliche Wesenheit hatte eindringen wollen... In seinem Geist hörte er den Zauber der Musik. Er hob den Glasdeckel hoch. Etwas stach ihm sofort ins Auge... Ein hellgelber Streifen, seitwärts am Marmorboden verlaufend. Einen langen Moment starrte er diesen Streifen an, dann wußte er, was er zu bedeuten hatte.

Ronin zog seinen Dolch und schob die Spitze in den Spalt an der Seite des Modells. Langsam hob er an. Nichts rührte sich. Er versuchte es ein zweitesmal, am anderen Ende des Spalts. Das Modell klappte hoch.

Und dann sah er das Pergament!

Mit zunehmender Erregung nahm er es aus dem Geheimfach. Irgendeine Stimme tief in seinem Innersten sagte ihm, daß jene Reihe von Schriftzeichen darauf geschrieben standen, die Borros ihm aufgezeichnet hatte.

Dies war die Schriftrolle, nach der sie gesucht hatten!

Die Miniatur schloß sich wieder über dem Geheimfach, als er sie losließ. Er rief nach G'fand und starrte auf die schwarzen Schriftzeichen. Das Pergament war damit eng beschrieben.

G'fand fiel Ronin um den Hals. Seine Begeisterung kannte keine Grenzen.

»Wir haben sie gefunden!« jubelte er immer wieder.

Ronin lächelte und ließ es zu, daß er die Rolle an sich nahm und begutachtete. Er hielt sie immer noch, als sie die breite, geschwungene Treppe hinunterstiegen. Er schüttelte den Kopf, ärgerlich. »Es ist eine Sprache, die ich nicht einmal andeutungsweise verstehen kann.«

Ronin nahm die Rolle wieder an sich. »Irgend jemand wird die Zeichen entschlüsseln können«, meinte er und rollte das Pergament zu einer straffen Rolle zusammen. »Jetzt, da wir sie gefunden haben, werde ich dafür sorgen, daß wir sie nicht verlieren.«

Die Schatten waren länger geworden, das schräg einfallende Licht bernsteinfarben, als sie die schwarzen Steinstufen hinunterstiegen, deren goldene Adern schillerten.

Die Stadt schien friedlich. Der Tag verging. Die dichte Stille gewann einen matten Glanz.

Ronin und G'fand machten sich auf den Rückweg. Es blieb ihnen nicht allzuviel Zeit...

Sie waren müde, wie zerschlagen – aber glücklich. Der Erfolg ihrer Mission belebte sie, gab ihnen Kraft und Zuversicht. Sie würden es schaffen. Irgendwie...

Vielleicht war es der Klang ihrer Stimmen oder ihre euphorische Stimmung oder der Anblick der wie durcheinander liegende Würfel wirkenden Gebäude der Stadt der zehntausend Pfade... Wie sie in das warme Licht getaucht vor ihnen lag, wirkte sie irgendwie – vertrauter.

Vielleicht aber war es auch etwas völlig anderes, das dafür sorgte, daß er die Bewegung *hinter* ihnen nicht rechtzeitig genug registrierte...

Eine blitzschnelle Bewegung!

Ein scharfer, widerwärtiger Geruch!

Ronin wirbelte herum, sein Schwert lag wie hingezaubert in seiner Faust. Aber es war bereits zu spät! Eine Titanenfaust schmetterte gegen ihn, schleuderte ihn zurück. Er krachte in die Gosse. Blutrotes Feuer wühlte in seinen Lungen. Sekundenlang blieb ihm die Luft weg. Er versuchte einzuatmen, würgte, keuchte, röchelte...

Wie durch dichten Nebel sah er das Wesen... das gleiche Wesen, das sie vorhin, bevor sie das Haus des Magus betreten hatten, angefallen hatte! Der mächtige Schweif peitschte hin und her. Die klauenbewehrten Pranken rissen G'fand vor... Der Gelehrte hatte sein Schwert gezogen und wehrte sich. Vergebens. Er war kein Gegner für das Schatten-Monster!

Ronin versuchte, auf die Füße zu kommen. Aber er

war wie gelähmt. Er lag in der Gosse, mühte sich ab, sein Schwert zu heben... Rang nach Atem... Sah das Ding, das sich auf G'fand warf...

Der fürchterliche Schnabel öffnete und schloß sich, krampfartig, wie im Rausch...

Dann erwischte er G'fands Klinge. Seine sechsfingrige Klauenpranke schloß sich darum. Das Metall zerfiel unter dem furchtbaren Griff.

Irgendwie schaffte es Ronin, hochzukommen. Wankend kam er auf seine Knie, stützte sich auf sein Schwert. Sein Kopf pendelte hin und her, wie der eines verwundeten Tieres. Dann stand er aufrecht, taumelnd, sein Gleichgewicht zu bewahren suchend. Er schaffte es. Seine Klinge schepperte auf die Pflastersteine nieder. Der Dolch... Er zerrte ihn aus der Scheide und stürzte sich vorwärts...

Das Monster würgte G'fand. Er sah hilflos und benommen aus. Todesangst flirrte in seinen aufgerissenen Augen. Die fürchterliche Ausdünstung der Schattenkreatur schlug Ronin entgegen. Die Kälte griff nach ihm... Und dann krachte er gegen den Rücken des Wesens! Es war, als träfe er eine Mauer. Schmerz! Er beachtete ihn nicht. Er rammte den Dolch in die Schwärze, fühlte, daß da Substanz war... Und zog sich empor, auf den Rücken des Wesens! G'fands Beine zuckten. Seine Augen quollen hervor. Dann umhüllte ihn der Schmerz. Ronin wurde von feurigen Stößen durchdrungen. Er unterdrückte gewaltsam einen Schrei. Die Zeit verschob sich!

Er war eine Mikrobe... Eine Mikrobe auf einem gigantischen Fleischberg, hoffnungslos verloren. Der Dolch in seiner Faust wand sich unkontrollierbar, und beinahe hätte er ihn losgelassen. Aber da war der Anblick von G'fands verzerrtem, schmerzerfülltem Gesicht... Er sah ihn, sah ihn mit fürchterlicher Eindringlichkeit. Das trieb ihn weiter. Er mußte ihm helfen! Irgendwie! Der Schmerz peitschte durch seinen Körper, und seine untere Hälfte begann, taub zu werden. Seine Füße und Beine suchten einen Halt auf der schwarzen, schuppigen Haut der Bestie, aber er konnte sie nicht mehr spüren. Sie gehörten nicht mehr zu seinem Körper, waren fremdartige Gegenstände.

Wieder riß er den Dolch los, wieder schnellte er sich hoch und wieder stieß er zu. Tief drang die Klinge ein. Und mit diesem Eindringen kam der höllische Schmerz... Höher... Höher hinauf! Ronin keuchte. Die Ausdünstung der Bestie trieb ihm die Tränen in die Augen. Seine Lungen drohten zu bersten. Er würgte. Und konzentrierte sich auf die glänzende Spitze der Dolchklinge.

Alle Kraft schien aus ihm hinauszuströmen. Die Taubheit kroch in ihm empor... Bald mochte sie sein Gehirn erreichen... Und er wußte, daß er dann erledigt war.

Weit entfernt, in einer anderen Welt, wurde ein furchtbarer, verformter Schrei laut... Als würde eine menschliche Stimme durch einen fremdartigen Kehlkopf gepreßt werden. Weit weg – in einer anderen Welt – erstarrte sein Körper. Weit weg – in eine andere Welt – glitt er...

Verzweifelt riß Ronin seine Augen auf, starrte in die Unendlichkeit orangefarbener Kälte... Schwarze Iris, wie Obsidiansplitter, so groß wie Planeten. Gelächter.

Er riß seine letzte Willenskraft zusammen, konzentrierte sie, riß sich hoch, ein letztesmal hoch, in einer übermenschlichen Anstrengung, und stieß zu! Mit letzter Kraft trieb er die Dolchklinge vor... Eine blasse Hand legte sich im Zentrum seines Seins in die seine... Und er riß den Dolch vorwärts, in das klaffende Maul der Bestie hinein!

Der Fäulnisodem brandete ihm entgegen, ließ ihn nach Luft ringen. Schwach war er sich eines dünnen Schreis bewußt... ähnlich der unerträglichen Spannung singenden Drahtes. Mit aller Kraft rammte er die Waffe in das Fleisch der Bestie, drehte die Klinge, riß sie herum... Beidhändig hielt er den Griff. Blut spritzte ihm entgegen.

Dann ein hartes Knacken. Etwas vibrierte. Zuckte gewaltig. Das fürchterliche Geheul erreichte seinen Höhepunkt.

Ronin fiel... fiel in totale Schwärze, wurde von ihr umhüllt, aufgenommen. Er versuchte, sich dagegen zu wehren, dagegen anzukämpfen... Aber er war zu müde... viel zu müde, um jemals wieder aus dieser samtigen Finsternis emporzugleiten...

Übergangslos erwachte er.

Der fürchterliche Gestank, den die Bestie verbreitet hatte, umgab ihn. Er hustete, wischte sich über den Mund. Ringsum waren die Pflastersteine naß glänzend und glitschig von blutroten Spritzern und klebrigen, schwarzen Pfützen. Nirgends eine Spur von der Schattenbestie...

Aber G'fand lag nur wenige Meter von ihm entfernt. Langsam, vorsichtig erhob sich Ronin und wankte zu ihm hinüber. Er ließ sich neben ihm auf die Knie nieder. G'fands Augen waren aus den Höhlen gequollen und gläsern. Seine Zunge ragte dick angeschwollen zwischen den Lippen hervor. Rosafarbener Schaum näßte sein Kinn. Schaum, der jetzt trocknete. Seine Haut schimmerte wächsern. Der Hals war in einem unnatürlichen Winkel geknickt, die Kehle zerfleischt.

Ronins farblose Augen zeigten keine Regung, kein Gefühl, als er hinunterlangte und die Augen des Gelehrten sanft schloß. Er kauerte auf dem Boden und starrte G'fand an. Seine Gedanken wirbelten – wie Blätter in einem Herbststurm, wirbelten durcheinander und waren unerreichbar, wie ein Schwarm flitzender Fische im tiefen Wasser.

Gemächlich wurden die Schatten länger, umrundeten die alten, rätselhaften Gebäude der Stadt der zehntausend Pfade, befleckten die betagten Pflastersteine. In der Ferne bellte irgendein Wesen, ein kurzer, scharfer, erschreckender Laut. Ganz in der Nähe waren leise tappende Schritte zu hören. Wesen, die vom Geruch des Blutes angezogen wurden.

Ronin beachtete sie nicht. Gepreßt atmete er und starrte auf einen zerfetzten, blutigen Leichnam, der vor kurzem noch gedacht und gesprochen und Freude und Sorge empfunden hatte.

Irgendwann erhob er sich.

Schmerz loderte in ihm, aber er schien sehr weit entfernt, nicht real. Er bückte sich und hob behutsam G'fands leblosen Körper auf. Er legte ihn über seine Schulter. *So leicht*, dachte er. *So leicht wie eine Feder*...

Ronin setzte sich in Bewegung. Er schritt über die Pflastersteine, um sein Schwert zu holen, das unweit am Boden lag. Seine Stiefelspitze traf auf einen Gegenstand, der scheppernd davonwirbelte. Der Dolchgriff, von der Klinge gerissen.

Er hob sein Schwert auf, steckte es in die Scheide.

Trübe glitzerten die Steine der Plaza im abnehmenden Licht. Ronins Blick schweifte in die Runde. Die Kadaver der von ihnen getöteten Bestien waren bereits halb aufgefressen. Er war auf der Hut. Aber nichts bewegte sich.

Er schritt zu dem Brunnen. Dann, ohne einen Augenblick zu zögern, ließ er G'fands Körper in den Schacht hinunterfallen. Nach langer Zeit hörte er das Klatschen. Das Geräusch schien nicht lauter als jenes, welches das Schotterstück verursacht hatte.

Dunkelheit senkte sich herunter, und ihr dickes Leichentuch erstickte die letzten langen bernsteinfarbenen Lichtstrahlen. Die vordringenden Schatten beherrschten die Stadt.

Irgendwann stand Ronin vor der zerkratzten Tür jenes Gebäudes, in dem er Bonneduce den Letzten zu finden wußte. Er lehnte sich dagegen. Sein Körper fühlte sich wie zermalmt an. Er konnte sich nicht mehr erinnern, wie er hierhergekommen war.

Hinter sich hörte er ein Geräusch... Hecheln. Ein schnappender Laut. Irgendwie vertraut, als hätte er ihn bereits eine Zeitlang begleitet. Aber er war viel zu erschöpft, um seinen Kopf zu heben und nachzusehen.

Er hörte Hynds leises Husten. Dann wurde die Tür aufgerissen. Er taumelte vorwärts. Vor Bonneduces Füßen brach er zusammen.

Bonneduce der Letzte war bereits unterwegs. Sein Atem kam hektisch, rasselnd, als er die Treppe heruntereilte. Hynds Husten hatte ihn alarmiert. In einer Hand hielt er eine alte lederne Doppelschultertasche. Er tat etwas hinein und sagte: »Es ist fast an der Zeit.« Dann warf er die Tasche über einen Stuhl, durchquerte mit bemerkenswertem Eifer den Raum, wobei sich seine Schulter bei jedem Schritt seines kürzeren Beines senkte. Er zog die Eingangstür auf.

Hynd stürmte in die Gasse hinaus, knurrend, mit mahlenden Kiefern. Er biß zu... riß einen gewaltigen Fleischbrocken aus einem zuckenden Leib. Bonneduce der Letzte hörte den schrillen Schmerzensschrei, allerdings nur beiläufig, denn er tat sich mächtig schwer damit, Ronin durch den Raum zu schleifen und in einen der großen, weichen Sessel zu manövrieren. Hynd trabte herein, leckte sich über die Lefzen und gebrauchte seine lange Schnauze, um die Tür zu schließen. Dann legte er sich nieder und sah zu, wie sich der kleine Mann um Ronin kümmerte.

Bis er einige Minuten damit zugebracht hatte, Ronin den Harnisch auszuziehen, dessen Metall geschwärzt und aufgeschlitzt war, und die zerfetzten Reste des Hemds entfernt hatte, hatten seine Augen einen kalten, harten Glanz angenommen. Die Falten schienen sich tiefer in sein Gesicht gegraben zu haben.

»Die Makkon sind bereits draußen«, sagte er. »Sogar bis hierher sind sie gekommen...«

Hynds Kopf kam hoch, und jetzt stand er an der Tür, ein stummer Wächter. Der kleine Mann zog seine Ledertasche zu sich heran, holte ein Päckchen Salbe heraus, die er auf Ronins Brust und Schulter auftrug.

Er sprach mit Hynd. »Die Knochen können mir nur so viel sagen... Ich wußte, daß der Junge nicht mehr zurückkommen würde.« Seine Hände arbeiteten schnell und sicher. »Ich bin darüber hinweggekommen, mit ihnen zu fühlen, dafür haben die Knochen gesorgt, sonst wäre ich verrückt geworden. Es ist meine Bestimmung...«

Bonneduce der Letzte ging ins Innere des Hauses und kehrte mit einem Kelch Wasser zurück. Er löste mehrere Körnchen eines groben, braunen Pulvers darin auf und flößte es Ronin ein, so gut er konnte. Mindestens ebensoviel, wie er schluckte, rann über sein Kinn.

»Er wird jetzt schlafen, während sich sein Körper erholt.« Bonneduce schüttelte die restliche Flüssigkeit in die kalte Asche der Feuerstelle. »Er hat viel durchgemacht, viel gelitten. Und er wird noch mehr erleiden. Doch es muß sein. Aus Schmerz muß er geschmiedet sein.«

Er erhob sich und ging noch einmal in den hinteren Teil des Hauses. Als er zurückkehrte, hielt er einen kleinen Gegenstand aus braunem Onyx und roter Jade in der Hand. Er ließ ihn in seine Tasche gleiten.

»Und nun bleibt uns nur noch eines zu tun, bevor wir diese Stadt verlassen...« Er holte etwas aus seinem Lederbeutel hervor, hielt es einen Moment lang nachdenklich in seiner Rechten, befühlte es.

»Ja«, sagte er leise, »es wird klarer, Stück für Stück.«
Er legte den Gegenstand auf den Tisch neben den Sessel, in dem Ronin schlief.

Er erwachte in tiefem, absolutem Schweigen. Aber es war irgendwie hohl und leer, und er verbrachte einige Zeit mit dem Versuch, zu bestimmen, weshalb. Er wußte genau, wo er war. Dann hatte er die Lösung gefunden: Das Tikken... Es war verschwunden.

Er richtete sich auf und rief Bonneduces Namen. Niemand antwortete ihm. Er stand auf, durchquerte den Raum und stieg die Treppe hinauf, wobei er merkte, daß kaum noch Schmerz in seinem Körper wohnte. Die Räume waren leer, die Wände kahl. Keine Spur von Bonneduce dem Letzten oder Hynd. Nichts wies darauf hin, daß sie hier gelebt hatten.

Ronin kehrte ins Erdgeschoß zurück und ließ sich wieder in den Sessel fallen. Morgenlicht strömte durch die staubigen, schmutzverkrusteten Fensterscheiben, hell und frisch und neu. Müßig verfolgte er die Lichtstrahlen, die schräg einfielen, und sein Blick kam auf einem Kampfhandschuh zur Ruhe, der – vom Licht übersät – auf dem Tisch neben dem Stuhl lag. Der einzige fremdartig anmutende Gegenstand in diesem Haus.

Ronin nahm ihn an sich, und sofort gewahrte er seine Einzigartigkeit. Er war schwer, und lediglich an jeder Fingerspitze gab es eine Naht, als hätte man die entsprechenden Löcher durch das Abschneiden der Nägel geschlossen. Dann fiel ihm etwas auf... Die schuppige Beschaffenheit des Handschuhs und die Tatsache, daß er sechs Finger hatte.

Es kann nicht sein, dachte er voller Schrecken.

Aber je länger er ihn untersuchte, desto überzeugter wurde er. Er hielt einen Handschuh in seiner Rechten, der aus der Hand jenes Wesens gemacht war, gegen das er und G'fand gekämpft hatten; jenes Monsters, das den Gelehrten getötet hatte.

Weit hinten in seinen Augen flammte etwas auf. Er erinnerte sich seines Wegs zur Plaza, an das leise Klatschen, mit dem G'fands Körper versunken war, wußte, daß genau in jenem Moment ein unwiderruflicher Schritt getan worden war. Und er – er hatte ihn getan. Ohne einen weiteren Gedanken zu verschwenden, zog er den Kampfhandschuh mit seiner linken Hand an. Das Licht verwandelte die Schuppen in glänzendes, reflektierendes Silber.

Ronin verließ das Haus und schritt die gewundene Gasse entlang. Die Luft fächelte kühl und frisch in sein Gesicht. Ronin hatte sich auf den Rückweg zu Borros, zum Freibesitz hoch über ihm gemacht.

Sie glänzten. Sahen naß und doch trübe aus. Sie waren ein ganzes Universum, sahen jetzt alles und nichts. Das, was ihn jedoch am tiefsten traf, waren die Spuren der Furcht, die tief in die Züge eingemeißelt waren. Und die roten Punkte. Die Flecken... Hatte es so kommen müssen? Er wurde ein Experte dafür: TOD.

Ronin stand im Rampenlicht des kleinen, unordentlichen Gemachs hinter dem Behandlungsraum des Medizinmannes. Er war hierher gekommen, um Borros zu sehen, und er hatte ihn nicht gefunden.

Er starrte auf den auf dem Bett liegenden Körper hinunter. Das schwere, gefurchte Gesicht, das im Leben so oft Angst verraten hatte. Die Augen mit den schweren Tränensäcken waren trübe geworden.

Er dachte: *Was haben sie dir getan, Stahlig?*

Die Flamme der einzigen Lampe flackerte im Luftzug. Die Tür zum Korridor wurde geöffnet, und Ronins Hand fuhr instinktiv an den Griff seines Schwertes.

»Ich wünschte wirklich, du würdest es versuchen«, sagte Freidal gefährlich leise.

Ronin drehte sich langsam um, sah den Sicherheits-Saardin und die drei Daggam. Freidal begab sich zu der Geheimtür hinüber, öffnete sie. Vier weitere Daggam traten ein. Sein Mund verzog sich in der Parodie eines Lächelns. »Komm, komm. Wo ist der Heldenmut, dessen ein Klingenträger berühmt sein müßte?« Seine Stimme war seidenweich von unterdrücktem Triumph.

»Willst du dich nicht in den Korridor hinaus durchkämpfen? Es mit uns allen aufnehmen?« Freidals unversehrtes Auge starrte ihn durchdringend an. »Entwaffnet ihn!« bellte er dann, und die Daggam gehorchten.

Freidal hat den Ort gut gewählt, dachte Ronin. *Kein Platz. Keine Chance.*

Freidals Gesicht war eine Maske. Sein glattes Haar glänzte. Er wirkte entspannt, fast glücklich. »Hast du wirklich auch nur einen Moment lang geglaubt, du könntest dich ohne mein Wissen von unseren Ebenen absetzen?« Der Schatten eines Lächelns spielte auf dünnen, weißen Lippen. »Dummer Junge!« Seine Zunge schnalzte mißbilligend gegen seinen Gaumen. »Du warst gewarnt. Eine Gefälligkeit, die du zu mißachten vorzogst.« Freidal trat näher an ihn heran, und die Daggam ergriffen Ronins Handgelenke, obwohl er keine Bewegung gemacht hatte.

Der Saardin streckte die Hand aus und entfernte Ronins Harnisch. Er starrte auf die Striemen auf Ronins Brust. »Und ich wußte, daß du es tun würdest. Wie sicher ich mir war.« Er ließ seinen Finger über das wunde Fleisch gleiten. »Wie du wissen dürftest, konnte ich von dem verfluchten Zaubermann nicht bekommen, was ich wollte. Dieser Narr! Aber es war ein purer Zufall...« Er lachte, ein scharfes, beunruhigendes Lachen. »Ich wußte plötzlich, daß es klappen würde, wenn man dich und Borros zusammenbrachte.«

Sein Finger verhielt an Ronins Hüfte. »Ah, und was ist dies hier?« Er ergriff Ronins rechten Arm, und die Daggam ließen ihn los. Freidal hob den Unterarm und die

Hand hoch. Der Handschuh blitzte silbern auf. Freidal zog ihn von Ronins Hand und untersuchte ihn.

»Könnte es dies sein? Solltest du das Ding hier schachtabwärts suchen?« Er sah auf, in Ronins Gesicht, dann sagte er scharf: »Ist es das?« Das künstliche Auge blitzte. »Er hat begonnen, weißt du, der Kampf um die Macht!«

Ronin dachte an Nirren. Wo mochte er in diesem Augenblick stecken? Bevor er in die unter dem Freibesitz gelegene Stadt der Alten aufgebrochen war, hatte er ihn sprechen wollen, ihn jedoch nicht ausfindig machen können, und jetzt lastete es schwer auf ihm, als hätte er Nirrens Vertrauen gebrochen.

Aber, sagte er sich, *ich hatte keine Ahnung, daß es so bald losgehen würde. Hätte ihm mein Wissen von Borros' Projekt helfen können?*

Das konnte man jetzt nicht mehr sagen.

Freidal ergriff seinen Ellenbogen und drehte ihn herum. »Er ist keinen schönen Tod gestorben. Er versuchte, dich zu schützen, aber seine Angst obsiegte. Er war uns sehr behilflich, dein Freund Stahlig.«

Ronin dachte an seine Unruhe, seine Warnung. Der alte Mann hatte versucht, es ihm beizubringen.

»Wie fühlst du dich? Und du siehst, was aus ihm geworden ist. Ein Stück Fleisch, stinkend und verwesend.«

Seine Nasenflügel weiteten sich, und er schnüffelte. »Kadaver jeder Art beleidigen mich. Aber Stahlig liegt nicht ohne Grund hier. Selbst ein dummer Junge wie du mag das sehen.«

Er riß Ronin herum und machte eine Geste zu den beiden Daggam hin, die den Leichnam hinausschleiften. Freidal streichelte den Schuppenhandschuh. »Sei vernünftig. Wenn du dich schon nicht für Macht interessierst, so kümmere dich zumindest um dein Leben.« Er strich mit einer kalten Handfläche über Ronins Brust.

»Es wäre sehr schade, diesen Körper zu zerstören.« Er schlug den Handschuh gegen seinen Oberschenkel. »Kann die Maschine funktionieren?«

Plötzlich brach draußen, im Behandlungsraum, Tumult los. Freidal fuhr auf, als habe er vergessen, daß außerhalb dieser Mauern, der Intimität des Augenblicks, die Welt des Freibesitzes existierte. Er wandte seinen Schädel. Ronin ebenfalls.

Drei Männer drängten sich in den Raum. Der Anführer war schlank, mit roten Wangen und vollen Lippen. Die Juwelengriffe seiner Dolche glitzerten.

»Saardin!« sagte er höflich.

»Voss!« erwiderte Freidal kalt. »Was hat dieses Eindringen zu bedeuten?«

Voss sah zu Ronin hin. »Ah, da bist du ja! Wir waren alle ziemlich besorgt um dein Wohlergehen.« Er lächelte gewinnend. »Unbeschadet deiner Unterhaltung mit der Sicherheit, nehme ich an!«

Freidals unversehrtes Auge zuckte in seiner Höhle, und auf seiner Wange verkrampfte sich ein Muskel. »Dieses Benehmen ist nicht zu entschuldigen! Bakka! Turis! Schafft diese Kerle hinaus!«

Der Chondrin riß seine Hand in die Höhe. »Einen Moment, Saardin. Der Salamander wünscht Ronin zu sehen. Er war beunruhigt, da er nicht wußte, wo er sich aufhielt. Sein Wohlergehen, mußt du wissen...«

Zwei Farbflecke brannten auf Freidals Wangen. »Was sagst du da?« Er zitterte vor unterdrückter Wut. »Bist du von Sinnen? Dies ist ausschließlich eine Angelegenheit der Sicherheit!«

Voss lächelte eisig. »Nein. Ich fürchte, du irrst dich.«

Freidals unversehrtes Auge funkelte den Chondrin an, dann drehte er sich abrupt um, wobei er mit seiner Handkante eine schneidende Geste machte. »So nimm ihn also«, sagte er mit belegter Stimme. »Nimm ihn und verschwinde!«

Voss gab einem seiner Männer einen Wink. Er nahm dem Sicherheits-Daggam Ronins Waffen ab. Dann trat Voss dicht an Freidal heran und sagte: »Dafür wird er sich auch interessieren.« Er nahm den Kampfhandschuh an sich.

Daraufhin verließ er mit seinen Männern und Ronin das Quartier des Medizinmannes.

Freidal starrte ihnen haßerfüllt nach.

Die Frau mit dem breiten Gesicht saß nicht mehr an ihrem Platz. Ein Klingenträger hatte ihre Stelle eingenommen.

Sie schritten durch die inneren Doppeltüren und den Flur entlang. An dessen Ende angelangt, übergab der Klingenträger, der Ronins Waffen getragen hatte, diese an Voss. Dann verschwand er mit seinem Gefährten durch die Tür zur Rechten.

Voss öffnete die gegenüberliegende Tür und führte Ronin in einen von Lampenlicht erhellten Raum mit niedriger Decke. Es gab keine Oberlichter. Die Wände waren dunkel und kahl. Auf der anderen Seite gab es noch eine Tür. Unweit von Ronin, im Zentrum des Raumes, stand ein Holzstuhl. Voss bedeutete Ronin, sich zu setzen. Ronin zuckte mit den Schultern. Er machte sich keine Illusionen, weshalb er hier war. Er war Zeuge zu vieler Ereignisse gewesen; und zu viele Leute waren verschwunden.

Der scharfe Nelkenduft kündete sein Nahen an. Er hatte nicht gehört, daß sich die Tür geöffnet hatte. Wie aus dem Boden gewachsen stand der Salamander vor Ronin.

Eine feine Maschenweste aus rotem Gold glänzte im Licht. An einem breiten, scharlachroten Ledergürtel hingen Scheide und Schwert. Die Rubineidechse ruhte vor seiner Kehle.

Voss stützte sich auf Ronins Schwert und übergab dem Salamander den Kampfhandschuh. Der große Mann knurrte unwillig, während er das Ding in seinen großen Händen umdrehte. »So!«

Voss zuckte mit den Schultern. »Offenbar hat er ihn aus der Unterwelt mitgebracht.«

Der Salamander starrte Ronin an. »Wie weit bist du gegangen?«

»Ganz hinunter.«

Er sah zu Voss. »Kein Wunder, daß Freidals Interesse geweckt war.«

Ronin vernahm ein winziges Geräusch hinter sich, als wäre jemand in den Raum geglitten, aber der Salamander wandte sich nicht um, und er konnte es nicht. Vielleicht hatte er sich auch getäuscht.

»Mein lieber Junge, ich hoffe, du würdigst den großen Dienst, den ich dir soeben erwiesen habe. Freidal kann höchst unangenehm werden, wenn er entsprechend aufgelegt ist.«

Ronin starrte in unergründliche Kohleaugen. »Das habe ich gemerkt. Er hat den Medizinmann umgebracht.«

»Oh, tatsächlich?« Die Augenbrauen des Salamanders hoben sich. »Wie schade. Du kanntest ihn lange, nicht wahr?« Er spreizte seine Finger. »Es tut mir sehr leid.«

»Borros, den Zaubermann, dürfte er ebenfalls auf dem Gewissen haben.«

»Oh, meine Güte, nein! Das könnte er sich nicht leisten. Nein, Borros ist viel zu wertvoll. Er wird mehrere Ebenen schachtabwärts gefangengehalten.«

»Mir war gar nicht bewußt, daß du so viel über ihn weißt.«

»Oh, ich verstehe.« Der Salamander runzelte die Stirn. »Das war unvorsichtig von mir.« Dann zuckte er mit den massigen Schultern. »Aber man hofft, mein lieber Junge, daß du als Freund behandelt werden kannst, als Verbündeter –«

»Du bist genauso verzweifelt wie er –«

»Überhaupt nicht, mein lieber Junge, überhaupt nicht. Ich denke nur, daß du wieder dort sein solltest, wo du hingehörst. Hier ist immer Platz für dich gewesen.«

Voss bewegte sich geringfügig, und Ronin sagte: »Um dein Chondrin zu sein? Du hast bereits einen. Wir haben dieses Thema schon einmal erörtert. Was, wenn ich ein zweitesmal ablehne?«

Der Gesichtausdruck des Salamanders veränderte sich. Seine Augen schwelten, und er schlug Ronin ins Gesicht. »Was für ein bodenloser Narr du bist! Alles bot ich dir, und du hast mich angespuckt! Glaubst du denn, das hätte ich je vergessen?«

»Damals glaubte ich, du würdest verstehen –«

»Oh, ich habe verstanden! Ich habe dich zur besten Kampfmaschine des Freibesitzes ausgebildet! Ich sah die Fähigkeit, die in dir verborgen schlummerte. Es bedurfte eines Meisters, sie hervorzubringen, sie zu nähren, sie blühen zu lassen. Ein Ausbilder hätte es nie fertiggebracht.«

»Du läßt es so aussehen, als sei alles dein Werk!«

»Mein Werk, ja! Ich formte dich! Du wurdest so, wie ich dich haben wollte!«

»Nicht ganz!«

Zorn glitzerte in den Augen des Salamanders, und seine Stimme wurde so glatt wie Seide. »Ich habe dich zu meinem Chondrin ausgebildet, zu einem unschlagbaren Krieger. Hast du geglaubt, ich verschwende meine Zeit, indem ich Knaben auswähle und sie ausbilde? Irgendein Grund steckt hinter jedem Tun. Und was hast du mir geantwortet? Du erwiderst die an dich verschwendete Sorgfalt mit Beleidigungen!«

»Es gab keinen –«

»Schweig!« brüllte der Salamander. Sein Gesicht war zorngerötet. Seine gewaltige Körpermasse ragte vor Ronin auf, die Drohung des Todes. »Erdreiste dich nicht«, sagte er ruhig, eisig, »erdreiste dich nicht, mir etwas zu sagen, das ich schon weiß.« Er bewegte sich vor, und Ronin spürte Voss sehr dicht hinter sich stehen. »Ich hätte es sehen müssen: dir fehlte von Anfang an Initiative. Dir wurde alles zu leicht gemacht. Nie hast du die geistigen Prozesse für wichtig erachtet. Das war ein Fehler, ein fataler Fehler.« Die teuflischen Augen funkelten wie im Fieber, als sie Ronin anstarrten. »Voss hat Initiative entwickelt. Er – beseitigte zwei meiner Schüler, um seine Position als Chondrin sicherzustellen.« Der Salamander lachte, ein kurzer, eigenartiger Ton. »Ich würde ihn niemals gegen dich eintauschen. Was für ein Dünkel!« Er stand auf und sah einen Augenblick an Ronins Kopf vorbei, bevor sein Blick zu ihm zurückkehrte. »Jetzt werden wir sehen, wie lange du brauchst, mir alles zu sagen, was ich von dir wissen will.« Er gab Voss ein Zeichen. »Bring den –«

In diesem Augenblick wurde hinter ihm die Tür aufgestoßen, und ein Klingenträger eilte herein. Der Salamander sah unwillig auf.

»Der Zaubermann«, stieß der Klingenträger hervor. »Er – er ist der Sicherheit entkommen!«

Die Augen des Salamanders zuckten wieder an Ronin vorbei, und erneut vernahm er eine leichte Bewegung hinter sich.

»Oh, dieser Narr!« Der Salamander sah Voss an und warf ihm den Kampfhandschuh zu. »Du weißt, was zu tun ist.« Damit wirbelte er herum und folgte dem Klingenträger aus dem Raum.

»Auf die Füße!« befahl Voss eiskalt. Er steckte den Handschuh in seinen Ledergürtel.

Ronin stand auf, und sie schritten den Weg zurück, den sie hereingekommen waren. Sechs Männer hielten sich im äußeren Raum auf, zwei bewachten die Doppeltüren zum Korridor, und Ronin dachte: *Also hat Freidal wenigstens diesbezüglich die Wahrheit gesagt: es hat begonnen.*

Sie traten in den Korridor hinaus, und Voss stieß ihn nach rechts, bedeutete ihm, weiterzugehen. Ronin hörte fernen Lärm, das Stampfen von Stiefeln, das Klirren von Metall. Hin und wieder gellten laute Rufe. Er fühlte Voss' Dolchspitze in seinem Rücken.

»Wohin gehen wir?« fragte er den Chondrin.

»Du erwartest doch wohl keine Antwort darauf.«

Ronin zuckte mit den Schultern.

»Wie konntest du es nur wagen?«

Ronin wandte seinen Kopf und fühlte augenblicklich, wie sich der Druck des Dolchs verstärkte.

»Was – wagen?« fragte er.

»Von ihm wegzugehen.«

»Ich bin, wie ich bin.«

»Hah! Der Salamander hat recht, du bist *wirklich* ein Narr! Hast du nicht gemerkt, daß du an ihn gebunden warst?«

Ronin sagte nichts.

»Du hattest eine moralische Verpflichtung –«

Und fast wäre es Ronin entgangen! Der Splitter eines Schattens an der Wand vor ihnen! Rechter Hand ein Quergang. Ronin glaubte nicht, daß Voss etwas bemerkt hatte. Er behielt sein Tempo bei und dachte: *Jede Ablenkung muß ausgenutzt werden. Hier im Korridor ist er ziemlich verwundbar... Sobald wir unser Ziel erreicht haben, wird es keine Gelegenheit mehr geben...*

Er dachte an das wütende und heiße Sirren, das das Jubilieren der Vögel zerfetzt hatte... An Voss' Schnelligkeit und Treffsicherheit mit dem Dolch.

Dort vorn, an der Korridorbiegung, stand ein Mann, und Voss hatte den Schatten noch immer nicht gesehen.

Er muß sich gegen die Wand gepreßt haben, dachte Ronin.

»Du schuldest ihm dein Leben«, sagte Voss. »Einschließlich deiner Loyalität.«

Die Gestalt trat in den Korridor. Ronin ließ sich fallen, rollte nach rechts weg und kam blitzschnell, den rechten

Arm leicht angewinkelt, um den erwarteten Dolchstoß abwehren zu können, hoch.

Da sah er den Mann. Überraschung zeichnete sich auf seinem Gesicht ab.

Nirren!

Nirren stand vor Voss, sein glänzendes Schwert entblößt, vor sich haltend.

Voss löste sich aus der Erstarrung, die ihn einen Herzschlag lang umfangen gehalten hatte. »Was machst du so weit schachtaufwärts?«

Nirren grinste, sein Mund war ein schmaler Strich. »Wohin wolltest du ihn bringen?«

»Das geht dich nichts an! Aus dem Weg!«

»Und wenn er es vorziehen würde, dich nicht zu begleiten?«

»Nicht er trifft die Wahl!«

»Ich sage: doch!«

Voss' Hände zuckten vor... Flirrend wirbelte der Dolch auf Nirren zu! Aber Nirren war schneller. Er federte in einer tänzerisch anmutenden Bewegung zur Seite. Seine Schwerthand schoß vor. Voss' Gesicht drückte plötzlich Überraschung aus. Er starrte auf den Dolch mit dem Juwelengriff, der in Kopfhöhe in der gegenüberliegenden Wand steckte. Nirrens Klinge durchbohrte seine Brust. Einen Augenblick lang blieb der Chondrin des Salamanders stehen. Seine rechte Hand zuckte noch einmal, und als Nirren sein Schwert zurückzog, fiel Voss in sich zusammen, als wäre er aus Tuch gemacht.

Nirren stieß das Gesicht mit seiner Stiefelspitze an. Schlaff fiel der Schädel auf die andere Seite. Nirren wandte sich um, sah Ronin an und grinste. »Es ist zu schade. Ich hätte mit Vergnügen gesehen, wie du ihn gepackt hättest.« Er zuckte mit den Schultern. »Nun, wo hast du gesteckt? – Und G'fand ist auch verschwunden.«

Ronin ging zu Voss' Leiche und nahm seine Waffen wieder an sich. Den Kampfhandschuh zog er aus dem

Gürtel des Chondrin. »Ich war unterwegs, schachtabwärts, für den Zaubermann...«

»Dann bist du zu ihm vorgedrungen!«

»Ja, und ich habe dir viel zu erzählen«, sagte Ronin, während er seinen Gürtel umschnallte.

Sie schritten zu einem nahegelegenen Treppenschacht. »Aber zuerst muß ich den Zaubermann finden. Er ist Freidal entkommen.«

Nirren nickte. »In Ordnung. Ich bin diesem verdammten Spitzel gefolgt. Endlich glaube ich zu wissen, wer es ist, so fantastisch es auch scheinen mag –«

Ronin unterbrach ihn. »Hör zu, Nirren, *fantastisch* dürfte wohl das richtige Wort sein für das, was ich erfahren habe. Der Zaubermann hat recht: Wir sind nicht allein auf diesem Planeten!«

»Was?«

Beide sahen sie den Blitz gleichzeitig, aber das Ding zuckte bereits durch die Luft. Nirrens Mund klaffte plötzlich weit auf. In einer vergeblichen Reflexbewegung warf er seine Hände hoch. Ein Blutschwall brach aus einem Hals. Er taumelte zurück und krachte schwerfällig zu Boden.

Ronin wirbelte herum, hetzte los, in den Treppenschacht hinein, aber der Wirrwarr von Schritten und erhobenen Stimmen, der hier hallte, machte es ihm unmöglich, festzustellen, wohin der Mörder geflohen war.

Er rannte in den Korridor zurück und kniete sich neben Nirren nieder. Das Vorderteil seines Hemds war blutgetränkt. Ronin riß einen Streifen davon ab, zog den Dolch aus der Halswunde und legte das Tuch darauf. Weißer Stoff färbte sich rot.

Nirrens Augen waren noch klar und strahlend und intelligent. Ronin erwartete, daß er nach dem Projekt des Zaubermannes fragen würde. Statt dessen keuchte er: »Was ist... mit G'fand passiert? Du – du weißt es!«

Schmerz flimmerte in Ronins Augen. »Er hat mich begleitet. Ich dachte, er könnte mir mit seinen Kenntnissen von den Schriftzeichen von Nutzen sein.«

»Und – war er das?« Der Atem Nirrens rasselte mühsam. Der Körper kämpfte mit dem Schock des nahenden Todes.

»Ja.« Ronin schaute ihm in die Augen. »Er wurde getötet. Er –«

Nirrens Körper zitterte. Das Tuch an seinem Hals war jetzt tiefrot. Nirren griff nach Ronins Armen, und eine Trauer, die er nicht verstehen konnte, tanzte in den Tiefen seiner Augen.

»Der *Nager*...«, brachte er unter Schwierigkeiten heraus. »Der Spitzel... Ich bin jetzt sicher... Der Dolch! Schachtaufwärts! Geh hinauf... Nachdem –« Sein Kopf fiel schlaff auf die Brust, und Ronin hielt ihn. »Letzte Gelegenheit... Geh hinauf... weiter – hoch –« Plötzlich versuchte er zu lachen. Er würgte. Das Licht in seinen Augen wurde schwächer. Sie waren undurchsichtig, wie Steine. »Dachte nur – Team... was für ein Team... Wir beide...« Seine Augen schlossen sich wie in völliger Erschöpfung. »Alle sind jetzt fort... Alle tot... Ronin – es tut mir leid!« Dann quoll das Blut, das er mit letzter Kraft zurückgehalten hatte, über seine Lippen.

Hinauf und hinauf und hinauf!

Die Dunkelheit eilte vorbei, und der Lärm aus der Tiefe nahm ab. Aber es war ihm, als brause ein Höllensturm in seinen Ohren, und wieder hörte er Nirren seufzen: *Alle sind jetzt fort... Alle tot!* und er wußte, daß es stimmt. Seine Welt war zusammengestürzt, und er trieb ziellos in Dunkelheit. Aber seine Füße verstanden das nicht. Sie jagten ihn die Stufen hinauf.

»*Geh hinauf... weiter – hoch!*« hatte Nirren gebeten, und er würde es tun. Jetzt! Und er fühlte das Brennen in sich, spürte, wie der Haß in ihm wuchs und pulsierte, genährt von den geheimen Feuern vieler Ereignisse. Der Spitzel hatte Nirren umgebracht, denn Nirren war ihm auf der Spur und sehr nahe gewesen. Näher, als er geahnt hatte.

Seine Lungen stachen, während er die Stufen emporhastete.

Hinauf! Weiter, immer weiter hinauf!

Einmal blickte er auf seine Hände hinunter, sah mit einiger Überraschung, daß er den silbernen Kampfhandschuh übergezogen hatte, daß er den Dolch umfaßt hielt, der den Chondrin getötet hatte. Juwelen am Griff? Und dann kam ihm Borros in den Sinn. Entflohen, und wohin? Bestimmt schachtaufwärts!

So schnell wie möglich rannte er die Stufen empor, in fliegender Hast. Dann hetzte er in einen hellen, in strahlendem Gelb gestrichenen Korridor hinaus. Ein dicker Staubteppich bedeckte den Boden, haftete an den Wänden. Er sah hinunter. Stiefelabdrücke! Durcheinander, aber zweifelsfrei mehr als von einem Paar.

Ronin sprintete den Korridor entlang, und allmählich wurde das Gelb der Wände düsterer. Hier gab es keine Türen. Weiter rannte er, der Haß jetzt ein lebendes Wesen in ihm. Das Dasein wurde eng!

Und dann endete der Korridor. Hier, nahe dem höchsten Punkt des Freibesitzes, beschrieb der Korridor keinen vollständigen Kreis. Ronin stand vor den schwarzen Ausbuchtungen eines Aufzuges. Er hieb auf die schwarze Kugel. Die Stahltüren glitten auseinander. Ronin betrat die Kabine.

Hinauf! Immer nur hinauf!

Es gab nur eine Kugel auf der Bedienungstafel, und er drückte sie. Die Kabine setzte sich in Bewegung. Er fuhr hinauf! Augen hart wie Steine.

»Ronin, es tut mir leid«, hatte er gesagt.

Was mochte er damit gemeint haben? Ich bin der, dem es leid tut, Nirren. Aber der Tod kommt, und man kann ihn nicht aufhalten!

Mit einem zischenden Laut kam die Kabine zum Stillstand. Die Türen öffneten sich.

Über ihm die Planetenoberfläche. So nahe!

Knapp zehn Schritte vor ihm: eine Tür. Geöffnet. Dahinter ein Raum. Ellipsenförmig, die Wände mit roter Farbe gestrichen.

Im Zentrum dieses Raumes erhob sich eine schwarze Plattform, von der ausgehend eine Metalleiter senkrecht in die Höhe, in einen in die Decke geschnittenen Schacht, führte.

Mehrere Türen in der Wandung der Plattform waren geöffnet. Dann sah Ronin die Kleidungsstücke. Überall verstreut lagen sie. Borros!

Da!

Hinter ihm! Ein kaum hörbares Pfeifen... Wie ein Kitzeln an seinem Ohr. Ronin riß die Klinge heraus und fuhr herum. Gerade noch rechtzeitig. Das Schwert klirrte gegen seines, schrammte über die Klinge. Ronin wich zurück. Riß seine Waffe herum. Er war frei. Der Gegner, der ihn erwartet hatte, lächelte böse.

Ronin sah ihn an. Sein Blut schien zu gefrieren. Pochte nur mehr schwerfällig in seinen Schläfen. Für den Bruchteil einer Sekunde verschwamm alles vor seinen Augen.

Sie stand vor ihm, in Hose und Hemd von sanfter, gelbbrauner Farbe gekleidet. Über ihre Brust trug sie einen dünnen Ledergurt geschnallt, an dem eine Scheide aus rotem Leder befestigt war.

Sie stand vor ihm, leicht vornübergeneigt, die Beine gespreizt – die typische Kampfstellung der Klingenträger.

Ihre schmalen, bleichen Hände umkrampften ein Langschwert. Ein Schwert, wie Ronin es hielt.

Die schwarze Flut ihrer Haare wurde von einem einfachen goldenen Stirnband gehalten.

Sie stand vor ihm. Kleine Schweißperlen glitzerten an ihrem Haaransatz. Ihre Augen waren unnatürlich groß und strahlend, die Pupillen verengt, so daß sie nur aus Iris zu bestehen schienen.

Sie lächelte, und dieses Lächeln war wie das Kommen des Frostes!

Ihre weißen Zähne schimmerten, klein und ebenmäßig waren sie.

Und – sie sah tödlich entschlossen aus.

»K'reen!« hauchte Ronin.

Sie lachte gehässig, bitter. »Wie habe ich mich darauf gefreut... Auf diesen Augenblick! Auf dein Gesicht!«

Sie holte aus – und schlug zu.

Ronin parierte instinktiv. Der Boden schien zu schmelzen. Er drohte darin zu versinken. Er konnte sich kaum bewegen, kaum seinen Blick von ihrem Gesicht nehmen. Sie umkreiste ihn. Geschmeidig, katzenhaft waren ihre Bewegungen. Er riß sich zusammen, wich leicht zurück, war auf der Hut. Langsam... Wie zu einer unhörbaren Melodie, bewegten sie sich.

Sie schlug wieder zu. Und wieder parierte er.

»Ein Klingenträger«, sagte er leise. »Kann das sein?«

»Komm!« sagte sie mit belegter Stimme. »Komm her! Greif an, stell es fest!«

Damit griff sie das drittemal an. Ihre Klinge blitzte in der fahlen Helligkeit, krachte gegen Ronins Stahl. Er wehrte sie ab, stieß sie auf Distanz.

Er setzte sich in Bewegung.

Ihre Augen blitzten kühl und triumphierend auf.

Und Ronin fixierte sie. Seine Gedanken überschlugen sich. Die Erkenntnis... sie überflutete ihn. Weil sie jetzt nicht schön oder hübsch oder eines der anderen Worte war, die er normalerweise mit ihr in Verbindung gebracht hätte. Jetzt war sie gleichsam nackt, entblößt jeder Weiblichkeit. Sie war zugleich mehr und weniger als sie einst gewesen war. Feingeschliffen. Umgewandelt.

Gefährlich.

Sie war – elementar.

Stahl krachte gegen Stahl. Funken stoben. K'reens Augen blickten kalt, eiskalt.

»Hier ist das, was ich wirklich bin!« stieß sie wild hervor. »Nicht mehr das, als was du mich hingestellt hast! Der Salamander... Er sah die Fähigkeiten, das Potential in mir – Klingenträger zu sein! Er fürchtete sich nicht, die Tradition zu verwerfen. Jahrelang arbeiteten wir im geheimen. Niemand ahnte etwas, niemand schöpfte Verdacht. Und, niemand konnte es verbieten!«

Sie bewegten sich um das Oval herum. Sie griff an, Ronin wich zurück, wehrte ihre Schläge ab. Aber sie gab nicht auf. Unaufhörlich drang sie auf ihn ein, unaufhörlich suchte ihr Stahl den seinen. Prüfend, forschend... Nach einer Schwäche in seiner Deckung suchend... Lauernd.

»Warum?« fragte Ronin. »Warum hat er dich ausgebildet?«

Sie lächelte kalt. »Du weißt, daß er die Macht gleichsam sammelt... Ich bin ein Teil dieser Macht.« Dann wurde ihre Stimme höhnisch. »Aber davon dürftest du wohl nichts verstehen.«

Aber das war so irgendwie nicht richtig. Ronin hörte die Stimme des Salamanders... »*Irgendein Grund steckt hinter jedem Tun!*«

Welcher Grund mochte es in K'reens Fall gewesen sein?

Ihm blieb keine Zeit, weiter darüber nachzugrübeln.

K'reen fegte seine Gedanken davon. »Du hättest ein Chondrin sein können!« zischte sie, während ihre Schwerthand wieder vorzuckte. »Du wärst an seiner Seite gewesen, als ich kam. Er hätte uns zusammengebracht. Alles – alles hätten wir haben können!«

Ein seltsames Gefühl pulste in Ronin. Und er sah das wilde Glühen ihrer Augen, den Schweiß, der über ihre Wangen perlte, ihre schwellenden Brüste. Und er sah, was er vorhin nicht hatte sehen *wollen*: den Dolch mit dem juwelenbesetzten Griff, der in der Scheide über ihren Brüsten steckte.

Und wie von selbst huschte sein Blick zu jener Scheide, die sie an der Hüfte tragen mußte...

»Du warst es«, flüsterte er. »Du bist der Spitzel. Du hast Nirren getötet! Warum? Er war unser Freund!«

Sie schüttelte den Kopf. »Er war unser Feind«, meinte sie bedächtig. »Genau wie jetzt du unser Feind bist!«

»Aber das ergibt doch keinen Sinn!«

»Du hast ihm den Rücken gekehrt... Hast ihn verschmäht, obwohl er dich lehrte und ausbildete... Du wolltest ihm nicht dienen. Du bist ihm in diesen schweren Zeiten keine Hilfe.«

Noch immer wich Ronin unter ihren schweren, raffiniert gesetzten Schlägen zurück.

»Ich diene niemandem«, sagte er leise. »Dies ist die einzige Tatsache, der ich mir sicher bin.« Dann, als fiele es ihm gerade erst ein: »Dann warst du das also vorhin... Du hast den Raum betreten, während sich der Salamander mit mir – unterhalten hat.«

»Ja!« zischte sie. »Bereit, dich zu umarmen, zu küssen... Ich glaubte, du wärst vernünftig genug, dich ihm wieder anzuschließen.« Sie stieß nach ihm. »Er gab dir eine Chance, deine Beleidigung ungeschehen zu machen. Statt dessen hast du ihn verhöhnt!«

Wo war die K'reen, die er gekannt hatte? Konnte sie ihn überhaupt geliebt haben? Seine Gefühle für sie waren echt gewesen... Waren... Er erkannte den Fehler bei sich selbst. Er hätte diese Seite ihres Wesens sehen können, wenn er nur genau genug hingesehen hätte. Aber zu oft hatte er sich von ihr abgewandt, und das war – neben ihrer Ausbildung, neben ihrem vom Salamander abgesteckten Ziel – der Grund für diese Konfrontation.

»Aber Nirren –«

»Er hat mich aufgehalten, behindert«, unterbrach sie. »Ich glaubte nicht, daß er so nahe war...«

Er wischte den Schweiß von der Stirn. Hielt seine Stellung. Wehrte ihre Klinge ab. Stahl traf auf Stahl, Funken flogen davon.

»Diese Verzögerung kam mich teuer zu stehen«, keuchte sie bitter. »Der alte Mann war schneller, als ich gedacht hätte. Ich verfehlte ihn um Sekunden.«

»Dann hat es Borros also geschafft? – Er hat die Oberfläche erreicht?«

»Was bedeutet dir das? Er wird ziemlich bald tot sein, erfroren und vom weichen Schnee begraben!«

Und doch triumphierte etwas in ihm. Er wußte jetzt, was er zu tun hatte. Er schüttelte den Kopf.

»Du irrst dich! Er wird leben. Und ich werde ihm folgen!« Aber er dachte: *Aber sie ist Nirrens Mörderin. Im Namen unserer Freundschaft forderte er Rache. Ich diene niemandem.* Schweiß rann an seinem Hals entlang, und er fühlte, wie er fröstelte. *Ronin – es tut mir leid. Nirrens Stimme.*

Sie fletschte die Zähne. »O nein, du wirst ihm nicht folgen«, keuchte sie. »Du wirst sterben... Hier!«

Und sie sprang ihn an, schwang ihre Klinge beidhändig, mit aller Kraft, der sie fähig war...

Er hatte sie – trotz allem – unterschätzt. Sie war viel stärker, viel geschickter, als er vermutet hatte. Die Klingen hämmerten gegeneinander... Er drehte sich, griff seinerseits an. Sie konterte. Die Klingen schliffen in einem eigenartigen Winkel aneinander. Ihr Schwert schien plötzlich Eigenleben zu besitzen... Ein Knakken... Seine Klinge sprang ihm aus der Hand! Ihre Rechte zuckte zum Herzen, an den Dolch, zog ihn blitzartig...

Ronin federte vor, umfaßte ihr Handgelenk. Sie konnte ihr Schwert nicht heruntersausen lassen.

Aber das will sie... Sie ist wesentlich geschickter mit dem Dolch!

Er wünschte, sein Kopf wäre klarer, aber sich widerstreitende Gefühle und Gedanken schossen wie irre

Blitze umher, hierhin, dorthin, zu schnell, um ihrer habhaft zu werden.

Vielleicht sah sie eine Spur von Verwirrung in seinen Augen, und vielleicht war das der Grund, warum sie sich plötzlich unvermutet auf ihn warf. Sie stürzten zu Boden. Ronin ließ ihr Handgelenk nicht los. Sie wälzten sich herum.

Ihr heißer, keuchender Atem brandete gegen sein Gesicht, und er roch ihren Duft, als sich ihre Beine umschlangen, ihre Körper sich aufbäumten. Sie knurrten und fluchten und klammerten sich aneinander fest, verzweifelt um die bessere Position kämpfend. Er starrte in ihre Augen. Sie waren groß und tief und glänzend, und er erahnte den Schimmer der Rührung darin mehr, als daß er ihn sah. Er dachte an das, was sie getan hatte, daran, was sie tun wollte, und er wußte, daß sein Haß nicht verklungen war. Er bemühte sich, die drängenden anderen Gefühle niederzuringen. K'reens rätselhafte Augen starrten ihn an, und er konnte nicht sagen, ob Haß – oder Hunger, Gier darin flirrte.

Die Hitze, die ihr Körper verströmte, ihr Schweiß – beides brannte sich in ihn hinein. Ihr langes Haar peitschte in sein Gesicht. Ihre Haut war gleichermaßen hart und weich, als sie sich gegen ihn wand.

Sie kam auf ihm zu liegen.

»Ich bringe dich um!« zischte sie. »Ich – ich bringe dich um!«

Ihr Oberschenkel war zwischen seinen Beinen gefangen. Sie bewegte ihn, preßte ihn gegen seinen Körper. Verlangen stieg in ihm auf, wie ein großer, gefiederter Vogel, der die oberen Luftströmungen erreichte. Ihre Stimme war plötzlich leise, irgendwie belegt, rauh, spröde, als sie hervorstieß: »Ich will ... dich umbringen!« Aber es war fast ein Aufstöhnen. Ihre Körper rieben sie aneinander. Ronin wurde sich des Drucks ihrer Brüste bewußt.

Sein Schädel krachte gegen den Boden. Ein roter Film vernebelte plötzlich seinen Blick. Nach wie vor hielt er benommen ihr Handgelenk umklammert. Der Stahl des Dolchs blitzte auf... K'reen riß sich los. Die geschliffene Dolchklinge zuckte herunter, schien im Licht zu pulsieren...

K'reen stieß ihren Atem aus, den Mund weit geöffnet, die Lippen von ihren Perlenzähnen zurückgezogen. Krampfhaft umklammerte sie ihn mit ihren Schenkeln, wiegte sich gegen ihn... Ihre herunterstoßende Hand verlangsamte...

Ronin wollte sich zurückfallen lassen, sie umarmen, sie an sich ziehen. Er schüttelte den Schädel, aber er klarte sich nicht. Sie begann zu zittern.

»Ich... Ich bringe dich... um!« würgte sie heraus. »Bringe dich um...« Und nur mit allergrößter Mühe hielt sie ihre Augen geöffnet. Ihre Rechte umklammerte den Dolch, die Knöchel schneeweiß, und sie stöhnte, als die Spitze gegen Ronins Kehle drückte. Ihr Becken bewegte sich hemmungslos, wild gegen ihn, und er sah auf, sah, daß ihre Augen mit Tränen erfüllt waren, sah den schrecklichen Lichtreflex, der auf der sich bewegenden Klinge tanzte – und wunderte sich, daß er nach wie vor den Druck ihres Körpers spürte...

Er fühlte sich von einer großen Hitze erstickt, gewürgt... Und er bekam eine Hand hoch. *Wie Nirren; vergebens*, dachte er.

Die Spitze erwischte seine Handfläche. Die Hand, über der er den Kampfhandschuh trug. Der Dolch traf auf die Schuppen, glitt ab... Ronin spürte nicht einmal die Kraft des Stoßes. Wieder schüttelte er seinen Kopf...

K'reen stieß wieder zu.

Schräg zuckte der Dolch herunter...

In einem verzweifelten Versuch, ihn aufzuhalten, warf sich Ronin herum, bekam ihre Hand zu fassen... Aber K'reen hielt die Waffe beidhändig, drückte wie von Sinnen... Tiefer sank die Spitze... Tiefer... Sie berührte die Haut seines Halses, durchbrach sie. Blut quoll hervor.

Ronins Linke tastete fahrig herum... über den Boden, an seine Seite... an den Griff seines Dolchs, den er vorhin hatte fallen lassen.

Und jetzt war alles Reflex!

Überhaupt kein Gedanke beteiligt!

Irrsinnig schnell umkrampfte er die Waffe, brachte sie hoch...

K'reens Klinge bebte auf seiner Kehle...

Da stieß Ronin zu!

Ihre Augen weiteten sich, das Weiß schien hervorspritzen zu wollen... K'reen stieß einen grunzenden Laut aus, einen kurzen, kehligen Schrei, der ihm irgendwie schrecklich erschien.

Blut pochte in seinem Schädel. Irrsinnige, hallende Hammerschläge. Der Dolchgriff ragte aus ihrer Brust. Er starrte ihn an wie ein bösartiges Wesen.

K'reen verkrampfte sich. Ihr Kopf fiel schlaff zur Seite, als wäre sie brutal ins Genick geschlagen worden. Sie fiel vornüber, auf ihn. Ihre Lippen preßten sich auf die seinen, warm und weich.

Und gleichzeitig spürte er die gewaltige, heiße Feuchtigkeit, die sich zwischen ihnen ausbreitete...

Krampfartig warf er sie von sich. Keuchend rappelte er sich hoch.

K'reen lag auf dem Rücken, ihre Augen immer noch sehr weit offen und glänzend.

Sie war tot.

Was habe ich getan? dachte er panikerfüllt und starrte sie an.

Alle sind jetzt fort... Alle tot!

Es hallte in seinem Geist. Schwarze Wellenberge donnerten gegen ihn, drohten ihn zu verschlingen, aber er wehrte sie ab. Er taumelte, wankte zu seinem Schwert, hob es auf, steckte es in die Scheide zurück.

Dann betrat er die Plattform. Öffnete eine der in ihre Wandung eingelassenen Türen. Griff hinein. Ließ das Tuch auseinanderfallen.

Es war groß, silbrig glänzend, leicht irisierend. Und es war sehr leicht. Eine Art eng sitzender Anzug. Ein Schutzanzug! Er glaubte, seinen Zweck zu kennen. Rasch zog er seine zerfetzten Kleider aus und streifte den Schutzanzug über. Wie er vermutet hatte: er paßte ihm gut. Und er war sehr warm. *Er reflektiert meine Körperwärme,* dachte Ronin. Die Taschen an seinen Seiten beulten sich über darin verborgenen Päckchen. Lebensmittel. Er schnallte seinen Waffengurt um.

Da hörte er ein Geräusch und kreiselte herum, die Klinge in der Faust.

Die Türen des Aufzugs zischten auf. Nelkenduft breitete sich aus. Ronin spannte sich an. Ein Schatten hetzte heran... Die gewaltige, pechschwarz gekleidete Gestalt des Salamanders.

Ronin wandte sich ihm zu.

Der Salamander blieb stehen.

»Ah, bist du gekommen, mich persönlich aufzuhalten?« knurrte Ronin eiskalt und ließ die Spitze seiner Klinge hochschnellen.

Der Salamander lächelte, ein beinahe zufriedenes Lächeln.

»O nein«, sagte er weich. »Das war Aufgabe der anderen. Ich sehe, daß sie erfolglos blieben.«

Ronin machte einen Schritt vorwärts.

»Ich gehe. Ich verlasse den Freibesitz. Du hast verloren. Du hast weder den Zaubermann noch die Information, die ich besitze... Geh – und kämpfe deinen Kampf allein!«

Der Salamander seufzte theatralisch. »Du bist zu einer echten Bedrohung herangewachsen, mein lieber Junge, und man muß sich deiner annehmen. Aber du hast noch viel zu lernen.« Und jetzt lächelte er erneut. Er schien entzückt über seine eigenen Worte. »Genaugenommen hast du mindestens genausoviel verloren wie ich. Vielleicht sogar mehr.«

Ronin starrte ihn an. Mit der Linken wischte er sich den Schweiß vom Gesicht. Stumm fluchte er in sich hinein.

Langsam kam er näher. *Ich kriege dich doch, Salamander!* dachte er.

Laut sagte er: »Ja, ich weiß!«

Der Salamander wich zurück. Schritt für Schritt, bis er mit dem Rücken zur geöffneten Liftkabine stand.

Er lachte, dunkel und tief. Dann sagte er: »O nein, mein lieber Junge, du weißt nichts. Gar nichts. – Noch nicht.« Er streckte seinen Arm aus. »Sieh dir ihr Gesicht an. K'reens Gesicht... Sieh es dir an. Was siehst du da? Die Frau, mit der du geschlafen hast –«

»Und die du zur Klingenträgerin ausgebildet hast.«

Nur noch zwei, drei Schritte, dann...

»Ja, in der Tat«, nickte der Salamander. »Aber ich verfolgte einen bestimmten Zweck damit...« Seine Augen waren dunkel, unergründlich. »Wir waren einander nahe, du und ich. Bis du – Aber warum alten Haß hervorkramen?« Der Salamander schien Ronins neuerlichen Schritt überhaupt nicht zu beachten. »Meine Männer fanden sie auf einer Mittelebene. Sie hatten Gerüchte gehört, Gerüchte, die von einem von Arbeitern gefundenen Kind zu berichten wußten. Sie war etwas Besonderes, sie glaubten, sie wäre aus dem Freibesitz selbst hervorgekommen. Davon erzählten sie mir, kein Signum, nachdem du mich verlassen hattest. Und mir kam zu Bewußtsein, wer sie sein könnte. Ich wagte nicht, es zu glauben. Es war zu unwahrscheinlich, ein zu wunderbarer Zufall. Ich schickte meine Leute also aus, sie zu holen, und als ich sie sah, da wußte ich es... Da hatte ich Gewißheit. Sie war kein Arbeiterkind. Und ihr Alter stimmte...

Im geheimen fand ich sie, und im geheimen bildete ich sie aus.« Seine Stimme triefte jetzt vor Hohn und Triumph, und Ronin erbebte, seiner selbst zum Trotz.

»Und dann schickte ich sie aus. Und sie war gut, sehr gut. Sie verhielt sich genauso, wie ich es sie gelehrt hatte. Jetzt –« Er deutete auf den rotgestrichenen Raum. »Jetzt hat sie ihren Zweck erfüllt.« Wieder lachte er. »Natürlich hat sie es nie erfahren. Hat es niemals geahnt. Und das machte es noch viel köstlicher.« Er freute sich jetzt hämisch.

Ronin runzelte die Stirn. »Komm endlich zur Sache!«

»Ich bin dabei, mein lieber, ungeduldiger Ronin. Ich habe weder Borros noch sein Wissen. Aber du, du hast deine seit langem verschollene, geliebte Schwester getötet! K'reen – war deine Schwester!« Sein Lachen dröhnte wieder auf, hallte in Ronins Schädel, als sei es seit Jahrhunderten angestaut.

Er versuchte, es zu unterdrücken, aber da war die Vision... Jene Vision im Spiegel im Haus des Magus... Sie loderte an die Oberfläche seiner Erinnerung...

Er sah... Sah, wie K'reen sich umdrehte, ihn anstarrte... Das Puzzle war komplett. Die letzten Stückchen waren mit der Wucht gewaltiger Steintrümmer an ihren Platz gefallen. Gleichzeitig schlugen die Stahltüren der Liftkabine zusammen.

Ronin schrie wortlos, warf sich vorwärts... Seine Klinge donnerte gegen den Stahl.

Vergebens!

»Nicht jetzt, mein Freund! Nicht jetzt!« höhnte die Stimme des Salamanders und wurde rasch leiser.

Wieder hallten die Echos seines Gelächters.

Ronin stemmte die Klinge in den Spalt zwischen den Türen, riß daran. Dann, als das nichts nützte, warf er die Klinge weg, krallte seine Finger hinein, zerrte, schrie, fluchte, bis seine Fingernägel zerrissen und die Fingerspitzen blutig waren.

Die Türen ließen sich nicht öffnen.

Und den Salamander über den Treppenschacht zu verfolgen, war vorbei.

Nach einer kleinen Ewigkeit drehte sich Ronin um, hob seine Klinge auf. Ging in den Raum mit den rotgestrichenen Wänden zurück.

Irgendwann schaffte er es, in K'reens Gesicht zu blikken. Ein fürchterlicher Schmerz wütete in ihm. Er sank neben ihr auf die Knie. Berührte ihr Gesicht.

Kannst du mir je vergeben, dachte er. *Werde ich mir jemals selbst vergeben können?*

Sanft schloß er ihre Augen. Dann erhob er sich. Vorsichtig stieg er über ihren Leichnam hinweg und begann, die senkrecht nach oben führende Leiter hinaufzusteigen.

Die Leiter, die in eine andere Welt führte.

Der Ausstieg zur Oberfläche des Planeten. So viele Jahrhunderte unbenutzt.

Ronin blickte nicht zurück.

ERIC VAN LUSTBADERs
unvergleichlich fesselnde, erotische Fernost-Thriller

Schwarzes Herz
Roman
479 Seiten
01/6527 -
DM 9,80

Teuflischer Engel
Roman
576 Seiten
01/6825 - DM 9,80

Der Ninja
Roman/474 Seiten
01/6381 - DM 9,80

Wilhelm Heyne Verlag München